Rodolphe Danjou

Ces vies d'où l'on vient

roman

Robert Laffont

ISBN : 978-2-221-26121-7
Dépôt légal : janvier 2023
Éditions Robert Laffont – 92, avenue de France, 75013 Paris

Pour Alix et Xavier

« Et il parle de quoi, ton bouquin ?
— C'est un roman, papa. J'y ai mis toute mon âme, sans trop parler de moi.
— Ah oui ? Tu nous enverras un exemplaire. »

1.

Deux ou trois choses pour l'avenir

Longtemps, je me suis réveillé avec l'espoir au matin d'une amnésie partielle, l'envie de renaître sans chagrin, veuf de certains souvenirs. Qu'ils aient été au moins dilués, passés au filtre d'une application de photographie pour téléphone moderne effaçant les contours, gommant ce qui tranche et lacère. De vieilles ombres à oublier, grises comme le sommet de mes tempes.

*

Margaux venait d'éconduire mes deux meilleurs amis. C'était le dernier slow lors de l'ultime soirée de l'année, celle qui rassemble tout le lycée avant les résultats du baccalauréat. Quelques instants plus tard, j'allais tenter ma chance. Au refrain, j'ai glissé ma tête contre sa joue, puis vers ses lèvres, le long de ses cheveux clairs. Et nos yeux, furtivement, se sont rencontrés. Je l'ai embrassée et elle n'a pas dit non, elle n'a pas détourné le regard. Ce fut un baiser d'adolescent maladroit. Et je crânais devant les copains.

Dans toute ma vie de mec, de compagnon, puis d'époux heureux, je n'ai pas mémoire de la moindre dispute. Nos diplômes en poche à la fin de nos études parisiennes, nous sommes rentrés nous installer en Normandie, nous marier et fonder une famille.

Près des parents, non loin de Caen, cité de Guillaume le Conquérant, de la côte, des plages immenses de la Libération, nous achetons « une belle maison en briques roses, avec des géraniums aux fenêtres », comme l'écrit Saint-Exupéry. Margaux sera l'épouse idéale. Mairie, messe, puis notre garçon blond, pareil à un ange de Raphaël. Des années de travail sans accroc, elle dans son cabinet de kinésithérapeute et moi à la banque. Plus tard, après des vacances chaque été sur le bassin d'Arcachon, après les promenades main dans la main, les longs déjeuners chez mes beaux-parents, débute notre nouvelle collection : les amis divorcés. Notre couple, lui, vogue sur des eaux calmes, dépasse le cap fatidique des trois ans. Loués soient la vie et son grand architecte. Voilà l'histoire, le conte de fées.

Puis vient le jour où se dessine un nuage, un deuxième, et alors, au loin, l'orage sourd qui gronde d'ambitions curieuses. Maintenant, cela fait six ans. Je suis seul à vider mes cartons soigneusement numérotés et à regarder *Downton Abbey* dans mon canapé neuf qui sent la vachette italienne. Margaux était l'épouse éphémère. Je n'ai pas supporté sa liaison éclair avec Monsieur Muscles. Et parce que j'ai été le premier à évoquer notre séparation, j'ai sans doute commis l'irréparable. L'erreur d'une vie, presque en un claquement de doigts.

Cette même année, mon existence chahutée a continué de s'obscurcir. Par une douce matinée d'octobre, un chauffard a coupé la route à ma grand-mère. Il devait répondre à un message ou jouer avec le volume de son autoradio. Une année pourrie. Second séisme, nouvelle fissure et nouveau point de départ dans ma vie, tant cette femme était essentielle.

Depuis, je m'endors régulièrement avec le goût du rhum en bouche et me réveille après un rêve triste dans le décor de sa maison, la demeure de famille à Mortagne-au-Perche, disparaissant sous la brume. La stèle grise gravée du nom de Bonne-Maman en lettres d'or comme seule image devant mes yeux ouverts. Sur le marbre pour l'éternité. Le premier deuil.

Sa succession fut réglée en un temps record, puisque les affaires de mon grand-père avaient été arrangées à son décès, quarante ans plus tôt. Il était mort d'un cancer foudroyant au sujet duquel, à l'époque, il n'était pas indispensable d'être précis. Notre notaire, Maître Guyard, depuis son étude mortagnaise fondée trois générations plus tôt, a rapidement convoqué ma mère, fille unique. Et maman a convoqué son fils. Ce jour-là, je me suis habillé de mon costume séculaire, un ensemble gris revêtu lors de mes fiançailles, coupe croisée et ample, passée de mode. Le soir venu, j'ai enfoui la veste et le pantalon dans un sac poubelle, puis jeté le tout au recyclage. C'était un container au logo de la Croix-Rouge dont les contours étaient rongés par une rouille sale.

La maison de ma grand-mère, Le Clos de la Pierre, construction de la fin du XVIIIe siècle, a été vidée comme un poisson après la pêche. Brutalement, entrailles chaudes répandues sur le sol. Des déménageurs missionnés par ma mère pour tout entreposer en garde-meubles se sont affairés deux longues journées, et maman m'avait autorisé à prélever ce que bon me semblait. Ce fut peu, ce fut trop ; chez moi, c'était tout petit. La tristesse imprimait ses marques sur nos visages, nos regards se tournaient régulièrement vers le ciel, perdus dans le lointain avec notre joie de vivre. Un mur porteur s'était écroulé, un monde de tendresse s'était évanoui. Adieu, Bonne-Maman.

En plein divorce, je perds pied, me noie, chaque jour se faisant un peu plus terne. Ma seule motivation est d'assurer à mon fils, Antoine, un présent digne et un avenir serein : vaste programme de magazine.

Ce matin-là est sans nuage, sans soleil, une simple brume bleue. Un décor pour nous déchirer le cœur, voir ma mère vendre la demeure en paraphant un fichu acte notarié. Je me souviens que nos mains se sont jointes et sont restées serrées dans la salle d'attente. Maître Guyard, homme prévenant, est allé droit au but. En moins d'une heure, nos racines sont devenues la propriété d'un couple charmant, retraités parisiens en quête de sérénité. À eux le paradis d'arbres et de fleurs au cœur de la petite ville, mes souvenirs de bois et de pierres. En sortant, les yeux secs de fierté indigeste, nous avons déjeuné, maman et moi, seuls à une table pour quatre, dissimulant l'enveloppe à en-tête de l'étude, les documents officiels et un gros chèque sous nos vestes froissées.

Assumer. Maman endosse le rôle, devient à son tour la pierre angulaire. Elle me réveille, me secoue par des sermons concis, lors de repas, au téléphone et dans de longues lettres. Elle m'exhorte à tourner la page du Clos de la Pierre, à ne pas tout rompre avec la mère de mon enfant, à respecter Margaux et notre histoire brisée.

Décidé à faire quelque chose de remarquable, quitte à ce que ce soit stupide, je me consacre, les semaines suivantes, à négocier mon départ de la banque à Cabourg. Un coup de tête, encore. Je demande une mutation près de maman, à Alençon, aux portes de Mortagne et des terres du Perche, là où je suis né. Demande refusée : aucun poste de directeur d'agence n'est disponible dans l'Orne. S'écoule ensuite une éternité, avec d'autres moments à négocier ; de nouvelles idées me traversent (me lancer dans l'immobilier en ligne, les chambres d'hôtes, la brocante, la vente de sandwichs bio), et finalement l'une d'entre elles m'apparaît moins ridicule que les précédentes : racheter un cabinet d'assurances. Margaux hurle, s'exaspère de me voir fuir à plus de cent kilomètres de chez elle, d'Antoine. Je lui explique vouloir me reconstruire, prendre assez de distance pour m'éloigner de la côte, des amis communs qui chuchotent dans mon dos, comme si notre divorce était le premier du village, comme si j'étais le prince des salauds. À cette époque, je n'ai pas encore le sentiment de me dérober, enfin, pas totalement. Le Perche, ce n'est pas si loin de Cabourg.

La compagnie d'assurances m'accueille bientôt à bras ouverts, en grande partie grâce à la caution financière de maman. Ces gens-là savent mesurer les risques. Par excès d'orgueil, je refuse une donation voulue par ma mère et soutenue par Maître Guyard, alors qu'elle aurait pu tout simplifier. Pour un ancien banquier, j'applique le credo de l'endettement à la lettre.

Je retrouve doucement le goût des projets, de l'optimisme, porté par un défi à long terme et le réconfort d'un retour aux sources percheronnes. Je m'apprête à me noyer dans le travail et en accepte l'augure.

Cette année nouvelle, les hirondelles du printemps annoncent mon succès définitif pour financer et ouvrir l'agence. Dans leur sillage, elles apportent en prime la découverte de tumeurs – le cancer de maman. Il est, à la différence de celui de mon grand-père, localisé avec une précision aussi chirurgicale que brutale, par un toubib à grosses lunettes et pellicules sur les épaules, heureux de nous dire que « tout espoir est permis », parce que, veinards que nous sommes, « c'est diagnostiqué assez tôt ». Le type a un protocole à vendre, et nous allons prendre tout ce qu'il a en magasin.

Sans honte ni complexe, je double ma dose quotidienne de rhum ambré. Quel plaisir de me resservir avec une bonne excuse, seul dans un fauteuil au milieu du trois-pièces loué à Caen, à mi-chemin entre Margaux et mon futur travail mortagnais, des chiffres plein la tête et chaque gorgée aidant à faire passer la mélancolie qui grandit dangereusement. Au seuil de l'été, les soins de maman deviennent véritablement pénibles ; le combat, irascible, débute. La toux douloureuse, son teint pâle à peine masqué par un voile de maquillage me sautent au visage. La maladie était là, tapie, et je n'ai rien vu. Je l'accompagne devant une pléiade de spécialistes, cachant mon inquiétude derrière des rires plus sonores et des mots plus nombreux. Je mâche du chewing-gum et enduis mes cernes d'un baume épais soi-disant extraordinaire. Sur mes tempes, du gris, envahissant comme de la mauvaise herbe. Les mois s'égrènent, et maman s'affaiblit davantage. Mais sa chevelure, miraculeusement, reste dorée. Chaque jour, je vis avec le sentiment que le destin se charge de nous porter, à intervalles réguliers, des coups toujours plus cruels.

Le processus de mon habilitation en tant qu'agent général d'assurances se poursuit. Je m'absente quatre fois par semaine, suis une formation parisienne longue et fastidieuse, valide des tests, passe des examens. Margaux dit oui à tout, aux gardes manquées d'Antoine, à mon caractère insupportable, à ma défaillance totale.

Pour le réveillon de Noël, nous nous retrouvons, avec ma mère et le petit, chez moi. Par les fenêtres, le grand sapin de la place Saint-Sauveur de Caen illumine de points multicolores les tableaux décrochés de chez Bonne-Maman pour venir décorer mon salon de souvenirs. Deux coupes de champagne servent à fêter la fin de ma formation, mon succès acté. Les suivantes nous arrachent de minces sourires. De cette année sombre, j'ai tenté d'effacer tout ce que j'ai pu de ma mémoire, à coups d'alcool et de larmes.

Après une courte période de transition avec mon prédécesseur et quelques travaux de rafraîchissement extérieurs, l'ouverture de l'agence est programmée pour le 25 avril, un mardi. Établi depuis la veille dans la plus grande chambre de l'hôtel Saint-Denis de Mortagne, je me prépare à descendre boire un autre verre au bar lorsque mon téléphone vibre, posé au bord d'une petite table installée à ma demande. Un bureau de style Empire sans véritable valeur, à l'acajou écaillé, aux pieds instables. Mais il sent bon la cire d'abeille. Nous formons, lui et moi, un couple assorti. Dans ses tiroirs, un lit de poussière, un trombone et deux cartes à jouer : les règles du whist et un joker, moqueur.

« Allô ? »

J'ai le souffle court d'avoir cherché partout ce satané appareil.

« Bonjour Adrien, ici Maître Guyard. J'ai des nouvelles à vous annoncer. Il faudrait que vous veniez cette semaine à l'étude.

— Maître, excusez-moi, mais je n'ai pas de temps à perdre en ce moment. Dites-moi ce qui se trame.

— Il s'agit de votre ancienne maison de famille ; l'actuel propriétaire ne s'est pas réveillé avant-hier.

— Hein ? Enfin, pardon ?

— Sa veuve quitte l'étude à l'instant, elle ne restera pas dans la région. Je dois vous parler pour vous exposer la situation. »

La demeure de ma Bonne-Maman, c'est bien cela qu'il évoque… Je me ressaisis.

« J'arrive tout de suite.

— Passez par la cour de derrière, au bout de la venelle. Je vous attendrai.

— Je serai là dans dix minutes. »

Je sors sous les premières lueurs des réverbères en nouant un foulard autour de mon cou. Un nœud rapide, un geste automatique que nous répétions, ma grand-mère et moi, devant l'immense miroir de l'entrée, durant mon enfance et jusqu'à ce que ma tête dépasse ses cheveux bouclés. Mon étoffe est de soie limée, la sienne sentait Shalimar.

Dans le bureau confortable de Maître Guyard, j'apprends qu'un vieil homme s'est éteint. La mort est venue le trouver dans son lit, au premier étage dans mon ancienne chambre bleue. Il laisse une fille dans le sud de la France et surtout son épouse, femme charmante mais désormais perdue, seule dans le Perche. Le notaire déclare en ajustant ses lunettes rondes :

« Elle m'a confié que son avenir n'est plus ici, qu'elle envisage de rejoindre sa fille en Provence dès que la succession sera réglée… Le plus vite possible. »

Pour ces instants où les informations se bousculent, j'ai depuis longtemps mis au point une technique personnelle visant à feindre de ne pas comprendre. Un truc de caméléon afin de ne rien décider tout de suite, à utiliser en situation extrême tant les résultats sont approximatifs. Ainsi, quand je détourne le regard vers l'extérieur, observe par-delà les vitres les branches nues qui s'agitent, Maître Guyard ajoute pour porter l'estocade :

« Adrien, d'ici à la fin de la semaine, M. Nicolas sera inhumé et sa veuve mettra en vente la propriété. Nous étions assis à la même place quand vous avez assisté votre maman pour signer l'acte, il y a un an à peine, à regret, je crois. La question est simple : voulez-vous récupérer Le Clos de la Pierre ? »

Dehors, le vent s'est installé, un souffle encore frais, typiquement normand : des flots d'air humide qui tiennent l'esprit éveillé. Je longe la rue du Jardinet, descends la petite venelle du Vert-Galant aux pavés irréguliers et dangereux, laissant à ma gauche la maison dite « Henri IV » jusqu'à atteindre la place Saint-Denis. Puis, toute proche, la demeure apparaît. Dans mes empreintes d'enfant, j'ai mis mes pas d'adulte, l'un après l'autre, et repoussé mes doutes. Sur le seuil, devant l'écriteau « Le Clos de la Pierre » et ses lettres gravées au burin, j'ai attendu un signe en silence.

De retour à l'hôtel, j'ai pris le chemin du petit salon. La présence d'Igor, le barman, massive en dépit de son regard fuyant, était étrangement rassurante. Il semblait lire dans mes pensées : « Igor, nous allons passer un pacte, toi et moi. Fais en sorte que je sois tranquille au fond de la pièce et observe bien mon verre. Quand il sera vide, s'il te plaît, remplis-le autant de fois que nécessaire. Quand j'en aurai terminé, que je commencerai à évoquer ou à pleurer les morts, ramène-moi à ma chambre. Et n'en reparlons jamais. »

Puis le temps a défilé, faisant la course avec mes nerfs. J'ai bu beaucoup de café. Enduré des nuits courtes, mais douces. Je ne suis plus retourné au bar de l'hôtel Saint-Denis. Le rhum a disparu de ma vie. À l'agence de Mortagne, j'étais submergé par le travail, un rythme fou, mais idéal pour ne pas le devenir, fou. Et puis j'ai signé des documents à la banque, des assurances, des hypothèques. Et puis j'ai pleuré dans les bras frêles de maman. Et puis nous avons paraphé de nombreux papiers chez le notaire ; sa main fragile à la peau translucide n'a pas tremblé.

C'était la fin de l'été, une saison de rêve qui offre les soirées les plus douces au jardin, les couleurs les plus chaudes aux fleurs et sonne l'arrivée imminente des fruits du verger. C'était le jour où j'ai pris mon temps pour savourer la lecture de mon nom sur l'acte, mon fils Antoine assis tout près, balançant ses pieds au-dessus du sol. Le jour où Maître Guyard m'a remis les clés ainsi qu'une carte. De la main de Mme Nicolas, déjà partie dans le Sud, une écriture ronde et soignée précisait : « Cher Monsieur, voici à nouveau vos clés, conservez-les pour toujours. Françoise N. »

Nous sommes allés dîner chez maman. Elle semblait presque guérie. Elle s'est endormie dans le canapé après m'avoir proposé une tisane. Antoine a glissé un plaid sur ses jambes et m'a regardé longuement, interrogateur. Sur la route du retour, il n'a pas prononcé un mot, pas touché à son iPad. Et chez nous, à l'appartement, alors que j'allais l'embrasser, il a murmuré :

« Dis, ma Bonne-Maman à moi, elle ne va pas mourir ? »

Ce soir-là, le songe habituel est revenu, pour la dernière fois.

Autour de moi, les assiettes, les plats, la belle manufacture de porcelaine dans un décor de fleurs et de liserés. Un verre en cristal joue avec le soleil à travers le grand vitrail. Quelques couleurs sur la nappe, j'y pose mes mains, c'est un peu rêche, parfaitement tendu, un seul pli visible au centre. Je bouge à peine sur ma chaise, fragile. Je ferme les yeux, le décor change. Du déjeuner au dîner, le même plan de table, souvent les mêmes mots, les mêmes rires, les mêmes remarques, les mêmes anecdotes. Je me lève pour découper la volaille ou débarrasser un premier service. Un regard bleu vérifie que je me tiens bien à droite pour desservir les plats. Je perçois nos coups d'œil complices. Tu es ma Bonne-Maman, pour la vie. Mes pas sont feutrés sur le tapis, puis marqués, cuir contre chêne, semelle contre parquet. Je ferme les yeux plus fort encore. Toujours des verres, des fauteuils, du bois. Des livres, une lampe sur le marbre rouge, des tapis, des tableaux usés, je peux deviner qu'ils tombent, la corde cédant après cent ans suspendue au même clou. Ils tombent au ralenti, personne ne le voit, mais c'est inévitable, et je ne pourrai pas tout rattraper.

Ma vue s'éteint, les voix s'estompent, j'entends les portes claquer et les courants d'air chuinter comme un dernier murmure. Sur la table de la cuisine, il reste son journal, des mots croisés et un stylo. D'autres objets qui témoignent d'une activité pas si lointaine, d'une vie qui doit reprendre, mais ne reprendra pas. Brisée. C'est terrible ce qu'on laisse derrière soi d'inachevé.

2.

Le Clos de la Pierre

Il faut prendre son temps pour déambuler, téléphone dans la poche bâillonné en mode avion. Passer sur les hauteurs de Mortagne-au-Perche. Une cité qui dévoile ses charmes au premier regard et sans trop de pudeur, une gourmandise de raffinement pour qui veut bien ralentir, s'attarder un peu. Pareille à mille autres, sans doute, celle-ci est pour moi unique au monde : le creuset de nos familles demeure à jamais le refuge de nos secrets. Perdue en Normandie, à deux petites heures de route de Paris, elle abrite cinq mille âmes un brin farouches entre des collines et d'épaisses forêts. Chanceuse d'avoir été tenue à l'écart des grands ravages de la dernière guerre, la ville est restée debout, intacte. La légende raconte qu'une seule bombe y fut larguée et qu'elle s'échoua sans exploser sur le toit de la quincaillerie de mes arrière-grands-parents paternels. Les maisons sont toujours là, quelques châteaux, pléthore de manoirs à moins de trente kilomètres à la ronde. Mais aussi les fermes, les murs d'enceinte, les arbres centenaires. Je me souviens que, quand j'étais enfant, en arrivant par la « route de Paris », il y avait un grand panneau en pierre à l'entrée de la ville sur lequel était écrit « Mortagne sur Montagne, le plus beau bourg de

France » en lettres bleu foncé sur fond blanc. Peut-être y avait-il même un liseré rouge. La pierre s'est envolée et a laissé place à un mât d'acier aux dimensions et typographie réglementées par une administration européenne.

Mortagne vit du dynamisme de ses habitants, de ses résidents secondaires venus de la capitale, des week-ends prolongés et du tourisme vert, plus que jamais à la mode. L'artisanat est prospère, le commerce pas encore noyé sous les grands ensembles commerciaux. Dans le Perche comme dans beaucoup d'autres régions, les gens savent que l'on achète la lessive au supermarché, les tomates à la bonne saison et chez le primeur, faute de quoi « tout fout le camp ! ». Les échoppes de bouche jouent la carte de la qualité : pains, fromages, fruits, légumes, poissons et viandes sur des étals pleins le matin et vides le soir. Une petite ville où l'on respire et cultive encore des airs d'*authentique*. J'aime son voisinage de vallons vert tendre et ses paysages aux courbes douces, l'odeur d'humus, de champignons frais, de mousse, les fougères et les feuilles qui, à l'automne, retournent à la terre. J'aime son architecture d'un autre siècle, ses pierres calcaires et ses ruelles ombragées, le charme de l'église sans clocher, reconstruit et à nouveau écroulé, l'ambiance des halles couvertes le samedi matin pendant le marché, le sourire de ceux qui me désignent comme le portrait craché de mon grand-père, l'ancien marchand de clous. J'aime les terrasses animées sous la pluie… ou au soleil, bien plus généreux qu'on ne l'affirme aux informations. Je pourrais presque apprécier les regards fuyants ou froids qui se demandent ce que je fais là, traître revenu après de longues années, seul avec mon gamin sous le bras, coupable de ne pas avoir perpétué l'activité de mes aïeux. Le commerce familial a changé d'enseigne ; la première avait été peinte en lettres brunes en 1883 sur une façade de la place Notre-Dame. Je réapparais aujourd'hui, incongru, et ose afficher mon nom bien haut sur une vitrine d'assureur.

Quelque temps avant l'ouverture de l'agence – rachetée, certes, à la compagnie, mais plus concrètement à M. Valentin au terme d'une carrière interminable –, j'ai donc élu domicile à l'hôtel Saint-Denis pour deux ou trois nuits par semaine, la note étant payée par le siège au titre de la double résidence. Le trajet de retour vers Caen m'est en effet parfois trop pénible, temps précieux perdu alors que je me sens fatigué par les chiffres, qu'au fond je n'ai jamais aimés. Cette situation a éveillé les curiosités. Je trahissais encore : Mortagnais sans l'être pour de bon, visiteur venu travailler, exploiter le filon des bonnes âmes, repartant bien vite le soir vers la capitale normande. J'ai rapidement reçu la visite ou les appels d'agents immobiliers soucieux de me dénicher « une jolie petite maison pour toute la famille ». Les remarques de commerçants me surnommant « le Parisien » et les plaisanteries des restaurateurs – « Un seul couvert, comme d'habitude ? » – ont perduré quelques semaines. Les choses ont commencé à s'estomper vers la fin du printemps suivant.

Ce jour-là, je suis accoudé au comptoir du café du Théâtre, un établissement très fréquenté, à moins de cinq mètres de mon agence, dont le patron collectionne toutes sortes d'articles publicitaires anciens, posés, suspendus, bref, jetés un peu partout et saupoudrés d'une couche de poussière tellement uniforme qu'elle finit par se fondre dans le décor. Pendant que je finis tranquillement de boire mon expresso tout en jouant sur mon téléphone, le cafetier s'adresse à moi :

« Dis, voisin, toujours SDF ?

— Pardon ? »

Mon manque de repartie a toujours été un handicap. Et l'homme de poursuivre, le nez sur ses chaussures :

« Y en a qui disent que vous vivez à l'hôtel depuis des mois. Mais moi, j'ai entendu dire que la maison de famille du côté de votre mère, enfin, anciennement, était vendue… La vieille Nicolas aurait foutu le camp dans le Sud ! »

Un monsieur élégant se tient à l'autre extrémité du bar. Il frappe bruyamment le bois lustré du comptoir avec la tranche d'une pièce de monnaie. Rapidement attiré par le bruit répétitif, le patron détourne le regard, et le type brun le tance :

« Mme Nicolas a perdu son mari, alors un minimum de respect ! Parfois, je me demande vraiment pourquoi je fréquente ton bistrot.

— M. Paul, vous pensez bien que je disais ça en rigolant…

— Jean-Phi, offre donc un café à notre assureur au lieu de lui servir tes remarques désagréables, comme tu le fais depuis des semaines. »

Tout respire la sérénité chez cet individu plutôt grand et au timbre de voix particulier, un ton ferme et sans appel enveloppé de velours. En sortant, il me dit « bonne journée » et se coiffe d'un panama beige, souple, authentique. Le patron ramasse les pièces lâchées, toutes trois retournées côté face, et me propose donc un second café, offert par la maison.

« Remarquez bien que moi, je dis ça, je dis rien. »

Il dresse la nouvelle tasse brûlante dans ma soucoupe. Pour la première fois, il dépose également une mini-galette au beurre sur le rebord en porcelaine usée.

« Merci, monsieur.

— Alors, c'est vrai que vous avez racheté la belle maison ?

— Oui, j'ai eu beaucoup de chance…

— Du coup, ça reste dans la famille, comme on dit.

— Exactement.

— Alors, vous êtes à nouveau mortagnais ! Au fait, ici, tout le monde m'appelle Jean-Philippe.

— Je crois même que c'est Jean-Phi… Appelez-moi donc Adrien, ce sera plus pratique.

— Tiens, voilà Franck. Il travaille pour vous, non ? »

Franck, à l'extérieur, nous salue d'un geste, allume sa cigarette électronique, qui fait disparaître son visage derrière une brume de fumée crapotée. Je pense à ma mère et à cette image de voile assassin qui emporte chaque jour un peu de sa beauté, de sa jeunesse, l'éclat de ses cheveux dorés.

« S'il est là, ça veut dire que je suis en retard ! Bonne journée, Jean-Phi.

— À plus ! »

J'avale mon café brûlant, alors que je l'aime tiède, et sur le bar je laisse le compte juste en omettant volontairement le cadeau de Jean-Phi : deux euros quarante pour deux cafés, même pas le prix d'un seul à Montparnasse.

M. Valentin a exercé pendant quarante et un ans. Il n'était pas seulement assureur : il était l'Assureur. Racheter son agence fut chose aisée comparée aux premières réactions de la clientèle découvrant l'impensable mise à jour : l'apparition d'un repreneur. Instantanément, la rumeur enfla : j'avais presque poussé dehors le brave homme, entraînant à coup sûr une dépression post-retraite à l'ancien propriétaire de ces bureaux tapissés de moquette murale beige. Remplacer Valentin, c'était comme essayer de faire survivre le groupe Queen après Freddie Mercury. Heureusement, ma mère me souffla à l'oreille une de ses idées formidables d'attention et de diplomatie. Sur ses conseils, je proposai donc au récent retraité de conserver un petit bureau à l'agence, juste à côté du mien. Il pourrait venir y lire son journal, bavarder avec ses anciens clients, ravis et soulagés de voir la figure emblématique de l'assurance mortagnaise toujours dans les lieux. L'homme fut enchanté de cette transition douce, loin de la cuisine, des parties de bridge et surtout des envies de rangement, ou pire, de travaux de Madame son épouse.

Franck et moi, habiles et rusés, déjeunons désormais régulièrement en terrasse avec ce grand sage, précieux par ses conseils et son expérience du terrain. À la vue de tous, je marque des points dans l'estime de la ville et surtout endigue l'hémorragie de la clientèle, charmée par la concurrence, mais aussi privée des conseils et de la présence rassurante du bon monsieur aux cheveux d'argent. Lors de l'un de ces repas, au moment de commander nos trois cafés à Jean-Phi. M. Valentin prodigue un nouvel avis sur la conduite à tenir :

« Adrien, ces moments à table sont bien sympathiques, mais je pense que vous devriez plutôt inviter quelques commerçants à déjeuner. À commencer par les agents immobiliers.

— C'est une bonne idée, Guy, mais pourquoi les agents immobiliers ?

— Parce que vous les avez maltraités et vexés deux fois. La première à la vente de la propriété de votre grand-mère, conclue à la vitesse de la lumière avec et chez Maître Guyard. La seconde plus récemment, quand vous avez racheté la maison, fauchant l'herbe sous le pied des professionnels de la pierre, toujours avec l'aide et le concours du même Guyard. »

Jean-Philippe arrive avec trois expressos sur son plateau émaillé des années 1960 :

« Désolé de déranger votre aréopage, voici les cafés.

— Aréopage, mot compte triple ! »

Franck rit seul à sa propre blague, et je ravale mon sourire devant la mine sévère et le regard assassin de Guy Valentin, qui reprend :

« Je disais donc : invitez nos amis de l'immobilier. Une maison à vendre, c'est potentiellement de l'argent à placer, et, d'un autre point de vue, une maison vendue, c'est une maison à assurer. »

Je passe donc les jours suivants à déjeuner avec une petite liste d'invités sélectionnés par mon prédécesseur et à parler fonds de commerce ou investissements fonciers. Je consens à reconduire les budgets de mécénat du club de football, du club de tennis et de la course cycliste annuelle. Au terme de ce processus, enfin, fut arrachée la moquette beige des murs pour laisser place à un enduit coquille d'œuf, révolution presque invisible. J'accepte également d'être parrainé par Guy pour entrer au conseil d'administration de l'office du tourisme et, bien entendu, de faire une apparition au club de bridge de Mme Valentin afin d'y prendre le thé avec leurs amis, tous clients. À force de plats du jour et de tartes aux pommes « maison », ma silhouette s'est étoffée de quatre kilos, hors taxes. Je me décide alors à courir au moins trois fois par semaine pendant une heure.

Cette résolution coïncide avec les grandes manœuvres d'emménagement, quelques jours plus tard, au Clos de la Pierre. Je redoutais de prendre possession de ma nouvelle maison. J'ai ouvert quelques fenêtres pour renouveler l'air, flâné en laissant traîner mes doigts le long des murs. Avec mon impeccable maîtrise de la procrastination, j'allais m'installer, un jour prochain. À l'hôtel Saint-Denis, je demande que l'on prépare ma note, puis me souviens que je n'ai pas encore donné mon congé pour l'appartement de Caen. Il reste là-bas un lit de camp et quelques affaires ; on aurait dit le salon de Longwood.

Lorsque les déménageurs commencent à déposer mes cartons au milieu des pièces désertes, je suis tel un robot, confirmant par exemple que le carton « chambre Antoine » doit bien être entreposé à l'étage, dans la chambre ainsi désignée par une feuille scotchée sur la porte.

« La grande armoire, je la remonte ici ? m'a interrogé un garçon trempé de sueur, mais doté d'un air vraiment sympathique en dépit des efforts déployés depuis le petit matin.

— Non, non, merci, je le ferai moi-même. »

Erreur.

« Et du coup, les deux autres armoires, pareil, je n'y touche pas ?

— C'est ça, merci beaucoup. Ça m'occupera avec mon fils quelques week-ends. »

Erreur encore.

Je me suis donc entêté à refuser toute aide, comme si, pour faire revivre la maison, j'avais besoin d'emprunter le chemin de Damas.

3.

Antiquités

Tout ce temps, le Clos de la Pierre m'a attendu, figé, presque intact. À pas lents et silencieux, je réapprivoise la maison. Les peintures sobres choisies par Mme Nicolas respectent les lieux. La cuisine, moderne, est bien plus fonctionnelle que celle que j'ai connue. En vérité, seule la vigne vierge arrachée de la façade me chagrine, mais le caractère de la maison est désormais mis en valeur grâce aux longues pierres rectangulaires, aux enduits à la chaux tachés çà et là. Sous mes pieds, le parquet se met à craquer pour m'accueillir ; les bruits familiers des portes anciennes, des fenêtres ouvertes, finissent de réveiller le logis et une partie de mon cœur, endormis. Dans le bassin, je glisse deux nouveaux petits poissons rouges qui se réfugient immédiatement sous les nénuphars. Au fond du parc, la serre fait office de remise pour la table ronde, les chaises en fer forgé et quelques outils de jardinage. Au-dessus s'élève toujours le pigeonnier ; il était mon chez-moi, ma cabane quand j'étais enfant. À l'extérieur, au sommet de l'escalier en colimaçon qui mène à son entrée, la vue sur la maison est panoramique, merveilleuse. C'est ici que le notaire s'est tenu pour prendre la photo qui trônera ensuite quelques jours à peine en vitrine. Dans le silence, je crois entendre le chant d'une mésange. Pour lui répondre et conjurer définitivement le sort, je me place au même endroit, sur le promontoire, j'ouvre les bras, crie, hurle comme un Sioux devant l'orage, comme un champion un soir de grande victoire. Je prends une photo à mon tour, et j'appelle ma mère.

Et puis le vide, comme la veille. J'ai songé dans un premier temps à remettre à sa place chaque objet encore en ma possession. Mais dans cet élan de mimétisme, j'ai retrouvé la voie de la mélancolie.

Il faut rapidement que je repense la décoration, que je me décide à meubler différemment, à chercher des conseils avisés auprès de professionnels. Un œil neuf pour ne pas vivre dans un musée. Mais les jours s'écoulent ainsi, pleins de résolutions. Et je ne touche à rien.

Le dimanche suivant, écouteurs blancs vissés dans les oreilles, je remonte la rue Sainte-Croix en achevant une heure de footing censée chasser les idées sombres et me rendre une ligne impeccable. J'arbore un vieux T-shirt « *Fuck Everyone and Run* » rapporté d'un concert de Marillion. À une allure modérée, je passe devant une vitrine, puis marque l'arrêt. Elle est bordée de moulures bordeaux délavées. Les craquelures de la peinture laissent entrevoir une belle patine de chêne ancien. En lettres crème avec un effet d'ombre grisée, on peut lire « Antiquités » et, en dessous, dans une police de caractères minuscule, « L'essentiel est invisible pour les yeux ».

C'est une gravure joliment encadrée, posée sur un chevalet, qui attire mon regard : une étude de tête, *L'Amour*, réalisée mezzotinto. Sans remarquer la silhouette derrière la vitre, je sors mon téléphone pour photographier les traits de Vénus, la beauté incarnée. Au moment précis où, enfin, les reflets du cadre, de la vitrine et du soleil semblent acceptables pour prendre le cliché, deux coups résonnent face à moi contre la paroi. Je sursaute et lâche presque mon appareil. C'est alors que je distingue le visage d'un homme penché, le regard plein de malice et le sourire généreux. Quelques secondes plus tard, la porte de l'échoppe s'ouvre dans un frottement de bois sur une tomette mal ajustée.

« Vous la verrez bien mieux à l'intérieur ! »

Debout sur le seuil, il semble à peine plus âgé que moi, l'allure élancée, les bras en mouvement pour me faire signe d'entrer sans me laisser trop le choix. Il tient entre ses doigts le panama que je reconnais enfin. Il ajoute, d'une voix douce de conteur d'histoires :

« Je supplie ma compagne dans l'espoir d'emporter ce dessin chez nous, mais il n'y a rien à faire… Je vais sortir cette splendeur de la vitrine ; comme je l'ai dit, vous la verrez bien mieux.

— Merci beaucoup, mais vous êtes fermé…

— Ce n'est pas le mot que j'emploierais. Tenez, voyez comme elle est belle.

— Ravissante. Je vous comprends de vouloir la garder.

— C'est la tragédie de notre métier. Romy est bien plus raisonnable que moi. Elle mise sur un admirateur qui, un jour, tombera amoureux de ce visage pur et y laissera ses économies.

— Pour ce qui est de tomber amoureux, il y a erreur sur la personne… J'ai l'impression d'avoir déjà vu ce dessin. Dans un musée parisien ? Je dois raconter des âneries.

— Musée Jacquemart-André. Mais c'est improbable que vous le connaissiez, il a été exposé à la fin des années 1950.

— C'est peut-être en feuilletant un catalogue… Mais mes connaissances ne vont pas au-delà de ce coup du hasard.

— Il n'y a pas de hasard, jamais. »

Il me tend la main.

« Je m'appelle Paul.

— Adrien.

— Avec un H ?

— Non, à quoi un H servirait-il ?

— À me laisser espérer qu'il n'y a pas de hasard… Revenez la semaine prochaine, nous ouvrons le jeudi. Vous rencontrerez Romy, bien plus charmante que cette gravure ; c'est elle qui tient notre boutique, en plus d'être décoratrice à ses heures perdues.

— Votre femme, donc ?

— Ma compagne.

— C'est différent ?

— Elle vous dirait que oui.

— Entendu. À jeudi.

— À jeudi, Adrien l'assureur.

— Sans faute, c'est promis, Paul… l'antiquaire. »

Je sors et, à cet instant, aperçois un mouvement en hauteur dans une maison à l'angle de la rue : un rideau s'est ouvert derrière une fenêtre pour se refermer presque aussitôt sur un regard furtif.

Sur mon téléphone, j'enclenche la musique et augmente le volume. En remontant la rue, je passe devant l'agence, remarque mes nom et prénom écrits en lettres majuscules sous le logo éclairé de la compagnie, comme une provocation, un manque de subtilité et d'élégance.

Ce soir-là, je m'endors en me remémorant le fil de la journée, en cherchant le meilleur souvenir à conserver. Est-ce le visage de *L'Amour*, parfait sur son vélin un peu jauni, ou cette rencontre, le premier échange amical dans ma ville finalement inconnue ?

4.

Les choses entraînent les choses

Cela fait maintenant six mois que l'agence est ouverte, et presque trois que mes cartons demeurent scotchés et empilés à la maison.

Margaux est venue plusieurs fois avec Antoine afin de m'éviter les allers et retours. Lors de son dernier voyage, elle a apporté les papiers du divorce, rédigés par notre avocat commun. En signant les feuillets, j'ai su que l'amour évanoui allait progressivement laisser place à la tendresse, à une complicité de parents qui ne s'éteindrait jamais. Nous avons dîné tous les trois au milieu de la cuisine. Antoine a trouvé très drôle de nous voir ensemble, installés comme au camping, à la hâte. Margaux a ensuite entrepris le déballage de quelques objets utiles au quotidien, surtout de quoi préparer le petit déjeuner. Puis elle est repartie dans le soir d'automne, sans m'embrasser. Je l'ai raccompagnée jusqu'à sa voiture tandis que le petit, resté au chaud, nous regardait depuis l'étage. Elle était dos au réverbère, je ne distinguais pas bien son visage, et cependant, même en contre-jour, elle m'a paru belle. Elle a murmuré en frissonnant de froid :

« J'ai rencontré quelqu'un, tu sais… Et j'aimerais que tu puisses maintenant récupérer Antoine toutes les deux semaines et la moitié des vacances, comme le prévoit la convention de divorce.

— Bien sûr.

— Alors, tu me le déposes dimanche en fin de journée ?

— Bien sûr.

— Et fais quelque chose pour t'installer et sortir de ce camp provisoire.

— Promis. »

Au loin, j'ai eu l'impression d'être observé, une ombre sur le parking entre les arbres. Sur nos derniers mots, j'ai ri un peu avec elle, et Antoine, qui a ouvert la fenêtre, a agité une petite main blanche en direction de sa mère.

En retrouvant la douceur de la maison, j'ai fait le tour de chaque pièce et décidé d'agir pour évacuer un reflux de nostalgie – l'image de Margaux belle et désirable, ce qui était perdu, sans doute impossible à reconstruire. Le lendemain, la chambre de mon fils recevrait deux couches de peinture. Le chantier suivant concernerait le rangement complet de la cuisine. Enfin, j'irais peut-être revoir l'antiquaire et sa compagne décoratrice dans l'espoir d'obtenir quelques conseils.

Un samedi matin, tandis qu'Antoine joue à l'étage de l'agence, j'embrasse comme du bon pain la propriétaire du pressing, qui a choisi de quitter les assurances de sa banque pour signer chez moi, en dépit des réticences de son mari. Il est à peine 11 h 30 et Franck ne travaille pas. J'éteins les lumières et tourne la clé d'un geste décidé, sous le regard désapprobateur de mon voisin Jean-Philippe. Il vérifie ostensiblement et par deux fois sa montre.

Ma voiture est stationnée dans une rue adjacente. Tandis que j'ouvre la portière côté passager pour mon fils, je suis interpellé par la boulangère, qui me fait signe de venir la saluer.

« Bonjour madame Aunet, que puis-je pour vous ?

— Bonjour. Je voulais vous demander, si c'est possible, de garer votre véhicule ailleurs. Pardon, mais vous comprenez, ça prend la place d'un client.

— Je comprends, je comprends… Comptez sur moi, à partir de lundi vous ne me verrez plus garé ici.

— Mon mari passera vous voir aussi. On trouve que ça fait cher, toutes nos assurances.

— Pas de problème, venez à l'agence lundi. »

Je pivote pour retourner vers mon automobile, mais elle accompagne mon mouvement et me barre la route de son petit corps ramassé et farineux, insensible au froid. Je me force à maintenir un sourire.

« Vous rentrez chez vous pour le week-end ?

— Mais j'habite à Mortagne, madame Aunet ! »

Il devient difficile de conserver une attitude aimable, mais je donne le change – trois ans de théâtre au collège qui ne comptent pas pour des prunes.

« Ah, très bien, je vous verrai donc plus souvent.

— Avec plaisir, votre pain est excellent. Saluez votre mari et dites-lui de passer quand il peut.

— Oui, oui. Rien d'urgent non plus… Bougez pas. Il aime les bonbons, le gamin ? »

En trottinant, la boulangère s'éloigne, puis revient jusqu'à la voiture pour gratifier Antoine d'un petit sachet, fraises et bananes sucrées aux couleurs surnaturelles.

Sur la route, mes pensées s'agitent, s'emmêlent, de plus en plus confuses. Je revois cette dame à l'air autoritaire, accusateur, et puis le changement de son ton. La petite cité ne m'a pas encore apprivoisé, mais le lent processus semble enclenché.

Nous traversons la ville en direction du magasin de bricolage. Au rayon peinture, je laisse Antoine choisir la teinte de ses murs – tout en croisant les doigts, on ne sait jamais. Au milieu d'un catalogue, il pose son index : demain, la chambre de mon enfance, devenue celle de mon fils, retrouvera ses nuances bleues. Dans la file d'attente de la caisse, mon garçon s'essaie aux percussions avec les pinceaux à bout rond sur nos deux bidons. À cet instant, Paul tapote mon épaule.

« Adrien, je suis heureux de vous revoir, même si je sais où vous trouver.

— Bonjour, Paul, dis-je surpris, gêné d'avoir oublié de revenir à la boutique comme promis.

— Par deux fois Romy a tenté de vous rendre visite à l'agence. Elle m'a parlé d'un jeune et beau garçon aux cheveux très courts.

— Franck. Nous nous répartissons les journées au bureau et sur le terrain. »

C'est le moment que choisit mon fils pour cesser sa musique et saluer Paul :

« Bonjour, monsieur.

— Bonjour, jeune homme. Quel est ton prénom ?

— Antoine. »

Paul m'offre un long regard. Il ajoute en se tournant vers le petit :

« Je me prénomme Paul.

— Vous êtes un ami de mon papa ?

— J'y travaille, mon garçon. Quel âge as-tu ? »

Antoine cherche mon accord avant de répondre à la suite de l'interrogatoire :

« Neuf ans. Vous êtes plus grand que mon papa…

— Plus âgé, tu veux dire ?

— Non, plus grand, la taille, quoi. Plus vieux, je le vois bien.

— Plus grand que ton papa, tu es certain ? »

Il ouvre la main sur un double mètre métallique encore étiqueté et fait claquer l'enrouleur sur l'extrémité. Antoine ouvre de grands yeux, puis, après avoir découvert cet outil inconnu, s'active à déposer nos achats sur le tapis de la caisse. Sortis sur le parking, nous reprenons notre discussion tous les trois, le temps pour moi de charger la voiture. Alors qu'il s'apprête à nous laisser, Paul me demande :

« Auriez-vous quelques minutes à m'accorder avant de rentrer chez vous ? »

Il a adopté un ton sérieux et, pris au dépourvu, je réponds machinalement :

« Oui, dites-moi.

— Romy m'attend en terrasse, à côté de votre agence. Rejoignez-nous pour prendre un verre. Antoine, diabolo fraise ou grenadine ?

— J'aime pas trop quand ça pique, répond mon fils en mimant une petite grimace. Je peux prendre un jus d'abricot ?

— C'est encore mieux ! À tout de suite. »

Et Paul s'éloigne sur le parking, faisant claquer sa main droite le long de sa cuisse, comme pour battre une mesure imaginaire.

5.

Piazza della Signoria

Le ciel compte trois filets de nuage, le soleil est généreux, une brise imperceptible caresse nos nuques et l'enseigne de la pharmacie affiche vingt degrés : un été indien en Normandie, météo parfaite où l'excès n'existe pas. Installés à la terrasse du café, Paul et Romy nous attendent près d'un parasol énorme, dans l'ombre verte du tissu aux couleurs d'une marque de bière. Sur la table, les verres sont dressés et les glaçons fondent doucement près du jus d'abricot en bouteille. Alors que Paul s'avance pour nous accueillir, mon regard se tourne vers la femme assise à ses côtés. Je connais ce visage, sans doute croisé quelque part en ville, peut-être autour du plan d'eau. Elle pose son magazine, se lève et me propose la chaise face à elle sans me quitter des yeux.

« Voici enfin celui dont on me parle, celui qui admire mes objets en vitrine, promet de passer dire bonjour et ne vient jamais. »

Romy doit avoir mon âge, les cheveux blonds, ramenés en arrière pour dégager son front, illuminer entièrement son visage. Y brille un peu de poussière d'or, fragments de feuilles utilisées par les restaurateurs en meubles anciens. Ses yeux sont clairs, mais leur couleur m'échappe. Son sourire est marqué par deux accents circonflexes qui se dessinent aux coins de sa bouche. Je reste debout, la paume sur le cœur, un sourire commercial aux lèvres, celui que l'on aime ou que l'on déteste à la première seconde, et lui réponds :

« Adrien. Acceptez mes excuses, sincèrement. Il y a tant de choses nouvelles pour moi ici que j'en oublie l'essentiel !

— Excuses acceptées. »

Elle me tend une main en guise d'accord. Tandis que nos paumes se rencontrent, elle pose son autre main par-dessus la mienne et ajoute :

« Tenez vos promesses, Adrien. Et nous serons amis. »

À l'instant, mes fausses mimiques s'évanouissent.

Paul a servi le Prosecco, fines bulles au parfum d'Italie. L'étiquette glisse sur la bouteille trempée de condensation. Au loin, le belvédère de Florence sonne la demi-heure. Antoine a vidé son jus d'abricot en un éclair. J'ai commandé la même tournée au serveur d'un seul geste, en faisant virevolter mon doigt ; pas très distingué, mais efficace. Je n'aime pas cet Adrien de pacotille. Puis l'antiquaire a fait quelques signes plus élaborés au patron, murmuré trois mots. La table s'est constellée de petites choses à grignoter, jambon sec et fromage frais, pain en quantité généreuse. Une barquette de frites est posée devant Antoine, le nez dans son album Panini. L'homme a quitté notre groupe un instant, le temps de traverser la rue jusqu'à la maison de la presse, en face, et de revenir avec deux paquets de vignettes autocollantes. Mon fils sautille de joie, lance un « merchi ! », une frite encore dans la bouche. L'église Notre-Dame sonne deux fois. Et nous discutons encore, sans que jamais le temps ne compte. À peine distinguons-nous les gens qui s'installent et repartent, des regards insistants, un enfant qui pleure, le bal des oiseaux en quête de miettes. Mortagne qui s'agite autour de nous, juge, commente, on s'en fout.

Romy et Paul forment un tandem cultivé, chaleureux. Ils travaillent ensemble dans la boutique d'antiquités, rue Sainte-Croix. Paul sillonne les routes pour dénicher ce que Romy se chargera de vendre ou pour aller livrer la clientèle parisienne, parfois étrangère, du côté de la Belgique, le plus souvent. Romy tient à jour leur site internet, parfaitement illustré et documenté, accueille et renseigne les clients avec la conviction d'une esthète. Sur demande, elle s'improvise décoratrice d'intérieur ; mais je n'ose pas encore lui proposer de m'aider. Je suppose que nous sommes tous les trois de la même génération, celle qui s'est inventé des histoires, construit des cabanes, a pleuré sur une mauvaise note en dictée. Eux n'ont pas eu d'enfants. Le regard infiniment tendre de Romy sur Antoine est peut-être le signe d'un manque, d'un vide que le couple est parvenu à combler d'une façon que je ne connais pas encore.

Il y a une dizaine d'années, ils songeaient à quitter la Normandie, confient-ils, à partir vers La Rochelle, plus douce, lumineuse. Et puis le Perche est devenu à la mode, la clientèle des antiquaires est revenue, différente en termes de goûts et d'exigences, mais toujours demandeuse. Romy et Paul sont profondément normands : pour eux, ici se trouvent l'équilibre et le bonheur, à moins de deux heures de Paris et à une heure et demie de la côte. La Rochelle est oubliée. Moi, je raconte, Prosecco aidant, nos dix-huit derniers mois ; j'édulcore pour les oreilles d'Antoine. La banque, puis l'agence. Mon mariage, Cabourg, la séparation, Caen. L'hôtel à Mortagne. Le Clos de la Pierre, enfin. Et j'ajoute, après avoir réfléchi longuement à ma phrase :

« J'aimerais que vous puissiez venir à la maison une prochaine fois. J'aurai peut-être besoin de vos services. Et j'ai d'autres bulles au frais ! »

Mon regard se pose sur Romy, ragaillardi par le breuvage italien. J'ajoute :

« Je tourne en rond pour décorer et aménager. Vous pourriez jeter un œil et peut-être m'aider ? »

Tandis que Paul et moi prenons date sur notre téléphone, Romy ouvre un petit agenda de la Pléiade assorti d'un minuscule porte-mine. La semaine à venir étant trop chargée pour chacun d'entre nous et le week-end suivant monopolisé par le Salon des antiquaires à Bellême, nous convenons de nous retrouver deux semaines plus tard, à la maison, vers 18 heures. Ma Bonne-Maman disait « samedi en quinze » quand elle invitait ses amis à bridger. Antoine referme son album d'autocollants et s'écrie :

« Super ! »

Le plus simplement du monde, nous avons divisé l'addition et nous sommes dit au revoir d'un geste de la main. Antoine a cependant fait machine arrière pour embrasser les deux adultes. Romy lui a glissé une phrase au creux de l'oreille, puis, à mon intention :

« Pour finir l'après-midi, vous pourriez au moins passer une première couche de peinture dans la chambre de ce petit garçon… »

6.

Sans elle(s)

Dimanche, le lendemain matin. Antoine a escaladé l'escabeau de trois marches et s'amuse à ranger les plats et les moules à gâteau en haut des placards. Les cartons vides s'étalent et sont maintenant plus encombrants que ceux, encore pleins, qui transforment la cuisine en capharnaüm. Lorsqu'il entreprend de déballer les couverts, verres, tasses et carafes pour garnir la bonnetière, je l'observe sans dire un mot. Il pose chaque chose à sa place, celle que j'ai toujours connue. Comme guidés par ma grand-mère, ses gestes sont précis. De mon côté, je me suis mis au travail, l'esprit bercé par mon fils, qui chantonne un air de cour d'école. Un instant, elle était là, pressant le jus des framboises dans un torchon usé, la bassine de cuivre sur le feu éteint, les pots de confiture préparés sur le plan de travail, prêts à recevoir la gelée transparente, un parfum de fruit envahissant l'espace. J'aurais pu tendre la main, saisir la sienne, me blottir contre son tablier blanc. Elle aurait passé ses doigts dans mes cheveux. La seconde d'après, elle avait disparu.

Nous avons quitté Mortagne peu après le déjeuner, compas pointé vers le nord, direction la côte normande et la maison maternelle de mon fils. Il s'inquiétait pour son cartable du lundi, un exposé à finir de colorier et d'autres détails que j'ai fait mine de considérer avec le plus grand intérêt. Nous avons roulé tranquillement pour arriver à l'heure du goûter. Margaux était distraite, occupée à répondre à des messages sur son téléphone.

Je suis reparti avec une part de gâteau au yaourt enveloppée dans du papier alimentaire. Après quelques kilomètres, j'ai ouvert la fenêtre pour tout balancer. Et puis non, après tout… Je n'ai pas pris l'autoroute, préférant emprunter le chemin dominical que nous suivions parfois, l'été, avec mes parents, depuis Mortagne jusqu'à Langrune-sur-Mer, en faisant l'aller-retour dans la journée : la sortie d'Argentan, la grande ligne droite de platanes alignés, les deux flèches de la cathédrale de Sées, les petits villages aux stores d'épicerie désormais baissés en signe de capitulation. Ma mère choisissait une cassette audio dans la portière – Abba, le plus souvent. Elle appuyait sur le bouton de l'allume-cigare, clac, le tabac blond qui crépitait et la fumée qui se faufilait jusqu'à moi, à l'arrière, le nez sous mon pull-over.

Arrivé à Mortagne, je rentre la voiture par le grand portail vert aux gonds rongés de rouille que j'observe une fois encore sans réfléchir à un remède. Décidé à me rendre au cinéma, je dîne d'une soupe en brique agrémentée de croûtons à l'ail, puis je sors une première fois dans la rue, avant de me raviser. À la seconde tentative, je me coiffe de la casquette de mon fils et me pare d'une longue écharpe à motifs fleuris, nouée face au miroir.

Comme j'ai quelques minutes d'avance sur la séance, je me retrouve seul dans la salle surchauffée aux murs noirs, aux sièges cramoisis. Je choisis la rangée centrale, fauteuil du milieu, et sous mon pied craquent des restes de pop-corn. Deux heures plus tard, je ressors ébloui. Une poignée de spectateurs ont quitté la salle, deux par deux, avant le dernier mot du générique et les logos du studio, des producteurs, des compagnies qui me fascinent.

Puis c'est le chemin du retour, les pas sur les pavés comptés comme un môme qui piaffe d'impatience, loin de chez lui. Parfois, le caoutchouc de mes Converse glisse sur le lichen parti à la conquête de la pierre. Je connais le nombre de réverbères, les lignes du graffiti tagué sous le portail Saint-Denis ; je devine les fumées blanches des chaudières au gaz et les volutes foncées du bois qui brûle dans les cheminées.

Au loin, il y a mes arbres qui chantent, le vent qui joue à recouvrir le bassin d'un manteau de feuilles désormais orphelines. Puis la maison.

Pieds nus, la musique dans les oreilles, je remonte l'escalier sans laisser échapper une seule goutte d'eau chaude de ma tasse. Devant la lumière de la lampe de chevet danse un peu de vapeur – les effluves de ma tisane. Les cartons sont encore partout, envahissants, laids, gribouillés de mots, de descriptions, de chiffres, retenant prisonniers mes livres, mes disques et mes secrets. J'éteins la lumière et joue les yeux ouverts avec les souvenirs d'hier et d'aujourd'hui : la voix légère de Romy, ses cheveux aux reflets d'or, le regard de Paul, le rire de mon fils les doigts barbouillés de peinture bleue, son regard fier en me voyant tracer une ligne parfaite entre le plafond et le mur, les yeux de Margaux qui ne m'aiment plus, et moi, ici, à ma place et dans ma vie. La vie qui recommence, enfin.

7.

Appel d'offres

En milieu de semaine, Franck vient m'apporter le courrier dans mon bureau, la mine triste et résignée. Deux lettres recommandées confirment que nous venons de perdre un client très important : la mairie de Mortagne résilie les contrats d'assurance de la salle des fêtes, des deux salles omnisports, de la piscine, de quatre camions et des trois bus scolaires à leur prochaine échéance. Quelques instants plus tard, M. Valentin entre dans l'agence, journal sous le bras, suivi de Jean-Phi tenant du bout des doigts un plateau avec trois cafés. L'un a lancé sur son bureau le canard, qui a glissé pour finir sur le fauteuil, l'autre a déposé les tasses sur le comptoir d'accueil, puis est reparti avec un « au revoir m'sieurs-dames », le ticket de caisse coincé sous le pot à crayons.

« Guy, nous avons un problème avec la mairie.

— Lequel ?

— Voyez vous-même… »

Aussitôt, il rejoint son bureau, avalant son expresso au passage. D'interminables minutes s'écculent durant lesquelles le grand sage étudie la missive, passe une fois la main dans ses mèches argentées, s'éclaircit la gorge avant de saisir le téléphone en prenant soin d'entrebâiller la porte pour que nous puissions entendre sa conversation avec le maire.

Mon moral plonge. Les chiffres des emprunts défilent sous mes yeux, les impôts qui entrent, les clients qui sortent... D'un coup de pied, je fais pivoter ma chaise. Par la fenêtre, j'observe la fontaine qui ne coule plus. Aux beaux jours, la terrasse du café du Théâtre s'étire jusque devant l'entrée de l'agence, mais aujourd'hui tout est vide. Cette météo d'automne n'est faite pour personne, ni pour les hommes ni pour les chiens. Un temps de facteur qui ne délivre que de mauvaises nouvelles et nous laisse songeurs derrière une fenêtre.

*

Quand je revenais de l'école avant la Toussaint, vers 16 h 30, en culotte courte, ma mère m'attendait à la maison avec une bouteille d'eau en verre consigné et un sandwich pour le goûter. Elle râpait de minuscules copeaux de chocolat noir Menier sur une baguette bien cuite enduite de beurre demi-sel. Les cristaux craquaient sous mes dents, et parfois j'en isolais un pour le faire fondre doucement. Les bottes étaient déjà chargées dans le coffre de la voiture. Nous partions en amoureux cueillir des chanterelles dans des parcelles de forêt connues d'elle seule. Quelquefois, j'avais pour leçon un poème à retenir, alors elle m'en faisait la lecture, conduisant d'une main tel un pilote, un fichu sur les cheveux en guise de casque. Je répétais de mémoire, écorchant les mots et les rimes. Elle lisait à nouveau. Et, une fois que nous étions arrivés dans les bois de Réno-Valdieu, je connaissais par cœur les vers d'Arthur Rimbaud. Elle me racontait qu'elle venait ici avec mon grand-père et que peut-être un jour j'indiquerais le chemin à mes petits. Elle ne se doutait pas que, après l'école, les enfants d'aujourd'hui joueraient à piloter un avion, à se dézinguer entre eux sur Internet ou à construire des villes géantes sur une tablette numérique. Assis sur le siège passager, je regardais ma mère comme si elle était actrice dans un film de Claude Sautet, belle jusqu'au bout de sa cigarette, une mèche de cheveux échappée de son foulard, la fenêtre de notre Peugeot entrouverte.

*

Un courant d'air. Du bruit à ma porte. Guy Valentin entre et se plante devant mon bureau.

« Le maire a oublié que je l'ai connu haut comme trois pommes ! On ignore donc les courriers et les résiliations, mais on ne coupera pas à un appel d'offres en bonne et due forme dès l'année prochaine. »

D'un geste théâtral, il déchire les feuillets à en-tête du conseil municipal, un sourire fier aux lèvres.

« Merci, Guy. Vous êtes le meilleur.

— Je vous jure, le Percheron est parfois tête de mule !

— Vous dites ça pour vous…

— Non, pour le maire et les couillons qui n'aiment ni les nouvelles ni les anciennes têtes ! Et moi, je me soigne !

— Merci.

— Ils finiront par vous aimer. En attendant : profil bas et tournées de cafés dès que vous pouvez. Bonne journée, Adrien.

— Vous partez déjà ?

— Un seul problème par jour, ça me suffit. Et puis, le jeudi, c'est jour de restaurant avec Mme Valentin. »

Sa poignée de main m'enveloppe, solide et chaude. Il sort comme on sort de scène après le troisième rappel du triomphe, droit, sans retour.

Je bois mon café froid, et Franck fait la grimace en me voyant déglutir sans sourciller. Je ne saurai jamais si ce garçon me regarde à la manière d'un frère ou d'un père, mais il apprend vite et commet rarement deux fois la même erreur. Il a une intelligence bien plus vive que la mienne ; j'apprécie sa sensibilité et son regard sur le monde, sa faculté à saisir l'essentiel, à savoir s'éclipser ou à poser la bonne question.

« Franck, quel commerçant voit passer le plus de clients tous les jours ?

— Hum… je dirais les boulangers, aux quatre coins de la ville, ou la maison de la presse, juste en face.

— Sors le récapitulatif des contrats, réserve ton déjeuner, je vais acheter le journal ! »

8.

Dans ma maison vide

La sonnette du Clos de la Pierre est une antiquité. Dans la rue, un poussoir en laiton cerclé de porcelaine blanche actionne un marteau de fer miniature par un mystère d'ondes électriques. Il malmène de vibrations la petite cloche ; l'ensemble produit des notes aiguës, tout droit venues des années 1960. J'ai refusé à mon artisan la pose d'un visiophone et le changement du système. Il me faut donc sortir et marcher quelques mètres vers la porte du mur d'enceinte extérieur tandis que Romy et Paul patientent, à l'écoute des pas sur le gravier. Une fois entrés, ils s'immobilisent un court instant sur les trois marches de granit qui font office de seuil. Les ultimes rayons du soleil percent entre les dernières feuilles du hêtre pourpre pendant qu'Antoine joue à pêcher je ne sais quoi dans le bassin avec une vieille passoire en aluminium. Bientôt, il court pour s'introduire dans la maison, une grosse écharpe autour du cou.

À l'intérieur, les invités comprennent vite : depuis l'emménagement, ma priorité n'est ni à l'installation ni au rangement. J'ai un peu honte de m'être enthousiasmé à proposer cet apéritif. Dans l'entrée, le grand miroir est toujours posé au sol, et les manteaux s'accumulent sur la boule de verre taillé qui surplombe le dernier barreau de la rampe d'escalier.

J'indique le huis de droite donnant sur la salle à manger. Sans lumière artificielle, la pièce est baignée des reflets du vitrail, imposant, aux motifs géométriques simples et aux teintes vives : rouge et bleu en majorité, avec quelques notes de jaune, de blanc. Il dévoile, à l'ouest, une vue panoramique sur le jardin, le bassin et les grands arbres.

Le slalom entre les cartons me vaut des moqueries de la part de Romy. Nous gagnons le salon en file indienne.

Mon fils est fier de notre travail effectué à la hâte : le tapis est posé sous le lustre (en réalité, une simple ampoule à l'extrémité de sa douille), la table basse est entourée de fauteuils dépareillés, le feu est bien nourri, et le panier à bois rempli. Comme dans le reste de la maison, les murs du salon sont encore vierges, seulement tachés d'auréoles plus sombres ou plus claires, traces en forme de souvenirs des tableaux et ornements du passé. C'est peut-être cette absence de décor, le caractère spartiate de la pièce, qui contribue à établir entre nous une ambiance, une complicité particulière.

Antoine part en quête du carton estampillé « verres à vin » et des petits fours restés au chaud dans la cuisine. Puis il me demande la permission d'aller prendre son bain, non sans avoir au préalable largement prélevé sa part de gâteaux apéritifs. De notre campement au salon, j'entends l'eau qui monte de la chaudière, située à la cave, jusque dans la salle de bains au-dessus. J'imagine mon petit bonhomme au milieu de la mousse, comme moi trente ans plus tôt. À cette époque, j'avais le droit de choisir une cassette de musique classique dans la collection de ma grand-mère et d'écouter les grandes symphonies diffusées grâce à un poste Philips, les oreilles à moitié immergées.

Paul s'est levé. Il examine la bibliothèque fichée dans le mur, du plafond jusqu'à mi-hauteur, et les boiseries juste en dessous, comme une frontière entre les deux. À cet endroit précis, son œil expert remarque une découpe un peu trop prononcée. Je lui dis :

« Posez la main sur la première étagère, au fond, juste à droite du *Don Quichotte* à reliure bordeaux. Cherchez un crochet… »

Il s'exécute et parvient à faire pivoter le pan inférieur, faisant craquer le chêne, découvrant alors un espace creusé dans le mur, à peine assez large pour dissimuler un homme. Là, un coffre-fort noir est scellé dans la pierre. En façade : deux cadrans et une serrure.

« J'adore définitivement cette maison, dit-il avec un large sourire. S'ouvre-t-il ? Bien souvent ces vieilles armoires métalliques sont condamnées par la rouille.

— Les molettes chiffrées ne fonctionnent plus, en effet. Mais voici la clé. »

Après que je me suis levé pour sortir le sésame d'une petite urne en bronze, Paul découvre mon « trésor » dans une boîte en carton orange scotchée aux quatre angles : des pièces en argent, offertes une par une par Bonne-Maman à l'occasion de mes anniversaires ou des réveillons de Noël. La collection est regroupée au cœur d'un épais torchon blanc. Certaines sont récentes, de cinq à cent francs, d'autres frappées de la tête d'un empereur ou d'un roi, usées, presque effacées. L'antiquaire semble à la fois heureux et gêné d'avoir satisfait sa curiosité.

« Merci, Adrien. Puis-je fumer ? »

Nous sortons tous les trois par la porte-fenêtre du salon. Il fait frais, le ciel est clair, et Romy a revêtu un pull-over gris souris en cachemire ; de son sac, elle extrait un bonnet assorti. Le jardin est divisé en petites parcelles délimitées par des allées de gravillons qui serpentent et nous guident, entre les massifs de roses ou d'hortensias en fin de vie, vers la serre, le pigeonnier, le garage et le bûcher. Au centre, mon grand-père avait fait creuser un bassin avec un pont à peine assez large pour un adulte.

À chaque étape, je raconte une anecdote, un souvenir, à la lueur des lanternes de la façade. Dès que le silence s'installe pendant plus de trois secondes, Paul m'interroge sur une curieuse stèle ou sur ce qui lui semble être les vestiges de l'ancienne collégiale noyés dans le mur d'enceinte. Antoine nous fait de grands signes depuis la fenêtre de sa chambre à l'étage. D'un geste synchronisé, nous lui renvoyons son salut. Un souffle se faufile entre les dernières feuilles, sur les reflets de l'eau, puis vient mourir entre nos doigts tendus. Je dépose ma veste sur les épaules de Romy. Soudain, je crains que mon geste instinctif ne lui ait déplu. Elle saisit le col, se blottit sous l'étoffe, me remercie sans me regarder et ajoute :

« Savez-vous que nous nous étions déjà croisés avant de boire un verre l'autre jour ?

— J'ai aussi cette impression, Romy…

— Autour du plan d'eau, deux fois. Vous courez dans le sens inverse des aiguilles d'une montre, contrairement à moi.

— Il y a longtemps ?

— La première fois voici quelques semaines. Vous courez avec de la musique et les yeux baissés. »

Elle rit et part en trottinant, mimant mon allure, ses deux index dans les oreilles pour figurer mes écouteurs.

« Allez, je plaisante, votre style n'est pas si mal. Et puis vous avez un bon rythme. »

Paul me tape sur l'épaule et précise :

« Elle est encore plus impitoyable avec moi, c'est pour ça que je ne cours plus avec elle !

— Impitoyable, vous avez raison, Paul, c'est le mot. »

Romy s'entraîne deux fois par semaine et ambitionne de participer au semi-marathon de Caen l'année prochaine. Paul déteste l'exercice, mais il accompagne celle qu'il aime. Je serais ravi de faire cette course, mais je n'ai ni le courage de le leur dire ni celui d'y croire vraiment.

Nous regagnons l'intérieur. Dans l'entrée, nous assistons à la descente d'Antoine, à califourchon sur la rampe de l'escalier. Romy a empilé deux cartons de part et d'autre du salon, puis allumé une lampe sur chacun de ces guéridons improvisés, éteignant le plafonnier central et sa lumière criarde. Antoine, quant à lui, est affairé à la reconstruction d'un immense vaisseau en Lego, sans le plan, évidemment, « sinon c'est trop facile ». Ainsi, nous prolongeons la soirée. Dans la rue, quelques insectes viennent se brûler les ailes sur l'ampoule d'un réverbère à la vitre brisée.

La question essentielle d'une installation convenable et de la décoration de ma maison survient au détour d'une remarque de Romy, formulée sur un ton malicieux :

« Où pensez-vous accrocher ma petite gravure, le visage de *L'Amour* ?

— Romy, il y a suffisamment de place, tu ne vois pas ? » lance Paul sur un ton amusé.

Et sa compagne d'enchaîner :

« Adrien, je vous confirme que vous avez besoin de quelques conseils, voire d'un sérieux coup de main…

— La vérité, Romy, c'est qu'à chaque décision j'ai peur de trop ou de ne pas assez changer les choses, alors je ne fais rien. J'angoisse à l'idée de planter un clou ou de choisir une couleur. Quant à acheter un lustre, un tableau, n'en parlons pas ! C'est grave, docteur ?

— Il vous faut de l'aide et un regard neuf. Venez à la maison, puis à la boutique, et vous verrez comment je travaille. Mais n'angoissez plus. Rien ne presse, et la tâche à accomplir n'est pas titanesque, il ne faut pas exagérer. »

Paul s'est de nouveau levé pendant l'échange. Il est aux côtés d'Antoine, tel un expert en engins spatiaux. Romy ajoute :

« Cette maison regorge de souvenirs tendres et merveilleux que vous évoquez sans peine à la moindre occasion. Pourquoi serait-il si difficile de vous sentir ici chez vous ? »

Ma vue se brouille. Je fuis cette question depuis des semaines, et la voilà posée simplement par cette femme encore inconnue quelques jours plus tôt. Tout dans son attitude m'inspire confiance. Si nous avions été plus proches, elle aurait sans doute pris ma main, j'aurais glissé ma tête sur son épaule et laissé venir les sanglots. J'aurais pleuré comme un enfant qui voit s'évanouir un chagrin sans pouvoir arrêter ses larmes, blessure encore lancinante, refermée en une cicatrice boursouflée.

« J'ai l'impression que ma maison est vide, Romy, que je ne saurai jamais lui redonner vie. Je me revois faire des cartons, emballer et charger des meubles hors d'ici. Je vois mes souvenirs, mais pas l'avenir. J'ai une maison de famille sans famille… »

Les mains de Paul se posent sur mes épaules, réconfortantes. Après un moment suspendu, la dernière bûche craque, puis se fissure en deux, libérant un discret feu d'artifice de braises. Dans ce silence, la douce respiration d'Antoine, endormi sur un lit de repos au fond de la pièce, nous fait prendre conscience de l'heure tardive. Romy se redresse et, sans bruit, lui caresse le visage. Nous nous disons au revoir devant la porte-fenêtre, avant que je ne les raccompagne.

Au sol, dans le salon, le vaisseau est achevé, puissant et fantastique. Je prends mon fils dans mes bras, le porte jusqu'à mon lit ; sa chambre sent encore trop fort la peinture fraîche. Je redescends éteindre les deux lampes, ajuster le pare-feu, ramasser les verres et les déposer avec le reste sur un grand plateau pour les rapporter dans la cuisine. D'un glissement de doigt, je mets en sourdine une chanson des Pink Floyd, « Shine on You Crazy Diamond ». C'était la première véritable soirée dans ma maison. Un instant, je ferme les yeux et remercie le ciel.

… *And shine.*

La musique est éteinte, la quiétude absolue. Non, en réalité, le vent siffle un peu sous les fenêtres, une porte vibre délicatement quelque part contre le parquet, la maison chante. En verrouillant la porte, je vérifie mon reflet dans le miroir posé à terre. Et je le vois. Je vois le petit carton coincé dans l'angle, la carte de visite de Romy et de Paul, avec quelques mots d'une écriture fine et régulière.

9.

Cupidon à cheval

La semaine suivante est rythmée par plusieurs rendez-vous à l'agence et chez mes clients. Je suis heureux de constater, jour après jour, les premiers succès de notre équipe : Franck à la chasse aux prospects, moi à la remise en route des affaires en portefeuille, Guy en auditeur libre, en figure de proue.

Jeudi matin, vers 8 h 30, attablés devant des cafés allongés derrière la vitrine du bistrot voisin, nous assistons, avec mon jeune collaborateur, au réveil de la petite cité mortagnaise. Le bal des voitures, des écoliers, des clients de la maison de la presse, des artisans qui avalent un expresso et repartent au galop, des fumeurs qui tapent des pieds, bravant courageusement le froid, des commerçants toujours plus combatifs face au raz de marée d'Internet. Une vie d'abeilles actives au service de la ruche.

Franck connaît la plupart des visages : il n'a, lui, jamais quitté la ville. Ses yeux s'illuminent lorsqu'une jeune femme à la silhouette élancée passe devant nous. Elle est coiffée comme un garçon, mais son visage m'évoque celui de la gravure, dessiné avec précision.

« Salut, Franck ! Bonjour, monsieur. »

J'ai deux cent cinquante ans et Franck vingt-quatre, le monde s'écroule, je suis vieux, moche, divorcé, seul. Franck répond, mais elle a déjà disparu. Des rires plus loin, à l'intérieur. Elle passe de nouveau devant nous, s'arrête, une main dans la poche de son trench beige et l'autre qui pianote face à moi sur la table.

« Vous êtes bien Adrien, l'ami de mes patrons ? Les antiquaires… »

Je tends le bras pour la saluer, mais elle ignore le geste. Elle a cessé de jouer des doigts sur le Formica délavé pour dérober le spéculoos de Franck et en croquer une bouchée. Elle poursuit, ses yeux noisette plantés dans les miens :

« Mathilde. Je travaille pour Paul et Romy. Nous nous croiserons encore, j'imagine. »

Elle repose le biscuit entamé sur la soucoupe. Ma bouche s'ouvre alors qu'elle se penche à l'oreille de Franck et murmure trois mots. Il rougit.

« Bonne journée, les garçons ! »

Elle s'éloigne, se retourne, ses doigts forment un V tendu vers nous de l'autre côté de la vitrine. J'ai quarante ans à peine et, finalement, la vie est belle.

Quelques jours ont passé sans la revoir, et les traits de son visage, peu à peu, m'échappent. Je me souviens que ma mère se répète souvent le jour de la semaine suivi de son étymologie. Aujourd'hui, c'est un nouveau jeudi, *Jovis dies*, le jour de Jupiter : rien ne pourra m'arrêter, me résister. C'est sans doute mieux de commencer la journée ainsi plutôt que le moral en berne. Les époux Gallardo m'attendent devant la porte de l'agence, les joues rougies. Ils ont rendez-vous à 10 heures. Il est

9 h 30. Ils sont venus de La Chapelle-Montligeon pour négocier leurs contrats : deux voitures et la maison. Nous prenons congé moins d'une heure plus tard, tous satisfaits, avec la réduction attendue, un peu d'épargne intelligemment optimisée et une nouvelle complémentaire santé en prime. *Jovis dies.* Je sors et commande deux autres cafés allongés au garçon du Théâtre. Comme son patron, il sait nos habitudes et sert les tasses sur un plateau, sans sucre, avec spéculoos. Je fais le chemin inverse, attentif à mon chargement, et dépose les boissons sur le bureau de Franck à l'accueil. Assis côte à côte, nous discutons stratégie, concurrence des banques, communication dans le journal local, projets de développement pour pouvoir embaucher au plus vite une troisième personne afin de tenir une permanence. Il est environ 11 h 30 : je confie l'agence à Franck et file d'un pas léger vers la rue Sainte-Croix.

Je descends du côté ensoleillé, les pavés toujours sombres à cette saison où tout demeure humide. Sur mon trajet, l'échoppe du fleuriste, les portes grandes ouvertes, libère des effluves d'herbe coupée. J'entre, choisis une rose espérance au cœur blanc et aux pétales ourlés d'une teinte pâle. La fleur est belle, mais l'emballage affreux, coloré, criard. Je poursuis mon chemin, défais l'enveloppe de crépon violet et le film transparent, les jette dans une poubelle jaune. Je m'introduis dans le tabac d'à côté et demande un paquet de chewing-gums à la chlorophylle, les meilleurs, mais dont le goût s'évanouit trop rapidement ; depuis des décennies, le progrès n'y change rien. Rupture de stock. Je commande alors un paquet de petites fraises, ces bonbons qui laissent la langue tachée de rouge.

Au fond de la pièce, un homme a cessé de cocher sa grille de loto ; il observe mon bras prolongé par la fleur. Je ressors pour flâner devant les grilles de la mairie et décide de faire un détour par le jardin public. Du côté sud de l'hôtel de ville, la perspective du parc plonge vers la campagne, presque à l'infini. Au centre de la verdure, des buis vernis de rosée et des fleurs ordonnées à la française trône la *Métamorphose de Neptune*, un cheval de bronze monté par Cupidon sur son imposant piédestal de granit. L'œuvre fait deux fois la hauteur d'un homme. Tous les enfants de Mortagne ont rêvé de chevaucher la bête, de se saisir du trident appartenant au fils de Mars et de Vénus. J'abandonne ce projet enfantin pour retrouver mon parcours initial, vers les antiquaires de la rue Sainte-Croix.

L'aménagement de la vitrine a légèrement changé. Il y a désormais, à la place de la gravure, une chaise au tissu fleuri, mais très usé, sur laquelle est posé un écriteau de fiche bristol plié en deux indiquant « XVIIIe ». J'entre, la porte frotte sur la tomette. Romy est en train d'ajuster un abat-jour sur une imposante lampe de cuivre, un flambeau d'église. Le magasin embaume l'encens, la cire d'abeille et le vent frais comme un sorbet qui s'est engouffré derrière moi. À l'inverse de beaucoup de commerces similaires, tout est clair et lumineux dans cette boutique ; les meubles et objets sont dépourvus de poussière, et chaque chose est étiquetée. Romy actionne l'interrupteur de la lampe, qui, s'illuminant, paraît plus imposante encore. Elle vient vers moi, deux fossettes creusées aux coins de sa bouche, un sourire sur ses lèvres closes. Près d'elle, j'aperçois un soliflore de cristal un peu blanchi posé sur un guéridon cerclé de métal doré.

« Il attendait une rose, dis-je presque à voix basse.

— Et moi, je n'attendais plus. »

Romy semble contrariée.

« J'ai un peu laissé filer les jours…

— Adrien, vous êtes celui que l'on adore détester, que l'on attend en se promettant de crier : "Tu exagères !", et que finalement on fête sans rien dire, parce qu'il arrive une fleur à la main. »

Nous nous embrassons sur chaque joue, bruyamment, comme font les insouciants dans un geste affectueux. Sur un meuble, j'entrevois un intrus noir au logo rose fluorescent qui doit être son sac de sport.

« Je vous ai parlé de mon projet de semi-marathon avec Paul ?

— Vaguement. Et je n'ai pas osé vous avouer que, moi aussi, j'aimerais y participer.

— Vous vous entraînez au moins deux fois par semaine ?

— Au minimum. Enfin, je m'efforce de m'y tenir.

— Paul est d'accord si on se fixe un objectif raisonnable. Mais ça requiert pas mal de discipline. Vous connaissez ce mot ?

— J'irai jeter un œil dans le dico… Vous voulez dire qu'on pourrait courir tous les trois ?

— Essayons ! On a huit mois devant nous. »

À cet instant, Mathilde surgit d'une porte au fond de la boutique et s'avance d'un pas léger dans des ballerines de cuir noir – une hérésie à cette saison.

« Bonjour, Adrien. »

Ses yeux sont comme des châtaignes posées sur la braise, et cependant sa voix calme semble couler de sa bouche tel un filet de ruisseau.

« Bonjour, Mathilde. »

Elle vient récupérer un grand cahier sur la table du magasin, devant une petite caisse à monnaie et un appareil à carte bleue. Un sourire aimable aux lèvres, un geste de la main pour me saluer, ni bague aux doigts ni vernis aux ongles. Au moment où elle s'éloigne, je distingue dans son cou deux étoiles, encre éternelle sous la peau. Je n'aime pas les tatouages. La jeune fille disparaît dans l'arrière-boutique, revient avec une carafe, remplit le soliflore à moitié et repart. Sur son passage, elle ne laisse aucun parfum. Mon amie antiquaire m'arrache à mes observations :

« Mathilde est notre comptable. Elle fait aussi un peu de secrétariat, s'occupe des tonnes de paperasse dès que Paul achète ou vend à l'étranger. Elle est arrivée un jour en stage pour ne jamais repartir. Je crois qu'on ne l'a jamais vue se plaindre ni faire la tête. Fumer doit être son seul défaut, et encore !

— Mais ce n'est pas un magasin d'antiquités que vous tenez, c'est une multinationale avec du personnel plein les réserves !

— Sans la rigueur de Mathilde, nous serions perdus. Et puis, quand chacun se concentre sur ce qu'il sait faire, on est bien plus efficaces… et, au bout du compte, plus rentables. Installons-nous ici, je vais vous montrer deux ou trois choses. »

Sur la table qui lui sert de comptoir, Romy ouvre son MacBook, tire un fauteuil près du sien.

« Avant tout, notez : ce soir, 19 h 15, footing d'une heure. D'accord ?

— D'accord.

— Je vais vous envoyer un lien vers un album photos. Il y en a beaucoup, on va commencer ensemble et vous regarderez tranquillement tout ça chez vous. De mon côté, je préparerai un autre album avec des décors semblables à votre maison.

— Vous croyez que ça va m'aider ?

— Disons que c'est à partir de maintenant qu'il va falloir fournir un petit effort, cher Adrien... Vous n'avez pas réclamé mon aide pour ronchonner devant les premières suggestions ? »

Peut-être que depuis trop longtemps personne n'a plus osé me remettre, même gentiment, à ma place. J'en apprécie d'autant plus Romy. Je m'excuse. Elle me tapote la main comme elle l'aurait fait avec Antoine pour l'encourager à réciter sa leçon. Je regarde donc avec attention les images qui défilent sur l'écran, plisse les yeux ou soulève les paupières. Et, petit à petit, je me laisse apprivoiser, gagner par les bénéfices de l'exercice en cours. J'associe une couleur de mur à une texture de rideau, je m'arrête sur un fauteuil qui évoque les miens et sur cette cheminée identique à celle du salon du Clos de la Pierre. Romy note, griffonne, trace, esquisse sur des pages de papier recyclé soustraites à l'imprimante. Le chantier décoration de la maison est officiellement ouvert après qu'elle a raccroché le téléphone : un artisan viendra lundi prochain pour prendre des mesures. Il s'agira de détapisser la salle à manger et le salon, d'enduire et de peindre... ou en tout cas de chiffrer ces premiers travaux.

Une pendule tinte sous sa cloche de verre. 13 heures. Romy recule son fauteuil, satisfaite.

« On avance, on avance. C'est bien ! »

Je m'apprête à répondre en remerciant encore celle qui m'apparaît désormais comme une amie probable, mais elle poursuit, m'entraînant par le coude vers une sortie au fond du magasin :

« Venez voir par ici… »

Mon téléphone vibre dans ma poche, longuement ; je l'ignore. L'arrière-boutique est une pièce assez vaste aux murs recouverts de gravures, de dessins, de peintures et de cadres vides. Au plafond, un lustre sublime, tout en pampilles de cristal agrémentées de plumes blanches. À la place d'une ampoule manquante, quelqu'un a accroché un oiseau à la gorge orange vif, un minuscule fil de fer fixé à sa patte en bois. Sous le lustre, une imposante table de chêne, avec au centre un ordinateur à l'écran large comme une télévision et, de chaque côté, deux piles parfaitement rangées de papiers et de dossiers. Une lampe d'architecte est vissée sur un angle de la table ; à l'autre extrémité se trouvent un bougeoir de chevet et un brûle-encens en bronze doré. Tout est bien ordonné, à l'exception d'un paquet de cigarettes blondes et d'une boîte d'allumettes, rebelles entre le clavier et la souris. Mon téléphone vibre une seconde fois. Romy pousse une autre porte, et ma bouche forme un O sonore.

« C'est l'atelier de Paul, le mien, celui de Mathilde un peu aussi, et surtout notre réserve.

— C'est la caverne d'Ali-Romy-Baba ! »

La salle est immense, l'impression de grandeur étant renforcée par une collection de miroirs sur un seul pan de mur. La moitié du plafond est une verrière aux croisillons blancs un peu rouillés et aux vitres tachées çà et là de mousse humide. Face à moi, de longues et épaisses planches de bois brut sont disposées en étagères sur lesquelles s'entreposent vases, livres, coffrets et petites tasses. Derrière moi, des portes de maison ou d'armoires moulurées, à plat, empilées sur un mètre de hauteur, un trumeau suspendu, deux immenses chandeliers, un canapé en velours jaune avec des accotoirs à tête de dauphin, Empire. Une bonnetière laisse entrevoir tout le nécessaire en termes de patines, de solutions en bocaux transparents, de cires, d'outils et de pinceaux. Tout près, sur un établi drapé de blanc, un miroir que Romy est en train de restaurer ; ses moulures sont curieusement orangées.

« La dorure à la feuille est un travail compliqué, tout en nuances. Le moindre excès est fatal », me dit-elle.

Un coffre fermé nargue ma curiosité ; un petit animal empaillé me dévisage de ses yeux en pâte de verre. Romy s'est éloignée vers le fond de la pièce, dans la partie où le toit se confond avec le ciel. Il y a là trois pupitres espacés d'un mètre. Sur l'un d'eux, la gravure de Vénus repose contre un chevalet, comme en vitrine quelques semaines plus tôt. Sous le modèle, quelqu'un a reproduit une boucle de cheveux, une oreille, des détails tracés avec soin et talent. Mathilde est installée dans un rocking-chair, ses pieds nus affleurant le rebord du dernier bureau, un ordinateur recouvrant ses genoux et un casque ses oreilles. Elle déjeune à même un saladier en plastique. Romy plaisante :

« Ah… Mathilde et ses séries…

— Ne critiquez pas trop, j'en dévore aussi. »

Mes yeux parcourent la jeune femme, depuis l'extrémité de ses orteils jusqu'à la courbe de son menton penché sur l'écran. Mathilde appuie sur la barre espace de son clavier et ôte ses écouteurs.

« Vous ne déjeunez pas ? nous interroge-t-elle.

— C'est peut-être une bonne idée, répond mon amie antiquaire. Voulez-vous m'accompagner pour un plat du jour au Théâtre ?

— Avec plaisir. »

Et, à l'intention de Mathilde :

« Que regardez-vous ?

— *The Leftovers.*

— Je ne connais pas. »

Elle claque des doigts devant mes yeux.

« Clac ! Deux pour cent de la population mondiale vient de disparaître en un éclair. Voilà le pitch. J'adore ! »

Pour la troisième fois, je sens mon téléphone vibrer. Un message. Sortant l'iPhone de ma veste, je jette un coup d'œil à l'écran et note deux appels manqués de maman, ainsi qu'un SMS : *Rappelle-moi s'il te plaît.* Insister n'est pas dans ses habitudes ; une boule se forme au creux de mon ventre.

« Tout va bien, Adrien ?

— Oui, oui. Merci infiniment, Romy. Je dois rappeler ma mère, désolé.

— Rien de grave ? Installez-vous à côté si besoin.

— Je ne sais pas, un pressentiment désagréable… »

Je m'isole dans la première partie de l'arrière-boutique et m'assois derrière la grande table de travail de Mathilde, mon reflet dans l'écran noir de l'ordinateur. Le téléphone sonne à peine deux fois, maman décroche, la voix brisée.

« Bonjour maman, ça va ?

— Bonjour, mon chéri… Non, pas terrible.

— Dis-moi, tu m'inquiètes.

— Mes derniers examens sont plutôt mauvais.

— Mais ils datent de quand, ces examens ? j'aboie dans le micro.

— Quelques jours, je n'ai pas voulu t'embêter avec ça. Mais je viens de raccrocher avec le docteur Anguet. Il dit que je vais devoir reprendre la chimio.

— J'arrive.

— Tu as autre chose à faire…

— J'arrive ! »

Sous la verrière, Romy m'attend, assise sur le canapé jaune. Sans exiger aucune explication, elle m'indique la sortie et me raccompagne.

« Je suis désolé, Romy. Une urgence, ma mère…

— Vous me raconterez une autre fois, filez ! »

Elle m'embrasse sur une seule joue, paraît gênée de son geste soudain. Derrière elle, j'aperçois la silhouette fine de Mathilde, debout, dressée sous les rayons du soleil. Elle est immobile, silencieuse, et pourtant je suis certain qu'elle m'a souhaité bon courage.

10.

Le chat

Plus pâle et amaigrie que lors de sa visite à la maison la semaine dernière, maman m'attend dans un fauteuil, laissant sa cigarette se consumer entre son majeur et son index un peu jaunis, comme un rappel de l'or de son alliance. Au sol, la cendre grise, qu'elle balaiera du pied en disant que ça éloigne les mites. Ma mère est un roc face à la douleur. Un mélange savant de minéraux précieux assemblés dans un mètre soixante-deux et quarante-six kilos. Des yeux qui crient l'amour qu'elle vous porte ou le mépris glacial et silencieux qu'elle peut parfois manifester. Elle est toujours habillée d'un chemisier assez ample, persuadée d'avoir les épaules d'un demi de mêlée. Son cœur est blessé. Elle parle peu du sanatorium des Escaldes, où elle a séjourné à la fin des années 1960. Deux ans d'une vie d'enfant passés loin de tout. Elle parle encore plus rarement de la disparition de son père, quelques jours avant son dix-huitième anniversaire. Et jamais du mien, pensant que j'en sais assez et que c'est déjà trop.

Sur la table du salon, elle a préparé une théière – Earl Grey à la bergamote acheté à l'épicerie bio d'Alençon –, quelques galettes au beurre et de fines gaufrettes qui craquent en mille miettes à la première bouchée. Le chat vient se frotter à mes mollets, laissant derrière lui des fils blancs sur la toile brute du jean. Il bondi sur la table basse et sa queue effleure une anse, la tasse tourne dans sa soucoupe. Maman prend le félin sur ses genoux. Depuis longtemps, l'un se moque de la fumée de cigarette, l'autre des poils abandonnés partout.

« Tu utiliseras la brosse à vêtements avant de partir, sinon tu vas ronchonner en arrivant chez toi.

— Il faut que tu étrilles cet animal, c'est infernal. Ou bien je vais lui passer l'aspirateur sur tout le corps.

— Je te rappelle qu'il est à toi, ingrat. Abandonné après cinq ans d'études.

— Margaux n'aimait pas les chats…

— Et Adrien n'aime plus Margaux… Allez, mon Gribouille, ton maître ne veut plus te voir, file. »

Le chat saute au sol, puis sur la commode en frôlant la pendule. Maman lui ouvre la fenêtre, et le voilà sur la table en fer forgé du balcon à observer le vol des tourterelles.

La maladie s'est déclarée il y a deux ans. Trois, d'après l'oncologue. Avant son diagnostic, maman souffrait. La douleur devenait certainement insupportable, alors elle m'a appelé. Elle voulait de l'aspirine et n'avait pas la force de descendre à la pharmacie. J'ai demandé où elle avait mal, elle m'a expliqué. Le soir même, nous étions chez mon médecin ; il n'a pas prononcé LE mot devant elle. J'ai exigé de l'entendre, puis d'avoir son avis. Celui du spécialiste fut identique, deux semaines plus tard, une lueur d'espoir en bonus, le temps de vendre un peu de poison miracle. Et le miracle a eu lieu : une rémission incroyable, presque un an pour refaire des projets, partager ma vie et celle d'Antoine, et pourquoi pas commencer à penser à la sienne.

Aujourd'hui, la dernière analyse de sang interprétée par son docteur est donc assez mauvaise. Il a parlé, sans doute à la hâte, de plusieurs séances de chimiothérapie. Le spécialiste tranchera dans deux semaines – à croire qu'il s'agit du délai légal.

« Rebelote. Ça m'en… quiquine, tu sais. Je pensais être débarrassée de cette… cochonnerie-là.

— Cette merde, tu peux le dire ! Tu vas venir à la maison.

— Non, c'est hors de question.

— Ah, carrément ? Hors de question ?

— Voilà. Hors de question.

— On dirait Bonne-Maman à qui on propose le coiffeur… Tu en as discuté avec quelqu'un d'autre ?

— Avec Chantal, mon amie, la directrice du musée de la Dentelle. Elle m'a appelée, parce qu'elle s'inquiétait de ne plus me voir aux réunions. Je lui ai expliqué. Elle a pleuré et j'ai dû la réconforter.

— On va régler ça entre nous. Tu le vois quand, le professeur Machin, au Mans ?

— Lundi en huit.

— La semaine prochaine ?

— Non, la suivante.

— Lundi en quinze, alors ? »

Je réussis à la faire rire. Elle tousse, trop fort, et se fait mal.

« Tu veux bien me rendre un service ? Ouvre au chat, il commence à pleuvoir. Et regagne le Clos de la Pierre.

— Je vais rester dîner.

— Il n'y a rien que de la soupe. Je vais m'en réchauffer un bol et aller au lit devant la télévision. Peut-être finir mon livre, si j'en ai le courage. Mais toi, tu as mille choses à faire. Rentre de bonne heure et reviens dimanche pour déjeuner.

— Avec des huîtres ?

— Ce serait adorable. Prends des sous dans mon portefeuille.

— Bien sûr, bien sûr, et une avance sur mes étrennes.

— Mon Dieu, que ce garçon est bête… »

J'embrasse maman, son parfum raffiné mêlé à la fumée que je déteste. Elle me caresse la joue et pense très fort « je t'aime ». Moi, je le lui dis tout haut.

Je traîne l'odeur de cigarette jusque dans ma voiture, et les poils du chat se collent au siège. Sur le tableau de bord, mon téléphone, abandonné plus tôt, affiche le message d'un expéditeur inconnu reçu à 17 h 07 : *Paul propose de remplacer le footing par un verre à la maison, demain. La météo est épouvantable jusqu'à ce week-end. Rendez-vous au 10, rue des Tailles. 19 h 30. Nous établirons un programme sérieux pour le semi-marathon ! Romy.*

Avant de mettre le contact, je réponds : *Magnifique idée, à demain avec plaisir.*

11.

Aria

Je me lève avant le jour, réveillé par la pluie qui martèle mes fenêtres. Un fracas incessant, bouillie de neige fondue en gouttes étirées, impuissantes contre le verre. Du bruit pour rien. Vêtu d'un sweat-shirt polaire, d'un jean, et protégé par la nouvelle génération de K-Way (le même que dans les années 1980, avec le même chiffre sur l'étiquette du prix, mais en euros), j'arrive en courant chez ma boulangère préférée, cheveux trempés, glacé. Avant 7 heures, les habitués peuvent pénétrer par le fournil et profiter de l'odeur de beurre et de pain cuit, un chant olfactif qui s'étend jusqu'au coin de la rue, à l'instar des sirènes de l'*Odyssée*.

M. Aunet avance une main blanche préalablement essuyée sur son tablier gris. Le cœur que cet homme met à l'ouvrage est aussi vif que le caractère de son épouse. Je lui règle trois croissants, le félicite. Nous évoquons le souvenir des dimanches à 5 heures du matin, la sortie du Tempo Club et les viennoiseries toutes chaudes achetées dans ce même atelier, ma 205 diesel rafistolée stationnée au milieu de la rue. Avant de partir, il ajoute quatre chouquettes dans le sachet. Dehors, presque camouflée, je devine son épouse à l'étage, m'observant au chaud sous sa robe de chambre en pilou. J'avale en une seule bouchée une petite boule ronde sucrée et m'éloigne en faisant un signe de la main. La nuit berce encore la plupart des Mortagnais ; d'autres s'éveillent dans le parfum de l'eau frémissante versée sur le café moulu.

J'ai travaillé jusqu'à liquider la pile de papiers et de notes sur le bureau de Franck. Plus aucun dossier en souffrance quand il franchit la porte et allume toutes les lumières.

« Bonjour, boss, c'est gentil de me donner un coup de main !

— Salut, Franck.

— Je peux prendre un croissant ?

— Ils sont pour toi… si tu m'offres un grand café. »

Nous sortons sans fermer à clé, marchant d'un pas tranquille sous des flocons épars.

« Vous ne voulez vraiment pas investir dans une machine pour le bureau ?

— Guy affirme que fréquenter le comptoir de Jean-Phi est plus efficace qu'une pub en première page du journal, alors… pas de machine ! »

Nous entrons, le patron nous serre la main et mime un bonjour en levant le menton. Franck reprend d'un air satisfait :

« Vous avez vraiment tout terminé ? Tous les dossiers en cours ?

— Tout ! Sauf le dégât des eaux d'hier, il faudra téléphoner à l'expert ce matin. »

À cet instant, le facteur apparaît, dégoulinant. Il écarte son poncho jaune pour sortir le courrier du bistrot et celui de l'agence, parfaitement sec.

« Y a personne chez vous !

— C'est notre succursale du matin. Vous prenez un café ?

— Pas le temps. Oh, et puis d'accord, vite fait. Tiens, j'ai un recommandé pour vous. Signez là, encore là, et sur le téléphone aussi.

— Mais, du coup, ça sert à quoi de signer sur deux papiers *et* sur le téléphone ?

— À rien ! C'est le progrès. »

Jean-Philippe fait tinter une cuiller contre la soucoupe : l'homme est servi. Le temps de finir sa phrase, il a déjà fait fondre une moitié de son sucre dans la tasse et avalé l'autre moitié en une fraction de seconde. Le café est bu dans la foulée. Le facteur disparaît, et nous lui emboîtons le pas. L'épaisse lettre vient de la mairie : c'est l'appel d'offres évoqué par Guy Valentin et auquel nous ne pouvions échapper. Finalement, notre matinée s'annonce chargée : des pages entières de prix, de cas à étudier.

De retour à l'agence, nous décortiquons l'ensemble du dossier. Il repose sur les vingt-huit contrats de la ville en cours dans l'agence, plus un second « lot » encore plus important, actuellement disséminé dans diverses enseignes concurrentes pour un chiffre d'affaires considérable. Il nous faudra dans les prochaines semaines mobiliser non seulement toute notre énergie, mais aussi les ressources du siège de la compagnie. Je compte sur le réseau de Guy, ma volonté et la fougue de Franck pour nous en sortir. Perdre trop de contrats signifierait mettre en péril l'agence. Les maintenir et peut-être en obtenir d'autres serait un gage de sérénité à long terme.

Sur la table de réunion, les chemises cartonnées multicolores s'alignent les unes à côté des autres. Après le déjeuner, Franck pourra commencer le travail, tandis que j'irai suer au Clos de la Pierre derrière une machine à décoller la tapisserie louée pour l'occasion.

La buée recouvre les fenêtres du salon et s'abandonne en fines rigoles jusqu'au mastic des croisillons de bois. Je me décide à allumer un feu plutôt que d'ouvrir la porte ; la pièce se transforme alors en un véritable hammam, ce qui m'oblige à travailler en boxer. Je choisis, dans la section classique, Bach, les *Variations Goldberg*, interprétées par Glenn Gould, qui fredonne sur la bande. J'en fais autant, essuyant d'un revers de main la sueur qui coule sur mon front en oubliant les gouttes qui descendent dans mon cou et le long de mon dos. Vers 15 heures, je reçois un message de Margaux. Ses parents viennent dîner, et elle souhaiterait garder Antoine chez elle pour la soirée et la nuit. Elle me propose de faire la moitié de la route demain matin. J'accepte – *Bien entendu, sans problème* – et avertis Romy que je viendrai donc seul ce soir.

De la cave, je remonte une bouteille de vin blanc de la vallée du Rhône ; j'appelle le pâtissier pour réserver douze macarons qui m'attendront eux aussi « sans problème » jusqu'à 19 h 30. Après un encas rapide, je me remets au travail jusqu'à 17 heures. Suivant les conseils du vendeur du magasin de bricolage, je rassemble ma bâche et les lés de papier humide en un amas que je ficelle comme un rôti gluant. Je suis attendu chez les antiquaires dans deux bonnes heures, le temps d'une douche et d'un bref moment de repos, un patch au concombre sous les yeux.

Le stationnement étant impossible rue des Tailles, je décide de marcher depuis la maison sous la pluie verglaçante. Sur la toile de nylon noir du parapluie, les gouttes ruissellent dans un bruit sourd ; un instant, elles marquent l'arrêt sur la couture, puis s'échouent sur mon poignet et l'extrémité de mes chaussures. Les numéros pairs s'égrènent deux par deux sur les façades des maisons. Mon ombre pâle s'allonge, rapetisse, s'évanouit, puis le manège recommence au réverbère suivant.

Au loin se dessine l'hôtel des Tailles, majestueux, vestige de 1750 dissimulé derrière un imposant portail peint couleur amande fraîche. Invariable nuance, pareille à mes souvenirs d'enfant en promenade dans le quartier. Après avoir vu l'*Amadeus* de Milos Forman au cinéma, j'imaginais derrière la porte gigantesque, haute comme une tour, un virtuose du clavecin dans le grand salon. Je me représentais d'élégantes réceptions dans ma petite ville, comme dans un film de Sacha Guitry visionné en VHS, la touche pause enfoncée pour répéter le geste de la révérence. Bien avant que Bonne-Maman ne me conduise dans les Yvelines pour visiter la demeure désormais élevée « à toutes les gloires de la France », je passais dans cette rue et fantasmais mon Versailles. Aujourd'hui, sur le pilier gauche, un panneau de contreplaqué précise : « Chambres d'hôtes ». Un jour prochain, je pourrai donc pousser les immenses battants de chêne, pénétrer dans l'hôtel des Tailles et lever un coin du voile.

Le numéro 10 est situé quelques mètres plus loin. Au gigantisme succède le raisonnable. Sous un poussoir de cuivre, une plaque gravée comme dans un *palazzo* de Toscane m'indique que je suis à la bonne adresse : j'y reconnais le nom de mes amis mais n'appuie pas tout de suite sur la sonnette. La lumière fébrile des réverbères, la pluie froide qui s'abat comme de minuscules coups de rasoir me donnent des frissons. Je surveille les fenêtres voisines, taches jaunes dans la rue déserte, muette. Quelque chose ruisselle sur mon visage. Les yeux clos, ma mère, sa vie fragile, ses poumons en cendres. J'attends qu'une goutte glacée coule le long de mon cou, descende la ligne de mes vertèbres pour me figer le corps, qu'un type me poignarde, qu'un corbeau hurle son cri rauque, qu'une voiture surgisse, m'emporte hors de la ville, loin du *plus beau bourg de France.*

« Vous comptez sonner avant d'être complètement trempé ? »

La voix de Paul a surgi à travers l'interphone, tout près de la plaque de cuivre. J'actionne le bouton. Il ajoute :

« Bonne décision. »

Clac ! La porte s'entrouvre de quelques centimètres et, bientôt, la grande silhouette de l'homme prend le relais du système automatique pour m'accueillir. Le timbre de sa voix m'entoure, me réchauffe. J'oublie un peu le noir et le froid. Il me débarrasse de mon manteau, je lui tends le vin et la boîte de macarons, qu'il emporte hors de ma vue, sans doute vers la cuisine. Je l'entends me remercier encore pendant que je frotte avec insistance mes chaussures sur le paillasson, sans obtenir un résultat satisfaisant. Revenu face à moi, il plisse les yeux une seconde, lit la peine sur mon visage et le désir féroce de la masquer. Alors il se tait, abrège les formules habituelles de politesse. Ses mains se posent le long de mes bras, et il me dit :

« Vous n'êtes pas seul. »

À défaut de réponse sensée, je garde le silence et renvoie un sourire plat. L'homme me précède, se dirige vers le salon. Je sens ma peau rougir, devenir moite sous l'effet du contraste de température.

« Mesdames, faites de la place autour du feu, notre visiteur est gelé ! »

Face à la cheminée de pierres blanches, un grand canapé havane trône, flanqué de deux fauteuils club du même cuir. Romy tend sa main vers la mienne, se ravise, m'embrasse. Elle porte un chemisier blanc, les manches retroussées. À son cou, un sautoir fantaisie – une grosse perle, pareille à son regard. J'aperçois le reflet de Mathilde dans un miroir à bascule, au sol. Elle m'observe, amusée. En contournant le divan, je découvre ce qui la maintient concentrée, presque immobile. Sa main gauche trace un trait dans les cheveux de Vénus, et je reconnais le cahier à dessin, les esquisses sur son bureau dans l'arrière-boutique.

« Bonsoir, Mathilde. Ne bougez pas, j'admire votre travail. »

L'original de la gravure est sur son chevalet, au milieu d'une table basse envahie de livres et de magazines entassés en piles homogènes. Délicatement, elle caresse son trait du doigt, referme le cahier d'un geste souple et emprisonne le visage.

« Bonsoir, Adrien. Vous avez bonne mine. »

Sa jeunesse est éclatante. Elle porte un pull-over ajusté ; sa peau est très claire, et des taches minuscules, à peine plus sombres, apparaissent au niveau de l'encolure, comme sur le haut de ses joues, de son front. Elle se lève à son tour et, après une poignée de main rapide, emporte son nécessaire pour rejoindre Romy à l'autre extrémité de la pièce. La maîtresse de maison est en train de disposer sur un plateau translucide des verres et deux petits bols remplis de gâteaux apéritifs. Paul m'invite à m'asseoir dans un fauteuil et s'installe à ma gauche, à l'endroit jusqu'alors occupé par Mathilde.

« Romy, Adrien a apporté des macarons… »

Et à mon intention :

« C'est son gâteau préféré.

— Voilà un sacré coup de chance.

— Ou une bonne intuition. Vous apprendrez à lui faire confiance. »

Il se redresse et va chercher le plateau, sur lequel il ajoute ma bouteille, plongée dans un seau à champagne. La jeune femme aux cheveux courts est revenue près de moi et s'emploie à débarrasser la pile entière de magazines de décoration. Au-dessus de sa hanche, sur sa peau, je devine le dessin de deux autres étoiles aux contours sombres. Romy prend la place de Paul, ce dernier s'installant en face.

« Commencez sans m'attendre, lance Mathilde. Je file m'acheter une brosse à dents et du Coca Zéro. La supérette ferme bien à 21 heures ? »

Sans nous laisser le temps de répondre, elle disparaît dans le couloir.

« Nous lui avons interdit de reprendre la route ce soir, c'est totalement verglacé.

— Elle habite si loin que ça ?

— Non, un peu après Réno-Valdieu, mais tout le problème est là : c'est à coup sûr une patinoire au niveau de la forêt. Allez, goûtons votre chablis !

— Vous allez l'héberger tout l'hiver ?

— S'il le faut, mais ça m'étonnerait. Deux nuits sont synonymes de routine pour elle. Au bout du compte, elle fait toujours comme elle veut. »

Tout en me répondant, Paul verse trois mesures exactes de vin en trois gestes précis. Le premier verre est pour sa voisine, accompagné d'un baiser dans le cou, le deuxième, qu'il fait tinter contre le sien, pour moi. Près des flammes, la boisson prend des reflets de diabolo au sirop doré. Les lèvres de Romy trempent à peine dans le liquide ; elle croise les jambes, attache ses cheveux fins en arrière à l'aide d'une pince couleur écaille et interroge Paul :

« Chéri, je te laisse porter un toast ?

— Adrien, ici, vous serez toujours le bienvenu !

— Je suis heureuse de vous voir chez nous, cette première fois et toutes les suivantes, poursuit Romy.

— Merci à tous les deux, dis-je.

— J'espère ne pas être indiscrète. Vous êtes parti si vite du magasin… Puis-je vous demander des nouvelles de votre mère ?

— C'est adorable. Rien de très joyeux, malheureusement. Ses poumons sont malades, la période de répit aura duré à peine une année. »

Et, sans m'en rendre compte, je livre l'histoire, vide mon cœur d'une rage sourde, des mots écoulés sans douleur pendant de longues minutes. La main de Romy se pose sur la mienne, et, dans le regard de Paul, je trouve le réconfort qui me manque depuis si longtemps. Je m'abandonne à leurs attentions et à leurs gestes. Paul prononce quelques phrases, m'invite à y réfléchir plutôt qu'à répondre. Alors s'installe un silence d'une poignée de secondes qui éclaire mes doutes. Tout devient plus limpide, aussi net qu'une gravure copiée, que mon reflet dans un miroir.

Au bout du couloir, la voix de Mathilde, chuchotée mais parfaitement audible, et le bruit des chaussures frottées sur les crins rêches du tapis-brosse.

« Quel temps de merde, mais quel temps de merde ! »

La jeune femme traverse le salon, pieds nus. À mi-chemin, elle tire son pull, s'en défait à bout de bras, le dispose à l'envers sur le dossier d'une chaise.

« Un temps à ne pas mettre un assureur dehors ! »

Elle m'adresse un clin d'œil et dépose sa bouteille de Coca Zéro sur la table. En débardeur gris, ses bras nus dévoilent d'autres dessins, d'autres étoiles.

« Je peux t'emprunter un sweat, Romy ?

— Évidemment. Tu sais où ils sont rangés. »

Je regarde ses pieds blancs, le début d'une cheville qui s'éloigne, la jeunesse imprimée sur son épiderme clair, ferme, sans défaut. Ses pas font grincer un escalier plus loin, sa peau colle à peine au bois. Je revois Margaux, la première fois. Ses bras autour de mon cou, sa bouche sur la mienne, à jamais un fragment d'elle sur mes lèvres, comme un tatouage.

Je crois que c'est Paul et moi qui terminons la bouteille. Entre-temps, Mathilde est revenue au salon. Elle a ouvert la fermeture Éclair de son sweat-shirt, juste assez, mais par-delà les limites conventionnelles. Sous le coton qui sent encore le frais, elle ne porte rien. Dos à la cheminée, à même la tomette cirée, ses pieds nus sous la table basse, elle s'accroupit face à moi, souple comme un chat. Sous ses doigts, un amas de coques vides et de pistaches, les plus récalcitrantes calées entre ses dents, forcées à l'ouverture. Les antiquaires parlent d'antiquités, et j'aime cela. J'interroge et demande des explications sur tel ou tel meuble, telle ou telle époque, tel ou tel choix de restauration. Parfois, un éclat vert vole par-dessus la table et capte mon attention ; j'ose un regard furtif vers la jeune femme, les traits parfaits de sa bouche en action, amusée du petit désordre qu'elle sème en faisant valser les fruits à coque. J'oublie alors le cours de la discussion, fais répéter Romy, qui planifie mes travaux, perds le fil de l'histoire quand Paul me parle d'un manoir à vider, avant Noël, près de Longny-au-Perche. Mathilde rattrape un nouveau projectile. La conversation se déplace vers les successions houleuses dont ils sont si souvent témoins dans leur profession, les enfants qui délaissent, dilapident, troquent le passé de leur famille contre un peu d'argent.

Il est presque 21 heures. D'un glissement sur sa tablette numérique, Romy passe de Supertramp à Dionne Warwick, augmente légèrement le volume. À sa demande, je l'accompagne en cuisine, contemple la grâce de chacun de ses mouvements, même lorsqu'elle me tend des couverts et quatre serviettes de coton écru à disposer sur le plateau. Elle est ravissante, élégante, sans aucun doute une compagne aimante et attentionnée, heureuse, simplement – si cela est possible.

Nous revenons au salon avec une tourte aux légumes, un saladier de mesclun agrémenté de cerneaux de noix. Nous dînons sur la table basse, échangeons quelques mots à propos de la fleuriste, de ses talents à composer les bouquets et à embaumer le trottoir, trois phrases sur le commerce en général. Le couple ne se plaint jamais, émet rarement une critique. Mathilde est à son aise, un caméléon un peu espiègle qui sait disparaître le moment venu et reste, quoi qu'il advienne, paisiblement à sa place. Elle semble habituée à la maison, complice du couple. D'une pichenette, elle s'amuse à jeter ses coques de pistache dans les flammes l'une après l'autre, puis finit par dire :

« Bon, c'est bien joli tout ça, mais votre course, c'est quand ?

— Le semi-marathon, chère enfant. C'est à la mi-juin. »

Tout en lui répondant, Paul se lève pour raviver le feu. Vu de mon fauteuil, il me paraît plus immense encore, un air de James Bond à l'époque de Sean Connery. Romy nous taquine :

« Enfin, pour le moment, il est temps de remplacer le vin blanc par de l'eau, sinon nous serons à peine capables de faire la marche à pied organisée par les écoles.

— Commençons par remplacer le chablis en ouvrant ce flacon du Sud-Ouest. Adrien, vous êtes d'accord ? Un verre avec moi ?

— Avec plaisir, les deux ne me semblent pas incompatibles. »

Paul est ravi, me le signifie d'un sourire. Il ajoute :

« Un véritable diplomate, bravo ! Romy, tu ne prends rien ?

— Non, merci. Je n'aime pas ça et tu le sais très bien. »

Puis il s'adresse à Mathilde sans même la regarder :

« Mathilde ? Je connais la réponse ! »

Sans penser que ma question pourrait paraître trop brutale, j'interroge la jeune femme :

« Vous ne buvez jamais d'alcool ?

— Non, jamais. J'aime maîtriser mes gestes, mes envies et en garder le souvenir. C'est incompatible avec la boisson. Et puis c'est très mauvais pour la peau.

— Bravo, Adrien, la petite va encore nous faire la leçon.

— Elle n'a pas tout à fait tort, mon chéri…

— Et voilà, ma tendre et naïve compagne presque convertie à l'abstinence. »

La soirée s'étire sans que je prête la moindre attention au temps qui passe, des heures douces, badines, enrichissantes, parfois silencieuses. Dans le salon au décor épuré, nos voix sont moins fortes, désormais complices. Jaroussky sublime Vivaldi. Romy s'éclipse dix minutes pour s'occuper du dessert. Paul en profite pour sortir fendre trois bûches et remplir son panier de bois sec. Mathilde se tient devant la fenêtre du salon.

« Viens. »

J'obéis ; m'éloigner du feu va me rafraîchir les idées. Sur les vitres, un peu de buée s'est formée ; des gouttes épaisses ruissellent à l'extérieur, si froid. De l'index, Mathilde trace sur le verre des courbes translucides laissant apparaître les arbres du jardin. Le dessin éphémère coule, se brouille. Le *Stabat Mater* est à pleurer. Je me tiens un pas derrière la jeune femme. Elle se retourne, son visage à la hauteur de mes épaules, ses cheveux courts dans un désordre organisé, une boucle ou deux près de l'oreille.

« Je peux ? »

L'extrémité de son doigt est trempée, pointée vers moi, sans doute glacée. Elle la pose sur mes lèvres, d'un bord à l'autre, puis la porte à sa bouche. Elle n'a pas perçu l'infime mouvement de recul de mon corps. Au contact de la jeune femme, une secousse chaude a parcouru mon échine.

Je me couche après m'être déshabillé lentement dans le noir, le goût du dessert au chocolat toujours présent, le souvenir de quelques mots tendres prononcés par Romy, la promesse d'aller courir le lendemain matin. Je revois Paul me proposer mon manteau à la manière d'un gentleman, le tissu réchauffé par un radiateur, tiède et douillet jusque chez moi. Et puis la main de Mathilde remontant jusqu'au cou sa fermeture Éclair, un brin d'espièglerie dans le regard. Je m'endors nu, loin, très loin du froid et des premiers jours de décembre.

12.

Trois fois Noël

Nous commençons à courir tous les deux jours, cinglant l'air des derniers instants d'automne, foulant le sable lourd du plan d'eau. Notre trio est devenu une équipe soudée, fédérée autour d'un but : dans six mois, nous nous élancerons dans les rues de Caen pour vingt et un kilomètres. Nous courons sous les éléments, contre eux, armés d'un moral de fer et de nos lampes frontales. À près de sept minutes par kilomètre, je souffre jusqu'à Noël, traîné par Romy, poussé par Paul. Lors de notre deuxième sortie, je m'arrête pour vomir sous un saule pleureur, appuyé sur un banc de bois. Durant les séances suivantes, Romy ralentira à cet endroit, souvenir douloureux pour mon ego :

« Adrien, je crois que ton poumon gauche est encore là…

— Mais c'est hilarant, non, vraiment.

— Il faut bien taquiner un peu ton orgueil. »

Le 23 décembre, lors d'un entraînement de dix kilomètres, je suis heureux de pouvoir enfin suivre le rythme du couple sans trop de douleur. Les statistiques affichées sur ma montre sont encore très moyennes, mais je sens les progrès à portée de jambes.

Le lendemain, jour du réveillon, est un mardi. Mon amie aux cheveux dorés et son compagnon ont prévu d'organiser un déjeuner-cocktail dans leur verrière, au fond du magasin, avec Mathilde, Franck, une poignée d'autres commerçants, clients ou amis. L'agence fermera à midi et ne rouvrira que le 6 janvier ; les appels seront renvoyés sur mon téléphone portable. Avec Margaux, nous sommes convenus que notre fils passera quelques jours avec moi jusqu'au réveillon du 24 pour ensuite aller fêter Noël à Cabourg et y terminer ses vacances. Mes antiquaires, eux, vont partir un peu à La Rochelle. Bien qu'ils m'aient invité là-bas pour le 31 décembre, j'ai refusé, prétextant du travail à rattraper à l'agence et potentiellement encore beaucoup de bricolage au Clos. J'angoisse à l'idée de cette période de solitude imposée, mais c'est un sentiment complexe qui m'habite : être seul a quelque chose de véritablement excitant. C'est un défi que j'attends et redoute à la fois.

Dans l'arrière-boutique, sur le canapé jaune, un couple devise en remerciant Mathilde, qui s'amuse à servir le vin, un sancerre à la robe rubis. Elle nous salue, Franck et moi, d'un coup d'œil, s'éloigne en poursuivant son œuvre. D'autres bouteilles sont disposées sur l'amas de portes et de planches, recouvert pour l'occasion d'un drap blanc ancien faisant office de nappe. Un verre d'eau renversé révélera tout à l'heure une auréole plus sombre et deux points de rouille, comme des piqûres, au travers du tissu, de vieux clous centenaires qui délivrent encore du poison. On trouve également sur cette table improvisée deux grandes coupes débordant de légumes croquants, entourées de petits pots en porcelaine blanche garnis de crème parfumée à la ciboulette ou au piment d'Espelette.

Je distingue le bijoutier, sans son épouse, accompagné en revanche d'une vendeuse à la crinière acajou. Mme et M. Claudel sont présents, le sourire aux lèvres malgré une récente et sévère défaite aux élections. Mon banquier préféré, M. Lheureux, a soigné sa tenue et, pour une fois, ajusté sa cravate. L'élégante silhouette de la pharmacienne, dont le nom m'échappe, apparaît entre plusieurs autres, inconnues. Paul m'adresse un salut rapide. Il est occupé à décrire un tableau sombre en cours de nettoyage à une dame que je crois reconnaître comme la caissière/gérante de la supérette. Celle-ci est solidement accrochée au bras de son compagnon, lui-même livreur de colis de messagerie express, si ma mémoire est bonne. Au fond de la pièce, près des bureaux, je devine Romy, de dos, en pleine conversation avec le barman de l'hôtel Saint-Denis. Ce dernier rit bruyamment, avant de m'apercevoir :

« Adrien ! Que faites-vous ici ? Vous vous intégrez aux autochtones ?

— Bonjour, Igor. Vous semblez très en forme… Et toujours avec un verre plein. Je vous présente Franck, mon bras droit. »

Les deux hommes se saluent sans un mot pendant que j'embrasse Romy. Le barman nous regarde d'un air soupçonneux, son sourire déjà envolé. Il s'éloigne quelques instants, puis revient une bouteille dans la main gauche, deux verres ballon coincés entre les doigts de la main droite. En le servant le dernier, Igor tend à Franck un récipient débordant et brillant sous le grand lustre, pareil à une pomme rouge empoisonnée. Il lui assène :

« On ne te voit pas beaucoup avec les filles, toi.

— Vous me faites surveiller ? »

Franck est sur les dents. À coup sûr, les deux traînent un lourd passif. Igor ne lâche rien :

« Les on-dit, mon garçon, les on-dit sont mes comptines.

— C'est votre truc, ça. Écouter derrière votre bar, vous nourrir des potins.

— Je me moque bien de ta vie, petit Franck, mais réponds une fois pour toutes à ma question, on sera fixés.

— Ce n'était pas une question.

— Et ce n'est pas une réponse.

— C'est la mienne. Et maintenant, lâchez-moi la grappe.

— Mais c'est qu'il a des griffes, le petit chat.

— Igor, dis-je en m'interposant, si vous avez trop bu, excusez-vous et passez à l'eau pétillante. Mais si vous comptez poursuivre, ce sera avec moi et jusqu'à la sortie. »

L'homme marmonne à l'oreille de Romy, puis s'en va déverser sa bile ailleurs.

« Merci, Adrien, souffle Franck.

— De rien. Si ce type a un minimum d'intelligence, il est vraiment asymptomatique. Je ne sais pas comment j'ai pu discuter de si longues heures à l'hôtel avec lui.

— À l'époque, il s'est sans doute délecté de vos peines. Et puis il peut bien penser ce qu'il veut, je m'en fous. »

Le garçon marque un silence que personne n'ose interrompre, puis ajoute :

« Je vais m'éclipser. Passez un bon réveillon. Merci, Romy. Boss, à dans dix jours !

— Repose-toi bien, Franck, salut. »

Il s'éloigne, serrant deux ou trois mains sur son passage, beau et fier. Mathilde le rattrape ; ils échangent quelques mots, perdus dans le cliquetis des verres, étouffés par le tambour des talons sur la tomette rouge. Franck franchit la porte de l'arrière-boutique, les doigts en V en direction de la jeune femme.

« C'est un ange, me dit Romy, son épaule contre la mienne.

— Je te crois bien volontiers, dis-je. Tous les deux, vous allez me manquer, tu sais.

— Quelques jours seulement. Le temps de changer d'air et de revenir. Tu devrais partir, toi aussi… ou te joindre à nous ! »

Elle a raison. Dernièrement, j'ai subi les événements et pris peu de décisions personnelles, me laissant glisser, bousculer parfois. L'année touche à son terme, je suis dans les cordes, sonné, sans envie, porté par le travail et la nécessité de paraître, d'aligner les chiffres et les sourires. La douceur de Romy n'y peut rien, pas plus que la présence réconfortante de Paul.

Avec tendresse, mon amie antiquaire me prend le bras, me guide vers les étagères. Face à moi sont disposés une collection assez vaste de jumelles de théâtre, gainées de cuir ou de nacre, deux lunettes et longues-vues miniatures et un éclat de lapis-lazuli jouant les intrus. Plus loin à gauche, après un flot de livres marqués des initiales « P.S. » sur leur tranche de cuir vert, un chevalier en armure de croisé, haut d'une dizaine de centimètres, est posé sur une petite boîte à cigares en bois clair.

« Ces figurines d'étain étaient à la mode à une époque. Paul a récupéré celle-ci dans un lot à la salle des ventes. Il a pensé que ça pourrait plaire à Antoine.

— Merci, il sera ravi.

— Prends la boîte au-dessous, c'est pour toi. »

Paul arrive à ma hauteur et, une fois encore, je suis charmé par le timbre de sa voix, un flot harmonieux et doux. En soulevant l'objet, je retrouve le plaisir de recevoir un cadeau. Le couvercle se soulève sans effort, dégageant une légère odeur de tabac sec. À l'intérieur, déposée sur de la feutrine épaisse, une pièce en argent à l'effigie de Louis II, avec une inscription : « Koenig V. Bayern ».

« C'est une pièce de vingt marks de 1874. Elle sera très bien dans le coffre-fort de ton salon. C'est pour me faire pardonner ma curiosité.

— Je suis vraiment… vraiment très touché. Merci, Paul.

— Tu as oublié un petit quelque chose. »

Effectivement, plaquée au fond de la boîte, une carte repose, identique à celle que j'ai découverte chez moi lors de leur première visite. La même écriture fine et régulière, celle de Paul : *À deux, deux cents ou deux mille kilomètres, nous sommes désormais amis. Joyeux Noël, Adrien, à toi et à ton petit bonhomme. R & P.*

Peu à peu, les invités quittent la réception. Le nombre de convives est désormais inversement proportionnel à la quantité de nourriture et de boisson encore disponible. Paul débouche un dernier flacon, vin blanc miraculeux capable de rendre le moral et la foi. À 15 heures, un rappel s'affiche sur l'écran de mon téléphone, accompagné d'une vibration discrète : il me faut récupérer Antoine au centre aéré. Si je me souviens bien, une sortie cinéma était programmée pour ce dernier jour. En quelques minutes, la pièce est rangée, remise en ordre. Alors que Paul remplit une caisse des bouteilles vides à déposer au point de collecte deux rues plus loin, Romy traîne derrière elle un énorme sac poubelle. Avant que le plastique noir ne cède, je saisis le mastodonte pour le porter devant l'entrée du magasin. Mathilde, décidée à partir, a enfilé un épais sweat-shirt et couvert son cou d'une large écharpe de laine. Elle embrasse ses patrons et me précède, écartant de mon passage un fauteuil au tissu usé jusqu'à la corde et un tableau sans cadre posé contre une colonne de plâtre.

« Salut, Adrien, passe de bonnes fêtes. »

Avec la porte ouverte sur l'extérieur, le froid teinte instantanément ses pommettes de rose. Elle coiffe un bonnet assorti à l'étoffe de son écharpe. Son visage se dessine avec plus de contraste. Elle ajoute :

« Essaie de checker ton Insta, je t'ai envoyé un message il y a un moment et tu n'as pas répondu.

— Sur Instagram ? Je n'y suis jamais.

— C'est malin… Abonne-toi à mon compte, tu verras, j'ai quelques clichés sympas. Enfin, j'espère ! »

Dressée sur la pointe des pieds, elle dépose un baiser qui glisse sur le côté de ma bouche. Puis un second, plus conventionnel, sur l'autre joue, tandis qu'un homme nous frôle sur le trottoir étroit de la rue Sainte-Croix.

Romy me fait promettre de courir au moins tous les deux jours, Paul de les rejoindre à La Rochelle si jamais je change d'avis, en cas de blues tenace.

Dans la poche de ma veste, la pièce à l'effigie du roi de Bavière tinte contre sa boîte, et je m'éloigne au pas de course sous un ciel pâle comme la neige.

Antoine est, pour une fois, ravi de sa journée : le film était « trop bien », et ses petits camarades visiblement plus « sympas » et supportables une fois assis, en silence et dans le noir, séparés les uns des autres par de gros accoudoirs rouges. Nous avons un programme précis avant d'aller chercher ma mère chez elle. Le poissonnier charge le plateau de fruits de mer dans mon coffre, sous une coupole de polystyrène défraîchie. La boulangère confie une baguette et un pain de seigle à mon fils en exigeant l'appoint exact, et moi, pianotant sur le volant, stationné en double file, j'observe son manège vicieux. Sur la route à deux voies en direction d'Alençon, Antoine me supplie de changer la musique ; il n'aime pas beaucoup mes chansons « qui durent deux heures ». Son truc à lui, c'est la radio.

Maman est prête. Elle a dû surveiller notre arrivée par la fenêtre, car elle se tient sur le pas de sa porte, attendant patiemment, un bagage à main posé près d'elle. Au retour, je roule doucement, mais elle a les doigts crispés sur la poignée au-dessus de la portière, les jointures de ses phalanges blanchies tant elle serre fort. Lorsque nous arrivons au Clos de la Pierre, elle me réclame d'écouter *Sgt. Pepper's*, de lui faire une copie du disque. Après un thé qu'elle boit dans la cuisine, le regard perdu bien au-delà des fenêtres, elle découvre sa chambre sans tapisserie ni peinture, mais avec une literie neuve et un cabinet de toilette à inaugurer.

Avec Antoine, nous prenons une douche rapide, nous aspergeons de parfum, revêtons des chemises blanches. D'un sachet de papier kraft, mon fils extrait deux nœuds papillons bleu marine identiques. En nouant le sien, je prends mon temps, fier. Je devine ce futur homme sensible et généreux, le regard intense pareil à celui de sa mère, le sourire qui fera fondre les cœurs – d'un homme, d'une femme, des deux, je m'en moque. Pour son bonheur, je donnerais tout, le mien propre s'il le faut. Il me sourit. Entre ses doigts, il regarde son chevalier d'étain, soupesant le métal, passant l'ongle sur le fil de l'épée grise, admiratif et rêveur.

« On est trop beaux, me dit-il.

— C'est vrai, mais toi davantage.

— Tu parles différemment quand Bonne-Maman est là.

— Ah ah ! Tu as raison, et je faisais encore plus attention avec ma Bonne-Maman à moi. Elle avait horreur des grossièretés.

— Tu ne pouvais pas dire… merde ?

— Jamais. Ni merde, ni bordel, ni rien d'autre ! »

Et nous rions tous les deux devant nos reflets, sur le miroir en triptyque de ma chambre.

« Je t'aime, papa.

— Moi aussi, mon grand, trop je t'aime. »

Tout en descendant l'escalier, j'ouvre Instagram, active les notifications pour ne plus manquer aucun message et lis celui de Mathilde : *Alors, elle a bon goût, la pluie au bout de mes doigts ?* Oui, elle avait la saveur de la violette, de la figue, d'un sirop doux et lent à fondre au creux de ma bouche. Je ne sais quoi répondre, le pouce suspendu au-dessus de l'écran. J'appuie sur « S'abonner » et découvre une mosaïque que je me promets d'examiner en détail une fois au lit.

Maman est au salon ; je l'entends tousser deux fois, étouffant le bruit de son mieux. Elle a disposé au centre de la table basse trois verres à vin à pied hexagonal, rescapés d'un service de douze, et quatre paquets près du sapin, à côté des deux confectionnés par mes soins. Lorsque je m'approche, elle se rassoit dans le fauteuil à côté de la cheminée, sa cigarette presque dans l'âtre, pensant que, de la sorte, la fumée n'incommodera personne. Elle me saisit la main ; je suis près d'elle, fléchis les genoux. Une minute silencieuse, une minute qui crépite et craque doucement, un instant de mémoire.

Rejoint par Antoine, je choisis pour fond sonore un chant de Noël qu'enfant j'écoutais en quarante-cinq tours. Avec un soin infini, le petit garçon remplit nos verres de champagne et le sien de jus de pomme. Il explique ensuite à sa grand-mère, admirative, que l'on peut trouver toutes les musiques possibles sur mon téléphone et se constituer ainsi une « playlist », une collection de chansons, précise-t-il. Ils s'occupent ainsi, le nez sur l'écran, jusqu'à ce que l'attente des cadeaux devienne insoutenable.

À chaque paquet, Antoine questionne :

« Celui-là est pour qui ? »

Au son de Cat Stevens, il déballe le plus gros, un avion de la patrouille de France en Lego, chantier de deux jours en perspective. S'ensuivent des hourras de bonheur. Maman ouvre une boîte en carton carrée, soulève une feuille de soie pour dévoiler un foulard que j'ai voulu le plus ressemblant possible à celui de nos promenades en forêt. Antoine reçoit au même moment les deux premiers albums de *Tintin* et une longue-vue que longtemps j'ai admirée, rangée dans le grenier de cette même maison, ustensile d'aventurier ou, mieux, de corsaire ! À mon tour, je découvre mes cadeaux : un T-shirt de sport sans couture « pour ta première course » et une simple clé dans un pochon de tissu.

« C'est la clé du garde-meubles transféré à Mortagne. J'ai fait un tri énorme, sans quoi tu aurais tout conservé, jusqu'aux araignées ! Il y a mon petit secrétaire d'enfant. Je veux bien que tu le remettes à sa place, dans ma chambre qui est désormais ta chambre d'amis. C'était un cadeau de mon père. Ah, et puis il y a ça, un petit quelque chose pour occuper tes vacances. »

Antoine lève les yeux de ses briques et regarde sa grand-mère me tendre une enveloppe. Je la décachette pour en sortir ce qui m'apparaît d'abord comme un billet de train.

« Si tu ne m'as pas raconté de bêtises au téléphone, tu n'as donc rien de prévu les jours prochains.

— Mais… c'est un billet d'avion ?

— Paris-Pointe-à-Pitre, départ après-demain, retour le 6. »

Puis, étouffant presque les derniers mots, maman tousse. Une seule fois.

13.

Night in White Satin

Sur la route pour raccompagner maman, de Mortagne à Alençon. Puis la route encore, vers Cabourg cette fois, afin de reconduire Antoine. Ces kilomètres m'épuisent. Je suis exténué, en surdose de bitume et de panneaux ; je hais les lignes blanches, continues ou discontinues ; je déteste le bruit du caoutchouc raidi par le froid grinçant sur mon pare-brise ; je conspue le régulateur de climatisation qui ne régule rien, ni le chaud ni la buée ; je peste contre moi-même qui chante faux. Je crois que mes nerfs lâchent, ou peut-être qu'à l'inverse ils se tendent encore. Ce départ improvisé m'affole : l'organisation, les horaires, l'inconnu. Fermer la maison, l'abandonner encore, laisser l'agence. Partir loin sans que personne ne me retienne, sans que personne ne m'attende. Demain matin, mission impossible : je dois retrouver une valise, acheter de la crème solaire, un maillot de bain, peut-être deux ou trois livres. À l'excitation, à la surprise et à l'inattendu succède mon incapacité à gérer ces microscopiques détails qui forment une montagne, un vent fort contre lequel je marche, une excuse pour me plaindre. Si je croise cet Adrien dans le miroir, je lui en colle une.

Toujours plus blanc, le ciel s'est percé et délivre maintenant de la neige pendant que j'accélère dans mon troisième tour de course autour du plan d'eau. C'est l'heure où les enfants goûtent un gâteau préparé par les parents et essuient les surplus de chocolat au coin de leur bouche. C'est l'heure des rires et des moments heureux. Les flocons s'écrasent sur la surface de l'eau, disparaissent, revenus à leur forme originelle. Un peu plus loin, le restaurant est sombre, volets clos ; pas une voiture sur le parking. J'accélère, me défoule, tiens la promesse faite à mes amis. Dans mes écouteurs, la musique de Marillion :

Take me to the fantastic place
Keep the rest of my life away
Take me to the fantastic place
Keep the rest of my life away
Take me to the island
I'll watch the rain over your shoulder
The streetlights in the water
The moment outside of real life

Évidemment, je suis trempé quand j'arrive sur le paillasson de l'entrée, fumant sous la veste de sport tissée en fibres de pétrole. J'arrête le programme de ma montre chargé de surveiller mon activité et d'enregistrer mes statistiques de course, constate que mon téléphone affiche un message de Margaux : une photo de notre fils, un bonnet de père Noël sur la tête et un paquet entre les mains. Ce matin, maman n'a pas voulu quitter le Clos avant d'avoir tout remis en ordre. Elle m'a transmis cette détestation pour les cadavres d'une réception qui s'éternisent dans la cuisine, sur la table ou dans le salon. Je n'ai donc rien d'autre à faire que de visualiser l'image satellite de la villa dans laquelle je vais séjourner, de vérifier les horaires de mon train vers Paris, du vol vers Pointe-à-Pitre, puis de la navette et de la traversée vers les Saintes, tout cela sous la mousse de mon bain brûlant, rajoutant un peu d'eau chaude, la peau des orteils flétrie comme celle d'un nouveau-né. Avant de me coucher, je place portefeuille, passeport, ordinateur portable, chargeur de téléphone et écouteurs dans un sac à dos. L'instant suivant, je songe au lendemain, à l'inconnu.

Allongé sur mon lit, j'ouvre Instagram, pose l'index sur la photo de Mathilde – un cliché en illusion d'optique sur lequel elle tient la pyramide du Louvre par la pointe. La mosaïque de photos s'affiche. Quelques objets pris sous un angle inhabituel, un excès de contraste pour souligner le cadre, les lignes du bois, le décor. De nombreux arbres en instantané, un clocher, deux retables, la fumée montant de l'encensoir, l'ombre d'un enfant devant son ballon, un coquillage perdu entre deux vagues, un nuage d'oiseaux migrateurs, son sourire, un fragment de son corps de tanagra. Le réveil est programmé. Je suis prêt. Je m'en vais.

En songe, je revois les départs douloureux gravés dans ma mémoire, des phrases et des mots indélébiles, des images en plan-séquence sans fin. Comme cette première classe de neige et mon chagrin qui me colle aux tripes pendant une semaine, les premiers baisers de mon amoureuse sur le quai de la gare au moment de nous séparer, les au revoir d'étudiant dans la voiture et les promesses de s'aimer encore, avant de rouler trop vite vers les copains et les soirées universitaires.

Ni pleine lune ni solstice. Aucune excuse pour ne pas dormir, seulement le départ. Inquiet et agité, je descends à la cuisine et me prépare une nouvelle tisane. Il est 4 heures du matin. Par les vitres de la double porte d'entrée, l'astre et sa lumière blanche percent l'obscurité, percutent le grand miroir posé là, sur trois piliers de métal, soigneusement arrimé depuis quelques jours. Je décide de me dévêtir, d'un geste lent. Une impulsion, une intuition, sans crainte du froid. Un frisson cependant parcourt ma gorge, descend le long de mon dos et vient s'évanouir au niveau de ma cheville. Sur une console toute proche, des fleurs baignent dans l'eau fraîche. Leurs étamines de feu pointent hors de l'enveloppe immaculée. J'en saisis une entre mes doigts, délicatement, et trace sur mon torse une marque ocre, pareil à un Peau-Rouge avant le combat. Mes doigts ne sont pas salis ; toute la fleur s'est offerte, et j'espère en secret que le maquillage restera indélébile. J'approche ma main du miroir à fleurons. Habituellement mouchetée de taches de mercure, la surface, cette nuit, est parfaite. Elle renvoie une main élancée, puissante. Je ne reconnais pas les lignes de ma paume, mais j'aime ce soir les traces plus foncées qui naissent au dos, entre deux veines, stigmates du temps qui passe.

Je m'approche. Le matin, on aborde le miroir de la salle de bains pour appliquer une crème, ajuster une mèche de cheveux, et l'image se déforme : la chaleur d'une expiration vient la troubler, laissant un brouillard éphémère sur la vitre. Je m'approche encore, le souffle rapide, attendant de voir apparaître la buée tiède. Rien de tel ne se produit. Plus près : je touche le miroir. Nous sommes réels. Il me faut un temps pour lui sourire. Je soutiens le regard de cet homme-écho, je scrute son torse et ses jambes, chaque détail, je peux lire en lui. Pendant quelques minutes, je cherche à réchauffer ce corps d'argent, de métal et de verre, à lui insuffler la vie pour qu'il révolutionne la mienne. Les poings serrés, je lève les bras au ciel. Ce soir, je suis nu, véritablement. Sous ma poitrine, à l'endroit teinté par le pollen du lys, je sens la chaleur. Au loin, j'entends les étoiles murmurer : « Il est temps de dormir. »

14.

Du côté de chez moi

La Normandie m'attend sous un fin rideau de pluie écarté par la locomotive de mon train régional. Je me suis assoupi à cause du décalage horaire, songeant aux vacances passées dans l'archipel des Saintes et qui s'achèvent désormais. Je me revois au premier jour du voyage, enfoncé dans un siège de voiture craquelé par le soleil, découvrant par-delà le capot à la peinture lessivée des paysages inédits. La peau moite et le front déjà rougi par le soleil, j'oubliais les nuances monochromes de la Normandie. Dans l'océan, j'ouvrais les mains, un peu comme face à mon miroir. Je noyais mes angoisses dans le bleu infini du ciel. Je remerciais maman d'avoir fait, une fois encore, exactement ce qu'il fallait. Un soir, dans le seul bar de l'île, j'ai perdu pied après le troisième verre, ne maîtrisant plus rien. J'ai envoyé promener mes chaussures et dansé pieds nus, essayé de nouveaux cocktails, jusqu'à fermer les yeux, avoir mal au cœur, envie de vomir. Et puis la plage, le sable, les paupières closes. Une fois de trop. Maman était à genoux, j'étais loin. Ce soir-là s'achevait le dernier jour de l'année, la conclusion d'un cycle. Des moments, des rencontres, des gens dont je n'ai jamais su ou dont j'oublie maintenant le nom. Il y a bien cette fille croisée chaque matin sur le bateau de plongée, puis sur la plage, de longs cheveux, un accent du Sud bizarre. Pas l'Anglaise, non, l'autre, plus belle encore. Un jour, après la pluie, nous nous sommes embrassés sous les petites cabanes de la grève de Pompierre. Son prénom, elle me l'a dit pourtant. Tant pis. J'ai hâte de retrouver mon Ithaque.

Dans le coin gauche de la fenêtre du train, une cible noire est dessinée près d'un petit marteau rouge et pointu. « En cas d'urgence, brisez la vitre. » Oui, je vais devoir briser quelque chose, dans ma tête, mon corps, ma vie, tirer le signal d'alarme, afin de ne pas finir trop loin, emporté sur les rails d'une vie normale. Finalement, c'est un bouton de mon téléphone que j'actionne pour réveiller l'écran, augmenter le volume de mes écouteurs, écrire un message à ceux vers qui je cours.

À Romy :

Chère Romy, ce bon vieux Train Express Régional me ramène à la maison ! Après un peu de rangement et de sommeil, j'aimerais passer vous embrasser tous les deux dans la semaine. A.

L'écran s'éteint, une minute à peine, s'illumine de nouveau :

Adrien, nous en discutions à l'instant avec Paul. Pose ta valise, rallume ton chauffage et viens dîner à la maison. Ceci n'est pas une proposition ;-) À tout à l'heure. Je t'embrasse. Romy.

Je ranime les gonds du portail, le loquet de la porte, ravive la poussière du tapis, certaines lampes, puis mets en route la chaudière et la musique. Je salue un ancêtre sous son cadre de verre, enflamme la mèche d'une bougie, allume un feu. L'eau du bain disparaît sous la mousse pendant que je débarrasse le fond de ma valise d'un résidu de sable. Je m'ébouillante un peu le pied, m'immerge, et tout mon corps brûle, quelques secondes. La condensation envahit la faïence froide, les vitres et le miroir. Mon bonheur est là, retrouvé avec certitude, à l'instant et dans les heures à venir. Il me berce, plus doucement encore que la mélodie qui résonne dans ma chambre, un titre au hasard de mes playlists, « Poor Man's Moody Blues ». La quiétude est interrompue par le tintement de mon téléphone : un message de Margaux.

Je choisis avec soin mes vêtements, accroche un pin's de libellule au revers de ma veste en laine. Dans le salon, j'ouvre le courrier, jette les enveloppes au feu ; elles volettent au-dessus des flammes, se consument, s'écroulent en poussière sur les bûches rougies. Je surveille ma montre et guette le moment de partir.

Mon parapluie noir, les pavés de Mortagne, la rue des Tailles. La porte s'entrouvre après le clac mécanique. Mes amis m'attendent, m'embrassent. Nous fêtons en retard l'année nouvelle, ses bonnes résolutions, les souvenirs de la précédente, les jours qui rallongent enfin. Les photos de vacances défilent sur nos écrans portables. Sur la table basse devant moi, le bol en céramique décoré à l'orientale est rempli de pistaches. Me revient l'image de Mathilde séparant la coque en deux, croquant le fruit sec. J'espère entendre ses pas dans l'escalier, la revoir dans son sweat-shirt et deviner les étoiles cachées sur sa peau. C'est l'instant que Paul choisit pour m'interroger sur d'éventuelles rencontres :

« Trêve de plaisanterie, passons aux confidences. Alors ? Une fille, dix, un garçon, un perroquet ?

— Une fille au prénom envolé. Un garçon pour le plaisir des yeux. Des plongées magnifiques et, surtout, du rhum !

— Mieux que nous à La Rochelle, n'est-ce pas, ma chérie ? »

Romy se lève en me tapotant la main, les yeux au ciel, s'éloignant vers la cuisine et le dessert qui roussit dans le four. Je crois que Paul regrette sa maladresse ; il me laisse seul pour aller la rejoindre. Mon amie revient la première près de moi et, d'un ton léger, dénouant le foulard autour de son cou, reprend la conversation. Mon regard se pose sur cet espace révélé, peau nue qui me fait envie.

« Antoine sera avec toi ce week-end ?

— Oui, j'ai hâte de le retrouver !

— Nous donnons une soirée avec quelques amis le samedi suivant, j'aimerais beaucoup que tu sois là.

— Avec plaisir, Romy.

— Et il faudrait maintenant accélérer tes travaux de décoration au Clos.

— Bien sûr.

— On s'y met sérieusement, tu valides les devis, on commande ce qu'il faut.

— Bien sûr.

— Tout pourrait être achevé au printemps, je pense… Et si tu réponds "bien sûr", tu prends un coup de coussin ! »

Nous dînons, dans la cuisine, d'une succulente omelette réalisée par Paul, tout comme le crumble aux pommes. Un peu avant 20 heures, je reçois un message de Franck, heureux d'avoir rouvert l'agence ce matin, me proposant d'assurer la journée de demain au cas où le décalage horaire me jouerait des tours. J'échange également avec ma mère, une succession de phrases rapides où elle s'inquiète de savoir que je ne suis pas au lit pour rattraper le sommeil perdu dans l'avion. Évidemment, elle élude les questions sur sa santé. Je m'invite donc dès le lendemain à Alençon.

La soirée achevée, Paul propose de me raccompagner jusqu'à la venelle du Vert-Galant, à mi-chemin entre nos deux maisons.

« Avec le jet lag, ça risque d'être compliqué de dormir. Si le sommeil se fait attendre, appelle-le encore, chuchote son nom, comme un ami oublié. Il viendra.

— La fatigue va finir par m'emporter. À très vite, Paul, merci pour ce soir.

— Bonne nuit, Adrien. »

Il reste les mains dans les poches de sa veste, sans un geste, sous un réverbère, simplement à me regarder m'éloigner, un nuage de buée devant la bouche. Bientôt, la lumière s'éteint.

Remontés jusqu'au cou, la couette et les draps me paraissent peser une tonne sur mes jambes. En dépit des efforts de la chaudière qui ronronne à la cave, l'air me semble froid et humide. Je tends l'oreille ; il n'y a plus ni grenouilles, ni grillons, ni autres bestioles des Antilles pour faire résonner les tôles rouges du toit. Ici, le vent bouscule à peine les branches des arbres. Le silence. Ni sommeil ni fatigue, même après trois, puis quatre chapitres d'un roman commencé à l'aéroport. J'attrape mon téléphone, sans tenir compte des conseils de Paul, espère lire un message en désactivant le mode avion, n'importe quoi de n'importe qui. Surprenez-moi, bordel ! Que quelqu'un ose voler mon numéro ! Rien. Alors je me connecte sur Instagram et balaie les images d'un mouvement de doigt quasi mécanique.

L'index toujours au-dessus de l'écran, je bâille longuement, presque comme un soupir. L'escalier craque, deux fois. Puis toute la maison, avec ses odeurs et ses bruits, prend vie pour me porter jusqu'aux rêves. Un instant, je crois me souvenir du prénom de cette fille. Non. D'un geste du pouce, je ferme l'application et laisse tomber le téléphone. Noir.

15.

Un jour comme aujourd'hui

Avec le sourire, emmitouflé comme un Inuit, je scrute la rue qui s'anime sous les cheminées fumantes, le ciel affleurant, blanc et pétrifié, les arbres nus et les pierres éternelles. En remontant vers l'agence, je songe au plaisir de retrouver Franck, sa bonne humeur, l'entrain de sa jeunesse. Peut-être Guy aussi dans la matinée, cette tête de mule de Jean-Phi, les autres. Comme si mon absence avait duré des mois, j'observe, je guette le détail, le moindre changement dans l'ordonnancement des choses. Une vitrine aurait-elle été repeinte ? Non. Un commerce nouveau ? Que nenni. Simplement un homme au gilet orange perché en haut de sa nacelle pour commencer à décrocher les guirlandes de Noël. Même son collègue l'ignore, occupé à lire le journal des sports et à surveiller le bout jauni de sa cigarette. Il est seul dans le ciel sans nuages, sans corneilles ni moineaux, avec un casque ridicule qui ne le sauverait même pas s'il chutait d'un escabeau. Les mains bien au chaud au fond des poches de mon blouson, je salue les passants de la tête ; parfois on me renvoie mon bonjour, parfois je ne reçois rien. Après tant de douceur de l'autre côté de l'Atlantique, je conclus à la hâte que la teinte du ciel reflète souvent la couleur des cœurs. Je songe à maman qui, bien plus que moi, aurait eu besoin de ce soleil.

Il me reste quelques dizaines de mètres à parcourir ; le train-train va reprendre, café, bla-bla, café encore. Bientôt les appels, les messages, le courrier du facteur ou électronique. Mon iPhone est étrangement silencieux, il ne capte plus aucun réseau : caprice ou grève générale ? Il faut le contraindre, le relancer de force. L'objet reconnaît mon visage ; enfin apparaissent les signes des ondes, la preuve de ma connexion au monde. Une pastille rouge surgit et affiche un petit 2 : le premier message est de maman, le second de Franck.

Bonjour, mon grand. Merci de tes quelques mots qui me rassurent, te sachant bien arrivé. En revanche, toujours pas de carte postale. Tu viens en fin de journée, c'est cela ? En tout cas, appelle-moi quand tu auras quelques minutes. Je t'embrasse comme je t'aime, maman.

Bonjour Adrien, rendez-vous au café du Théâtre. Ne passez pas voir votre copine la boulangère, j'y suis déjà allé !

Je m'adosse à la vitrine d'un pressing pour téléphoner. Une sonnerie, plusieurs autres, messagerie vocale. Je me redresse, tourne sur la place et aperçois Franck avec Mathilde sous le store du restaurant. Ma mère me rappelle, je décroche :

« Bonjour, mon grand ! Enfin, j'entends le son de ta voix, fils indigne. »

Son humour est toujours un frêle paravent déployé pour cacher un reproche ou une mauvaise nouvelle.

« Bonjour, maman. Tu sais qu'entre le décalage, le rhum et le farniente, j'ai eu du boulot, moi. Comment vas-tu ?

— Et toi ? Pas trop fatigué ? Pas trop froid ?

— Je suis gelé, mais d'ici demain j'aurai repris l'habitude du climat percheron. Dis, maman, je dois aller bosser, là. Je t'emmène dîner ce soir ? Pas trop tard, pas trop loin de chez toi ?

— Entendu, mais passe d'abord à la maison, je préfère. Ton chat te réclame.

— À ce soir. Je t'embrasse. »

Sa main posée sur le haut-parleur n'a pas couvert sa toux, sèche, râpeuse. Dans ses mots, la douleur évidente, nouveauté de l'hiver.

« À ce soir, mon grand. »

Franck attire le regard des filles. Franck séduit visiblement aussi les garçons. Il est sensible, drôle, intelligent, attentionné. Le collaborateur est sérieux, fiable, travailleur. Cerise sur le gâteau, il traîne dans son sillage la jolie Mathilde, lumineuse, solaire. Tous les deux me serrent la main et, à l'unisson, nous saluons Jean-Philippe en entrant dans le bar.

Le tenancier grimace en nous voyant croquer dans nos croissants au beurre tandis que ses viennoiseries industrielles sèchent dans une corbeille en osier sur le comptoir. La jeune femme lance la conversation :

« Une petite barbe et la mine toute bronzée : il est pas mal ton boss, Franck, non ?

— Ouais, maintenant que tu le dis. Mais le bronzage, c'est comme tes soutiens-gorge push-up, ma chérie : un artifice éphémère.

— C'est moche de vous moquer, très moche. Vous ne verrez pas mes souvenirs, pour la peine, ni les cocotiers, ni la mer, ni le sable blanc, ni les tortues, et encore moins la sirène ramenée dans mes filets. »

L'instant suivant, mon téléphone se retrouve entre les mains de Franck, qui fait défiler les clichés en balayant l'écran de la droite vers la gauche. Les deux amis s'attardent un peu sur une photo prise depuis l'avant d'un bateau : au loin, on distingue le ponton d'arrivée devant la baie et ses eaux de paradis. Mathilde m'envoie un clin d'œil espiègle. Elle file, ajustant son bonnet sur ses cheveux, les faisant disparaître, avant de franchir le seuil de la porte. Je dois promettre de passer chez les antiquaires jeudi avec d'autres croissants. Sans les augures inquiétants de ma conversation avec maman, j'aurais parié sur une journée merveilleuse.

En fin de matinée, une fois le courrier dépouillé et les tâches réparties entre nos quatre mains, Guy Valentin entre en scène. Il se propose de traiter certains dossiers avec le siège et, une fois encore, nous bluffe par son efficacité en expédiant les affaires *a priori* pénibles avec une facilité déconcertante. Lorsque Guy téléphone, pas de musique d'attente, pas de « Je mets une note au contrat et on vous recontacte ». Il explique, hausse parfois le ton, griffonne quelques lignes à l'encre et, au bout du compte, raccroche en refermant le dossier. Affaire classée. Parfois, il dépose ledit dossier sur le bureau de Franck avec un mémo jaune indiquant au choix : « prévenir le client », « virement sous huitaine », « expertise mardi 11 heures ». Tout me semble en ordre, la machine de notre petite agence à nouveau huilée et opérationnelle, prête à conquérir le

Perche et à remporter l'appel d'offres de la municipalité. En somme, un monceau de travail. C'est au déjeuner, vers 13 heures, que j'ai ma piqûre de rappel, le signal que je ne suis toujours qu'en période d'essai dans la ville.

« Quand même, quinze jours de vacances, y en a qui ont la belle vie. »

Je perçois la voix d'un de mes clients. Cependant, même après l'avoir identifié, je suis incapable de retrouver son nom. Je souris poliment, comme on nous apprend à sourire plutôt qu'à tirer la langue à une vieille tante qui nous pince la joue pour dire au revoir. Au moment de régler l'addition, Jean-Phi se fend d'un : « Les cafés, c'est pour moi. » La remarque du client et mon sourire forcé ont dû lui faire de la peine.

Maman ne ferme plus la porte à clé ; je crois qu'elle s'en moque comme de son premier briquet. Je frappe, une longue minute se passe, je l'entends remuer dans son appartement, ouvrir une fenêtre, les pas s'approchent avant qu'elle ne tire la poignée, créant un souffle d'air. Les poils du chat dansent à contre-jour, un nuage de fumée s'échappe dans la cage d'escalier, et son visage sans rides me sourit. Un chignon façon Grace Kelly ramène ses cheveux en arrière, et son foulard saturé de parfum cache son encolure fragile. Longtemps, elle a pensé avoir simplement mal à la gorge. C'est la plus belle femme du monde ; je suis jaloux de mon géniteur. Et triste aussi d'être aujourd'hui le seul homme à ses côtés. J'ai envoyé trop peu de messages pendant mes vacances, été trop avare en nouvelles. Elle ne m'en veut pas, mais je sens la pointe d'un reproche quand elle m'embrasse et m'avoue, presque en baissant les yeux : « Je suis heureuse de te revoir enfin. » Redoutant le sujet de son cancer et le résultat des examens qu'elle a passés à la clinique, je commence la conversation par des banalités. Maman continue de m'interroger – questions ouvertes et réponses qui le sont plus encore. J'ai réservé un restaurant japonais pour 20 h 30. L'heure approche, et je n'ai pas envie de pleurer devant une soupe miso.

« La semaine dernière, tu attendais toujours le retour de tes examens au Mans. Tu as du nouveau ?

— Oui. Je n'ai pas voulu retourner à la clinique pour voir l'oncologue. Ils ont donc envoyé les papiers au docteur Anguet.

— Et ?

— Et on oublie la chimio. Ils veulent que je fasse de la radiothérapie.

— C'est une bonne nouvelle ?

— Non… C'est le dernier truc qu'ils ont à me vendre. »

Elle se lève pour fermer la fenêtre, tandis que je me sers un deuxième verre de single malt, façon *Deadwood* – la série hollywoodienne –, sans faire attention aux allées et venues du chat entre mes chevilles. Je me fiche bien de l'état de mon pantalon, de l'odeur de nicotine ou de l'heure du repas. J'ai envie de ce liquide pour qu'il emporte, noie un peu de mon désespoir.

J'ai voulu marcher, maman a souhaité conduire. Au restaurant, elle rayonne encore, élégante, heureuse de sortir au bras de son garçon. Je lui montre la photo de la fille du Sud ; elle sourit, me dit « enfin » et « elle est assez jolie ». Et puis elle me parle de Margaux, qui semble tout réussir, prétextant m'interroger sur Antoine. Je commande alors une autre bière Kirin, celle avec le dragon à la corne magique, mais fragile. Contrairement à la légende des belles-mères qui s'évertuent à gangrener la vie de leur belle-fille, maman a toujours adoré mon ex-femme. Enfin, beaucoup aimé, « parce que l'on n'adore que le bon Dieu », ai-je entendu un millier de fois. J'apprends que leur correspondance ne s'est jamais totalement interrompue, comme l'eau que l'on puise chaque jour pour que le puits ne tarisse pas. Je dis sur un ton désagréable :

« Tu sais qu'elle a refait sa vie, qu'elle fréquente un mec et que mon fils vit au milieu de tout ça ? »

Un silence, à peine le temps de déglutir.

« Et toi, tu ne fréquentes personne ? Reviens sur Terre, Adrien. Tu n'es pas le centre du monde. »

D'autorité, elle renvoie le serveur, venu déposer ma bouteille et prendre la commande des desserts.

« Boule coco ou nougat ?

— Rien, merci monsieur. »

J'ai trop bu, trop vu mon petit ego égratigné pour laisser Margaux tenir le beau rôle :

« Je rêve ou tu m'engueules, là ? Maman, hou hou, faut oublier cette nana !

— C'est la mère de ton fils, pour le reste de ta vie et de la mienne. Elle l'élève et l'assume, même quand tu es absent ou que tu as trop de travail.

— Cette conversation est terminée. Ne parlons plus de Margaux.

— Cette méthode, Adrien, cette façon de clore les discussions, ça ne peut plus fonctionner. Arrête vite, ou tu vas faire le vide autour de toi. »

Elle me prend la main, trois anneaux à son annulaire, et je perçois le froid qui nous traverse.

« Adrien, tu as bien mieux à vivre que la rancœur, les regrets ou l'histoire que tu observes dans un rétroviseur. Garde ton affection pour Margaux, ton amour pour ton fils, un amour encore différent et une place pour celle qui doit te rendre heureux. Enfin, une petite place pour ta mère, qui est prête à tout entendre, sauf ta colère. »

De son sac, elle sort un mouchoir en papier blanc, une fraction de seconde avant mes larmes. Puis elle me dit : « Garde le paquet. » Elle est comme ça, maman : elle donne tout.

Retour à Mortagne. Je conduis tranquillement, le bras dans l'air froid et humide, la musique en sourdine. Comme la voile d'un cerf-volant, ma main au-dehors trace des trajectoires dictées par les bourrasques de vent le long de la route nationale. Lâcher le volant, tout abandonner dans un crash de tôle et d'essence, ou bien grandir, enfin grandir et assumer. Proposer ma main au lieu d'attendre qu'on me la saisisse, écouter, véritablement entendre. Passer du balcon aux gradins, à l'orchestre, monter sur scène et déclamer le texte de ma vie.

J'augmente le volume et grogne par-dessus « Long Road Out of Eden » jusqu'au portail vert, que je n'ai pas le courage d'ouvrir afin de garer la voiture : je la laisse stationnée pour la nuit le long du trottoir d'en face. Je lis trente pages d'une histoire à dormir debout, vérifie mon téléphone, lis encore. J'ai peur des rêves de cendre, des songes gris. Ils me sont épargnés, chassés par les courants d'air de ma maison refuge.

Au matin, le ciel est clair, pas un voile de nuage ni de mélancolie. Un bleu d'île grecque, sans la douceur du vent ni les parfums d'olives et de moussaka brûlante. Je bois mon thé sous un soleil qui ne réchauffe pas, ramasse des brindilles tombées du hêtre pendant la nuit, simplement quelques minutes ; il ne fait pas plus de cinq degrés. Près de la théière, mon téléphone affiche quatre rappels :

* Point sur l'appel d'offres de la mairie
* Rappeler le peintre
* Relancer la fleuriste mutuelle + retraite
* Planning d'entraînement semi-marathon

Et un message de Romy, qui mélange, s'agissant d'une soirée « spéciale », bien de l'impatience et du mystère quant à ma présence samedi « en quinze ».

16.

Valentin miniature

Il y a des dates, comme le 14 février, qui ont le don d'angoisser les grands et de laisser indifférents les petits. Cette année, le jour fatidique ne me fait ni chaud ni froid, même pas une pointe de regret. Après des explications précises données au téléphone sur la forme et les couleurs du bouquet, le fleuriste d'Alençon comprend mes exigences et se montre charmant, me proposant de livrer sa création lui-même après la fermeture. Maman aura ses fleurs. À Mortagne, je choisis également six roses aux nuances pastel, trois pour Romy et, soyons fou, trois pour Mathilde, que j'irai moi-même porter quelques mètres plus loin, rue Sainte-Croix.

Dans mon bureau, j'ai posé une photo des Saintes sur le rebord d'une fenêtre – celle qui donne sur la fontaine dont il ne coule rien, à cause du gel. J'y pose en combinaison néoprène à côté d'une tortue qui semble sourire. C'est cette fille qui a pris le cliché, celle dont j'ai oublié le nom. Si seulement je voulais fournir un effort.

Un peu plus tard dans la soirée, Romy et moi allons courir, une séance au rythme de notre prochaine course estivale. Si tout va bien, notre performance sera honorable. Je suis porté par la présence de la plus belle amie qui soit, par son baiser sonore sur ma joue face à mes roses. Porté aussi par les mots tendres d'une jeune femme à la peau transparente, touchée par mon intention pas tellement innocente.

Vendredi après-midi, nous revenons, avec Antoine, de chez Margaux pour passer le week-end entre garçons à Mortagne. Un détour est prévu par Caen, rue Écuyère, afin de retrouver Paul, en affaire chez les professionnels de sa caste, chercheurs de trésor, chasseurs d'objets. Notre ami antiquaire a proposé que nous buvions un verre ensemble au café Guillaume. Nous marchons donc quelques minutes vers le centre-ville, récemment rendu aux piétons, vélos, trottinettes, gyropodes et autres joyeusetés de citadin moderne. Je remarque que nos pas à tous les trois sont calés sur la même cadence, un peu comme si nous étions appuyés l'un sur l'autre dans un tempo souple et régulier. Paul est radieux.

« Mille fois merci, Adrien, de bien vouloir me ramener à Mortagne. Je serai mieux à la boutique et chez moi ce week-end que chez les cousins de Romy à Granville.

— Tu es ici pour un tableau, c'est ça ?

— Une miniature. C'est une petite peinture, et pas n'importe laquelle : signée Isabey ! Regardez, tous les deux. Elle est là. »

D'un mouvement de prestidigitateur, il sort une boule de papier de soie de sa poche intérieure, l'ensemble n'étant pas plus large que la paume de sa main.

Antoine approche son visage et ses doigts de l'objet, puis se ravise.

« Dis, pourquoi est-ce que ce vieux truc est si important pour toi ?

— Voilà une question essentielle. Ce petit portrait a une histoire que je voudrais préserver, sauver de l'oubli. Parce que, tu vois, les adultes ou même les enfants tombent parfois amoureux d'un garçon, d'une fille ou d'un objet. Celui-là, j'en suis amoureux depuis des années, et maintenant, grâce au destin, j'en suis propriétaire. Et donc responsable. Garde tes yeux de petit garçon et ton regard pur sur le monde, Antoine. Un jour, cette miniature sera pour toi. »

Sur la route du retour, Paul discute au téléphone avec sa compagne, lui raconte les tractations avec l'antiquaire, l'argent dépensé, ses projets simples pour le week-end. Il promet d'ouvrir à 10 heures le lendemain matin et de tenir la boutique jusqu'au soir, de ne pas appeler Mathilde pour la faire travailler à sa place, de me saluer affectueusement et de ne pas oublier de me relancer pour la soirée du samedi suivant. Bien que son portable soit collé contre son oreille, je distingue quelques syllabes prononcées à voix plus haute par Romy. Il achève la conversation :

« Je lui dis, je lui dis. D'ailleurs, il m'écoute, là. Attends, je lui demande tout de suite. Adrien, tu n'as pas oublié pour samedi prochain ?

— Non, non… Embrasse bien fort Romy.

— Voilà, c'est fait. Il est là, il est d'accord et il t'embrasse. Allô ? Excuse-moi, le réseau est assez mauvais. Nous sommes à Falaise. Je t'embrasse aussi, ma belle, passe un agréable séjour chez ta cousine. Sarcastique ?

Madame, vous vous méprenez. Tu vas affreusement me manquer, ma Romy. *Ciao, ciao bella.* Oui, évidemment, je lui explique. Promis. *Ciao.* »

Je détourne mon regard de la route pour contempler le sourire moqueur de Paul. L'homme semble immense dans notre voiture minuscule, le sommet de son crâne effleurant presque le ciel de toit. Antoine s'agrippe à nos deux appuie-tête pour s'avancer entre nous. Et, comme dans un rite déjà ancien répété à maintes et maintes reprises, il s'écrie :

« Le château ! C'est le château de Guillaume le Conquérant ! Il est encore plus beau tout éclairé. Allez, papa, on s'arrête, s'il te plaît !

— Antoine, c'est fermé. Je te le dis chaque fois.

— Mais on n'essaie jamais. Si ça se trouve, c'est ouvert. S'te plaît…

— Je te dis que c'est fermé. Il fait presque nuit, réfléchis.

— Un coup on n'a pas le temps, un coup c'est fermé. C'est toujours pareil, avec toi. »

Passent quelques longues secondes muettes.

« Adrien, je peux te demander un service ? »

Paul a repris sa voix de conteur d'histoires, posée, charmeuse. Je flaire le piège.

« Bien sûr. J'imagine que tu veux toi aussi aller voir la bâtisse du duc ?

— Pas du tout. À côté de la plaque, Sherlock. En revanche, en prenant tout de suite à droite, nous pourrions aller admirer la statue du Conquérant.

— Celle qui est au pied du château ?

— Celle-là même. Et fais-moi penser à te dire deux ou trois mots sur la soirée de samedi prochain. »

Après un bref mais passionnant historique devant le colosse de bronze, nous remontons vers le château. La billetterie est évidemment close, mais les grilles restent ouvertes plus longtemps sur les jardins. Antoine court le long des remparts, grimpe en haut d'une tour, surveille l'arrivée des ennemis du duc. Il agite les mains, terrasse un adversaire imaginaire, comblé, acclamé par nous. Pour éviter un détour de quelques minutes, je l'ai longtemps privé de ce bonheur. Je suis décidément trop égoïste. Je prends en photo le panneau avec les horaires d'ouverture et promets de revenir bientôt.

Dimanche, à l'heure de récupérer ou de déposer notre petit garçon, nous arrivons avec Antoine sur le parking à mi-chemin entre Mortagne et Cabourg. Lui somnole, et moi je pianote sur le haut de mon volant, à peine le temps d'une minute. Margaux sort d'un véhicule sombre, un SUV citadin à l'énorme malus écologique. À ses côtés, un individu de taille moyenne aux joues creuses, cheveux châtains ramenés en arrière, veste de lin froissée. Un mec normal au premier abord, suscitant tout de même une pointe de méfiance. Il s'avance vers moi – poignée de main trop ferme, sourire trop blanc. Je cherche dans sa silhouette ce qu'il peut bien vouloir compenser de si petit avec une voiture si imposante. À contempler Margaux, lumineuse, ce compagnon est sans doute un gentil garçon, amoureux et sans histoires. Ce n'est déjà pas si mal. Antoine l'embrasse sur une seule joue. Ils s'éloignent ; je tends et agite le bras en me retournant vers ce char d'assaut noir aux vitres baissées. Une fois l'image réduite à deux points lumineux, je piétine le tapis de macadam sale qui me ramène à ma voiture.

I have read all your letters
I know what you contain
I have dreamt your dreams
[...]
I am the Invisible Man

La musique de Marillion me permet de hurler ; j'évacue, le temps d'une chanson, mon statut d'homme retourné à l'ombre, et me rappelle alors les mots prononcés par Paul pour attiser ma curiosité et me convaincre de participer à cette soirée le week-end prochain.

17.

Filet perlé

Lundi, mardi, mercredi… Dans le sablier hebdomadaire, pas un grain ne s'est coincé. Et les jours, les uns après les autres, m'ont semblé extrêmement doux. « Samedi soir prochain » s'est transformé en « ce soir » le temps d'un battement de paupières.

Ces derniers jours, enrobant le sujet de mystère, Paul a fini par qualifier la soirée de « libre » ; j'ai fantasmé l'idée mais ne pouvais imaginer mes amis m'entraînant sur ce terrain sans préambule. Peut-être y a-t-il eu une poignée d'allusions, quelques questions qui maintenant prennent sens. « Libertine » sera sans doute plus approprié. De prime abord effrayé, puis piqué par la curiosité de vivre une expérience nouvelle, je suis désormais excité par la possibilité de saupoudrer d'un peu de piment ma vie normande insoupçonnable et insoupçonnée. Je me laisse guider par le goût sucré de l'interdit. La confiance en mes amis achève de me convaincre définitivement : ils ne me conduiraient pas à une orgie lugubre.

En début de soirée, je prends le chemin de la salle de bains. Tondeuse, rasoir, crème hydratante pour soigner mon corps et les apparences, des pieds à la tête. À 20 heures précises, je sonne rue des Tailles. Pas une seconde de retard : cela change de mes habitudes. Paul est élégant, comme toujours, les cheveux plaqués à la manière de Gatsby. Nous buvons un verre d'eau pétillante devant la cheminée, où les restes d'une bûche énorme disparaissent, transformés de braise en charbon pour finir en poussière grise, ridicule.

Les marches de l'escalier commencent à vibrer, des pas légers, une peau qui effleure le bois. Le bruit s'intensifie, préparant l'arrivée de Romy. Son parfum la précède. J'imagine son chemisier blanc clos jusqu'à l'avant-dernier bouton, ses cheveux souples toujours maintenus en arrière. Mais elle apparaît changée, une autre femme, plus hollywoodienne que Nouvelle Vague, simplement, incroyablement, sensuelle. Deux brillants aux oreilles, un fin ruban noir plaqué sur la gorge. Mon regard se perd sur son décolleté, terriblement ouvert sur un bustier de dentelle. Elle a souligné le contour de ses lèvres sans que rien ne bascule dans la vulgarité, juste une nuance supplémentaire, un ton au-dessus de l'habitude. Ses cils sont plus épais, plus longs, moins blonds. De cette femme tout en subtilité, je découvre un genou, le galbe d'une cheville. Les yeux de Paul s'ouvrent un peu plus, cherchent mon admiration, semblent savoir mon désir qui s'invite pour la deuxième fois. Elle s'approche, escarpins à la main, deux doigts passés dans les lanières de cuir, dépose un baiser sur ma joue gauche, s'éloigne dans le couloir, vers le dressing. Elle en ressort vêtue d'une veste cintrée, les épaules recouvertes d'un châle aux teintes vives qui me plaît moins.

Conformément au programme de Paul, nous partons en direction de Bellême. Sur la route, première surprise : nous complétons notre équipage avec Mathilde. Je découvre par la vitre arrière sa maison à deux fenêtres, au cœur de la forêt de Réno-Valdieu, à quelques pas de l'étang de la Herse. La jeune femme s'avance jusqu'à la barrière qui clôt la petite propriété, s'engouffre près de moi, articule un « salut » qui dévoile son immense sourire. Elle est, elle, sans parfum ni artifice.

Nous arrivons à La Perrière vers 21 heures. Trop d'informations et de questions se bousculent ; je vacille tandis que Paul ralentit et s'engage dans le bourg. Romy augmente légèrement le volume sur le *Liquid Spirit* de Gregory Porter. Le regard de son compagnon cherche le mien dans le rétroviseur, comme s'il percevait mon trouble.

« Adrien, tout va bien ?

— J'ai le ventre qui se noue un peu, ce n'est pas bon signe.

— N'oublie pas : le simple murmure d'un oui ou d'un non décide de tout, sans jugement ni conséquence. Et de toute façon, je suis là.

— Moi aussi », confirme Romy sans un mot supplémentaire, sans se retourner.

Mathilde, presque contre moi, ajoute :

« Premier soir de débauche dans le Perche pour le grand garçon. Celle-là, c'est la meilleure. »

Et, pour agrémenter ses derniers mots, elle pose sa main haut, très haut sur ma cuisse.

Le village de La Perrière est un rescapé de l'exode rural, un survivant qui a su se réinventer autour d'une poignée d'habitants normands et d'amoureux de la campagne venus, pour l'essentiel, de Paris : artistes, peintres, sculpteurs. On peut encore y boire un café ou un bon verre de vin, déjeuner de produits frais au restaurant, chiner un faitout de cuivre ou une chaise fatiguée, dénicher des merveilles d'antiquité, acheter le journal ou les derniers romans préférés du libraire, trouver des coquillettes, du pain longuement pétri, du beurre et des œufs frais au cœur orange.

À quelques pas de la place centrale, une longère se dessine, avec son cadran solaire typique du bourg, ses pierres apparentes et un enduit lissé à la chaux, le tout mis en valeur par un éclairage extérieur dissimulé dans les arbres et la pelouse. Sur le flanc ouest, j'aperçois le toit d'une verrière et les reflets bleus de l'eau ; je hume un léger parfum de chlore. Le chemin de gravillons serpente sur quelques mètres, puis se sépare en allées qui, tels des tentacules, rejoignent le préau, les baies vitrées, la porte principale et une discrète entrée qui doit être celle de la cuisine.

Nous sommes accueillis dans le vestibule comme de vieux amis à qui l'on propose naturellement de laisser leurs manteaux pour passer au salon, un immense séjour aux tons de magazine déco. Je vois Paul glisser une enveloppe à celui qui doit être le propriétaire et organisateur des festivités. Romy me prend le bras et m'entraîne près des sofas, des méridiennes et des fauteuils, eux-mêmes recouverts d'étoffes, de couvertures et de coussins.

La pièce est une invitation à s'asseoir ou à s'allonger, ainsi qu'à grignoter et à boire : trois tables sont garnies de gourmandises salées et sucrées, de flacons de verre remplis d'eau, de bouteilles de vin de Loire et de Bourgogne, essentiellement blancs. Personne ne semble véritablement se connaître. On échange des prénoms et l'on se frôle ; on propose un verre, complice ; on discute ou l'on s'échappe après trois mots ; on rassemble ou écarte les coussins pour ajuster la distance entre les corps. Rien d'effrayant, une douce soirée de confidences, en somme. Je compte une vingtaine de personnes, peut-être davantage. Mathilde est la cadette. Elle a d'ailleurs disparu pendant que j'admire une grande affiche de *Dolor y gloria* signée au feutre par Almodóvar, parmi d'autres posters de ses œuvres accrochés aux cimaises du mur sous des plaques de verre. J'ai des souvenirs parfaits de ce film, des scènes visionnées en boucle, la même émotion image après image. Ici ou là, d'autres cadres abritent des dizaines de broderies noires en filet perlé, échantillons d'un travail de haute couture. Un homme à la barbe épaisse vient me parler avec passion du long métrage espagnol – il semble être journaliste ; j'oublie son nom en avalant ma dernière gorgée de chablis. En revanche, je n'oublie pas ses mots précis, touchants, choisis, certain que son visage m'est familier. Paul apparaît, diable en smoking extrait de sa boîte. Il inonde mon verre d'eau pétillante, un geste du poignet réalisé avec l'élégance d'un chef d'orchestre, et lance : « Tu connais Victor, parfait ! » Puis il s'évanouit, glisse sur une banquette, la main bientôt posée sur l'épaule voisine.

De toute évidence, des rideaux épais, une musique au volume parfaitement ajusté, une lumière à peine tamisée et quelques éléments de décoration font beaucoup dans la réussite d'une soirée. Je songe que, de nos jours, on néglige trop souvent le décor, la mise en scène. Victor attrape la main d'une femme qui me sourit du coin des lèvres : « Ravie que vous ayez pu venir, asseyez-vous avec moi un instant. » Je remercie sans rougir, me retrouve face à elle, sa main aux ongles rouges prête à harponner la mienne. Elle parle à la manière de Paul, annonce les choses simplement pour que tout se change en évidence : « Ici, le sexe est la cerise sur le gâteau ; tu décides ou non de manger la cerise, ça ne change pas grand-chose. Sois le bienvenu et laisse-toi aller. Tu verras, je ne suis jamais très loin. »

Au fil du temps, les jeux de séduction m'apparaissent clairement ; les tenues sont plus suggestives, les gestes et les mots plus suaves ; chacun touche l'autre du bout des yeux. Ou bien est-ce l'exhalaison des bougies, la rose, le musc, la douce ivresse du troisième verre ? Mathilde est revenue – peut-être n'était-elle jamais partie –, ses cheveux courts et sombres comme le trait sous ses paupières, son majeur à la plissure de mes lèvres et bientôt sa langue sur la mienne. J'ai l'impression d'être au centre du monde, mais, en ouvrant les yeux, en considérant la danse et les mouvements, je prends conscience qu'en réalité je suis invisible.

Je ne sais plus très bien si nous sommes toujours dans le salon ou bien dans une des pièces contiguës, plus sombres, meublées de divans et de matelas moelleux. J'essaie de dire un mot ; Mathilde m'invite à me taire, un « chut » glissé le long du cou. Il retombe, s'échoue en silence avec nos vêtements sur le parquet brut couleur miel. Assise sur moi, Mathilde guide mes mains sur son ventre ; je trace les courbes de ses épaules, de ses jambes, caresse ses seins de mes lèvres et m'abandonne à ses envies. Je partage l'instant sans réfléchir. Romy et Paul passent dans la pièce, quelqu'un effleure ma peau. Je devine qu'ils disparaissent avec un autre. Un mot, juste un mot pour lui avouer… « Chuuut. » Sa main sur ma bouche. Je renonce à parler, change de position, puisqu'elle m'y invite. Une fraction de seconde avant de joindre nos langues, nos regards se croisent, trahissent nos désirs, libres et bientôt assouvis. Sans cérémonie ni fausse pudeur, avec douceur et tendresse, avec passion, élan et une force infinie, je bois à la source. Elle est généreuse, intarissable. Alors que je m'apprête à serrer mes doigts sur son corps, elle me dit « pas encore », bascule pour revenir sur moi, maîtrise l'instant. Je rassemble tout ce qui, au creux de mon être, frissonne et se cache. Tout ce que je voudrais crier ou confier dans un souffle. Une dernière fois, je soutiens son regard, et, une seconde plus tard, un éclair dilate nos pupilles. Oui, comme dans les films.

Dans un renfoncement de la pièce, la porte coulissante dissimule un cabinet de toilette de quelques mètres carrés, assez grand pour contenir une douche à l'italienne et un lavabo rectangulaire, trop exigu si l'on espère pouvoir y circuler à deux sans se frôler. Ruisselant d'eau fraîche, je m'enveloppe la taille d'une serviette de coton, trop rêche sur ma peau en ébullition. En sortant, ruisselante, Mathilde lance à peine un regard dans le miroir, dont elle chasse la buée d'un geste de la main. Elle essuie sa paume sur ma serviette, un morceau de chocolat entre les dents dont elle me fait croquer un fragment minuscule. Comme un baiser noir d'adieu avant de se faufiler hors de la pièce. Je me scrute, me trouve plus jeune, les cernes et la fatigue évanouis. Tandis que je reviens dans la chambre, d'autres passent et s'affairent. Paul se relève au moment où je ralentis le pas. Je ne sens pas le contact de sa peau, juste un frisson. Dans son dos, quelqu'un dont j'ignore tout lui tient encore la main.

Je goûte un jus de fruits et me dirige vers la piscine, des morceaux de pulpe encore dans la bouche. Dans le salon, certains somnolent sur le canapé, à demi nus. Bertrand Tavernier doit cacher sa caméra derrière une tenture. *Que la fête commence.* Sous la véranda, deux bassins équipés de jets bouillonnent. Il y fait tiède, et les émanations de Javel griffent mes yeux clairs. Là, dans l'eau, je découvre Romy, la tête en arrière et les paupières closes ; elle fredonne un air qui fait onduler ses lèvres. Elle me demande de lui apporter à boire, quelque chose de frais si possible. Je m'exécute, cours presque, verse un grand verre, nectar de pêche, après y avoir jeté à pleines mains trois cubes de glace. Comme les roses, les glaçons vont en nombre impair.

À mon retour, un autre s'apprête à s'immerger près de mon amie. Alors, dans l'obscurité bleue, j'ôte ma serviette, moins gêné de ne pas être seul à seul avec Romy. Son regard reste chevillé au mien. Je me rappelle que personne ne juge, ni maintenant ni jamais. J'entends sa voix : « Je suis un peu fatiguée. » Et l'homme s'éloigne. Elle se redresse légèrement, sans rien dévoiler, si ce n'est le galbe délicat de sa poitrine, me caresse la joue. Victor entre dans l'eau, juste à côté de moi, m'obligeant à me rapprocher d'elle, à sentir nos cuisses se toucher. Un tremblement le long de nos jambes. J'ai envie d'y poser ma main, mais la retiens en surface. Quelques instants plus tard, l'homme à la barbe impeccable vient s'installer plus près de Romy, à sa gauche. Sous les bulles qui s'évanouissent, je devine les caresses, les mouvements. Le plaisir se profile sur les joues féminines. Je me décale face à eux, en vis-à-vis, jusqu'à retrouver les teintes verdoyantes de ses yeux.

Paul conduit calmement, les mains posées à 10 h 15 sur le volant, comme s'il validait l'examen du permis. À ses côtés, Mathilde, qui a demandé à revenir passer la nuit chez eux. Elle ne veut pas être seule. Sur la banquette arrière, Romy s'est endormie, la tête inconfortablement calée sur mon épaule. Elle respire paisiblement, des mèches blondes retombent sur son front. Je n'ose y toucher, remettre en place la brassée de cheveux dorés. Cette femme abandonnée contre moi me semble fragile, mais parfaitement sereine. Elle sait que, à l'inverse d'elle, je prétends être solide, alors que ma tête explose. Ni les courbes des voies départementales, ni les creux du bitume ne perturbent les traits de son visage. Et moi, je sens mon corps qui se tétanise de peur d'être trop proche, trop tendre, ou de faire le mouvement brusque qui la tirerait de ses songes. Dans le silence de la route, de l'air qui se faufile en sifflant contre la portière, je me demande s'il faut, oui ou non, parler de ce qui vient d'advenir, discuter de ce qui restera éphémère. Paul me dit :

« Comment vont tes doutes, mon ami ? Ta confiance en toi ? »

Je réponds d'un sourire. C'est peut-être mieux de ne pas dire les choses, de les laisser comme elles ont été vécues.

Lorsque nous arrivons devant le Clos de la Pierre, je réveille doucement Romy ; elle se redresse en me pressant la paume. Par la portière ouverte s'engouffre un froid glacial. La vitre du conducteur s'abaisse, je reçois deux baisers portés par le vent. Puis la voiture s'éloigne dans un voile de fumée blanche après que j'ai inséré la clé dans la serrure. Comme dans un souvenir, un déjà-vu, le réverbère qui projette mon ombre vacille, brouille ma silhouette sombre sur la porte d'entrée.

Douché et nu, je me glisse sous les draps, juste après avoir découvert un message de Mathilde :

Brunch à 13 heures, peux-tu prendre des croissants ? Kiss, sur la bouche évidemment.

18.

La grande évasion

Par la fenêtre du salon, j'observe l'arbre de Judée, qui semble étirer ses branches comme un enfant s'éveillant le dimanche matin à la lumière du soleil. La floraison a commencé. Son lent processus, une fois le printemps installé, forcera mon admiration. Une quantité de petites fleurs roses habillera chacun des bras tortueux, recouverts d'un feuillage prêt à siffler avec le vent le long de ses nervures palmées. Lors des tempêtes, enfant, j'ai déjà vu le tronc tanguer, se plaindre d'être si farouchement tordu, sans jamais craquer. L'arbre est centenaire, sa cime perchée à hauteur du nez des géants – Pantagruel, roi des Dipsodes, ou Hagrid, en fonction des lectures de chacun. Dans les chambres du Clos de la Pierre, autour des rideaux mal ajustés, une frange dorée illumine les pourtours de fenêtre. Ma tasse de thé à la main, j'observe attentivement les bourgeons gonflés, la danse verte.

Ce matin, je dois prendre le train pour me rendre à Paris, jouer le premier acte de l'appel d'offres de la mairie de Mortagne. Il s'agit de présenter le dossier complet à un référent national au siège de la compagnie : d'un côté, l'inventaire de ce que mon agence possède déjà et, de l'autre, l'analyse de ce qu'elle pourrait gagner en parts de marché, en rentabilité. Je veux que le conseil municipal reçoive une réponse exhaustive et précise ; il doit être flatté à chaque page. Je vais donc porter l'affaire à l'épicentre, à la reine des abeilles sise dans sa tour. On peut chercher, fouiller et se débattre avec une volonté tenace, il faut se rendre à l'évidence : la capitale demeure le seul lieu d'influence, l'endroit incontournable où tout se décide. La décentralisation est une croyance de province, et Paris ne lâche pas le morceau si facilement.

Je suis impressionné par les trois immeubles de verre et de béton lorgnant le ciel, les trois logos énormes et faussement sobres, la taille du hall d'accueil, grand comme un court de tennis. « Bienvenue » est écrit dans toutes les langues. Un parfum de rien, de propre. Le bruit d'ordinateurs ronronnant dans leur caisson fermé à clé, des tapotements sur les claviers, des clics sans fin. Les hôtes et hôtesses d'accueil sont alignés, vêtus du même uniforme. Je décline mon identité, laisse mon passeport en otage contre un badge de simple visiteur anonyme. Il est trop tôt pour me vexer. Un couple s'avance vers moi, cravate nouée en demi-Windsor, brushing laqué. Aux excuses qu'ils me présentent pour me recevoir en retard, je réponds avec un sourire, ni trop large ni trop haut. Je songe : ne pas oublier que le pouvoir réside entre ces quatre mains. Ne pas l'oublier, jamais.

Dans une salle de réunion, aquarium aux deux tables juxtaposées, je compte six chaises. Sous la climatisation, l'air brassé qui me sèche les yeux, j'étale mes dossiers avec soin. L'homme me réclame un tableau récapitulatif : j'extrais d'une chemise cartonnée le formidable labeur de Franck. La femme me félicite : « Vous nous avez mâché le travail. » Je la remercie et me permets une question délicate :

« Pensez-vous que je puisse obtenir une réponse globale pour la fin du mois ? »

Elle hésite.

« Ça va être difficile. Il faut attendre la prochaine commission. »

Son compère renchérit tout en commençant à empiler les dossiers, comme on débarrasse la table pour gentiment pousser les derniers invités vers la sortie :

« C'est dans une semaine, les délais sont trop courts. »

Je prends un air dépité, laisse passer de longues secondes avant de lâcher :

« Guy Valentin va être terriblement déçu. Il a tellement travaillé sur ce projet, c'est un peu son baroud d'honneur…

— M. Valentin est toujours à l'agence de Mortagne-au-Perche ?

— Oui. Un homme incroyable, n'est-ce pas ? Son aide a été précieuse. »

Tic et Tac se dévisagent. L'un gratte nerveusement sa barbe de trois jours et l'autre s'absente, sans doute pour téléphoner à son supérieur, son *n + 1*, comme ils disent. Au moins autant de n + 1 que d'étages dans le bâtiment.

Après le déjeuner, l'un compte, l'autre recompte. Je vérifie à nouveau des devis préparés avec minutie. Enfin, vers 16 heures, après un énième calcul complexe en bas de page, le combiné de la salle de réunion sonne discrètement. Finalement, ce n'était pas trop court pour la prochaine commission.

Station Montparnasse, un peu en avance pour monter dans le dernier train, j'achète un sandwich au pain complet. Celui avec les graines qui donne l'impression de manger sainement.

Les passagers du retour se répartissent en deux groupes bien distincts : les Parisiens qui rentrent du travail et descendent dans les gares de banlieue jusqu'à Dreux ; les provinciaux qui sortent de réunion, de formation, d'un rendez-vous important, usés par un seul jour *chez les fous*, pressés de quitter le wagon tiède pour prendre une douche chez eux, *à la campagne*. Concert de cliquetis sur les claviers, de toux, de musique jouée trop fort dans les casques. Le trajet dure le temps d'un film en noir et blanc, le nom de Gabin toujours en premier au générique ; *Des gens sans importance* à qui le destin ne sourit jamais, sauf pour une rencontre.

À mesure que se déploient les rails, j'efface cette journée, je n'en sais bientôt plus rien : tout glisse, coule sur moi comme une guimauve trop proche du feu. L'important est que le dossier d'appel d'offres soit en bonne voie. Le tandem de choc semble m'apprécier, s'intéresser à cette petite montagne de contrats potentiels, à la réussite d'une jeune agence, au profit, surtout.

En rangeant soigneusement mon ordinateur dans mon sac à dos de toile huilée, j'aperçois une jeune femme par-delà la rangée de sièges, face à moi. Son corps se soulève et retombe au rythme de la voie ferrée. Son regard est perdu au loin ; je devine des regrets, comme si elle voulait s'accrocher aux panneaux barrés qui indiquent la sortie des villes, aux lampadaires peut-être. Que laissent derrière eux ce voyageur, cet autre et puis encore celui-ci, la tête basse ? Tous ces gens qui traversent des territoires entiers sans jamais ouvrir la bouche, sans un mot, sans un sourire à l'inconnu, au passant qui frôle leur manche ou leur dos ? Ces solitudes résignées, peurs, timidités, incertitudes, ruinent la moindre opportunité ou chance d'une rencontre. Et je ne bouge pas.

Dans un bruit métallique, le train ralentit, se cabre ; chacun avance le torse sans lutter contre la poussée du freinage. J'attrape mon sac, ajuste le col de ma veste. Près d'elle, encore assise, j'essaie de deviner son parfum. Puis, au-dehors, sous le vent et l'éclairage jaune des quais déserts, je cherche à accrocher son regard derrière la vitre du train. Un sourire, inutile.

19.

Mathilde la nuit

Une minuscule grenouille verte vient d'échapper à la mort, à la bouillie. D'un léger coup de volant, je parviens à éviter l'animal, qui poursuit sa route, saute par-dessus la bande blanche scintillant du mariage entre mes phares et la lune. Je rentre. Encore. Je passe ma vie à rentrer chez moi. Il est à peine plus de minuit. Mathilde a bâillé, sans bruit, presque sans ouvrir la bouche, les yeux plissés. J'ai ramassé mes affaires et suis parti, la peau toujours moite. On s'est quittés en se disant « salut ».

Quelques kilomètres traversent la forêt de Réno-Valdieu. Quelques minutes la fenêtre ouverte pour ne pas m'endormir, pour contourner les batraciens. Quelques instants à sentir les doigts du vent dans mes cheveux, une main froide qui ne s'arrête jamais. Un peu plus tôt, c'étaient celles de la jeune femme qui pressaient l'écorce d'une orange sur mon torse, m'aspergeant de l'essence amère. Un jeu de gosses, un plein de vitamines avant de baiser – horrible mot, tellement doux quand elle me l'écrit ou me le dit au téléphone. Un simple message reçu trois ou quatre fois ces derniers mois. Mathilde ne vient jamais à la maison. Elle veut ses draps, s'endormir chez elle dès que j'ai refermé la petite barrière au bout de son chemin. J'aime l'embrasser, peut-être autant que coucher avec elle. Nos lèvres en mouvements synchronisés, le baiser parfait, le meilleur de ma vie. C'est presque du gâchis de si bien y faire pour ne rien en faire. C'est peut-être là le secret.

Mon pouce sur le téléphone, je relance la musique d'un geste. Il est 1 h 18. Depuis plusieurs semaines, chaque soir, je prolonge la nuit ; fermer les yeux est de plus en plus dur. Pas douloureux, juste envie d'étirer le temps, de vivre un peu plus, de ne pas sacrifier aux étoiles ces minutes précieuses. J'en profite pour lire, beaucoup, des romans, des histoires, de l'histoire. Je fais mon ciné-club, la séance de minuit. Dans mon application « agenda », je consulte les rendez-vous à venir, les jours barrés de rouge pour le travail, ceux en jaune pour Antoine, d'autres couleurs encore pour un dîner rue des Tailles, aucune pour un soir chez Mathilde. Quand je suis dans le train vers Paris pour aller voir Tic et Tac au pays des appels d'offres, je dresse aussi des listes pour m'occuper : des films, une série recommandée par tel ou tel site ou magazine spécialisé, une émission à retrouver dans les profondeurs d'Internet. Les mois vont s'écouler les uns après les autres, sans bruit. Je vais oublier Margaux, son mec, leur vie, et enfin préférer la mienne. Demain, j'irai voir Romy et Paul. Elle aura ses petites lunettes vissées sur le haut du front, patiente, pendant que lui me parlera d'un tableau vendu aux enchères à l'hôtel Drouot, de la reliure d'un livre. Elle dira : « Adrien a du travail. » Le soir, nous dînerons ensemble de trois fois rien, d'un potage, des restes de la semaine, d'un seul verre de vin blanc. Sans hésitation, je préfère ma vie d'aujourd'hui.

Quelques jours plus tard, maman, qui a taillé les framboisiers du jardin à la sortie de l'hiver, insiste pour me traîner dans un magasin et remplir le coffre de la voiture de lourds sacs de compost bio. Elle a subi six séances de rayons sur son corps fragile comme un paravent de soie. Six séances « seulement », juge-t-elle bon de préciser, comme un lance-flammes sur une bougie pour cibler le mal. Elle compose un personnage qui se plaint à peine, réclame parfois « une pause », assure que tout va bien, en tout cas « mieux ». Moi qui ai pleuré en retrouvant le salon et ma chambre au Clos de la Pierre, je suis le spectateur des émotions retenues de ma mère, qui, à genoux, les mains gantées de cuir épais, étale tranquillement les mottes sombres de fertilisant naturel.

L'important pour elle est de faire revivre la terre, les fleurs, de cueillir une poire à la saveur éternelle, de fendre une noisette sous deux cailloux. Revoit-elle en souvenir mes grands-parents entretenir les massifs de tulipes, tailler les rosiers après la première floraison ou récolter les précieuses framboises, celles qui tachent les doigts, presque âpres sous la langue, délicieuses et parfumées en gelée ? Elle chasse sûrement les trésors enfouis sous la pelouse, vestiges de pique-nique, tasse brisée, petite cuiller perdue. D'une pointe de silex, elle grave ses initiales sous l'écorce d'un arbre, arrachant un lambeau de peau craquante, traçant des lettres sur l'os de bois. Essaie-t-elle de capturer une tourterelle avant que le volatile ne se pose sur l'épaule de son papa ? L'image en noir et blanc, écornée, brunie, d'un oiseau au bout des doigts de mon grand-père est désormais dans ma chambre, entre deux des rubans d'un grand pêle-mêle. Là se côtoient Antoine coiffé de son chapeau de pirate, maman penchée au bord de l'eau, Bonne-Maman la main tendue en signe de protestation, Antoine encore, et puis le premier mot écrit par Paul, celui découvert coincé dans le bois du grand miroir.

À trop imaginer, je ne vois pas que sous ses doigts le jardin est vivant, qu'il renaît doucement de nos premiers efforts, en silence, un miracle pour le prix d'une poignée de tourbe. Moi, je rachète des pierres, je fais tendre des tissus à grands frais, étaler laques et enduits pour repousser le vide, construire enfin, retenir le temps et les âmes auprès de moi, m'ancrer dans le dur pour échapper à toutes les accélérations de l'existence. Et je me rassure au matin, les mains posées sur le garde-corps rouillé de ma fenêtre à scruter le ciel. Pieds nus sur mon parquet de cire, d'échardes et de fissures, j'observe la vie qui remue comme l'océan au Pays basque, là où l'Atlantique est le plus dangereux et le plus beau. Ce mouvement, je le sens, s'accélère et finira par me donner le vertige.

Antoine nous rejoint. Il porte un costume à mi-chemin entre le corsaire et le chevalier, déguisement reconstitué par un enfant qui n'a pas su choisir devant la malle remplie de chapeaux, de capes et d'épées. Maman prend sa main. Tous deux s'éloignent, regards rivés l'un à l'autre ; ils m'abandonnent pour préparer un chocolat, carrés noirs fondus dans le lait. Ou peut-être celui en poudre, pareil à de la farine ; une cuillerée trop vite avalée vous fait tousser de petits nuages de cacao. J'entends qu'ils s'échangent une promesse, un cri de joie par-dessus la toux et le bruit des pas sur le gravier. Je suis encore près des framboisiers, je demeure ici, à ramasser les sacs vides, la bêche et le râteau. Au loin, l'odeur d'une cigarette.

Ce soir, j'ai écrasé un truc en rentrant de chez Mathilde. Un minuscule soubresaut sous mon pneu avant gauche. Dans mon rétroviseur, un petit amas, une flaque noire.

20.

Fight Club

En remontant vers l'agence, je compte les jours qui nous séparent du solstice d'été. Des fractions de lumière, de soleil gagnées chaque matin. Je passe devant des vitrines, errant comme un voyageur sans billet le long d'un quai. Là où, jadis, le photographe développait nos souvenirs de vacances sur papier glacé s'étalent désormais des fruits, des légumes, deux ou trois bouteilles de vin. Une épicerie fine a remplacé le marchand de clichés, et le smartphone moderne imite désormais le bruit de l'appareil photo. Je suis un vieux con sur les pavés irréguliers de Mortagne, ces pierres polies qui maltraitent les talons hauts et font claquer mes semelles. Sur le trottoir d'en face, un couple converse avec une autre dame, plus âgée. Cette dernière me salue du menton. Je crois qu'elle esquisse un sourire, alors je le lui renvoie, lève une main timide. Des bonjours à demi, des sentiments à moitié. Pas plus, jamais.

À l'heure du goûter, je reviendrai acheter une barquette de fraises, des gariguettes parfumées. Nous les partagerons rue Sainte-Croix, écrasant délicatement les fruits dans une coupelle de sucre, une soucoupe ébréchée, orpheline de sa tasse. Une bonne journée commence toujours par d'heureux projets.

Au café du Théâtre, Franck parle beaucoup ce matin, des phrases à la chaîne pour évoquer la météo, les oiseaux, les « résidents secondaires » qui affluent dès le jeudi soir. C'est assez inhabituel chez ce garçon discret, rompu aux mots justes et précis. Malgré le contre-jour, je distingue très bien le dessus de sa joue gauche, violet et gonflé. Il ne dit rien à ce sujet. Il a compris que je m'inquiète.

Le midi, Mathilde vient déposer un sachet de papier kraft sur le bureau de Franck. En passant, elle me fait signe. Puis, au moment de sortir, elle se ravise, revient vers son ami. Une crème opaque, lissée d'un doigt fin, soulage l'œil meurtri de Franck. Une petite minute et quelques mots encore avant de repartir, cette fois sans un geste. Je propose au jeune homme d'aller chercher de quoi grignoter. Et, en confidence, je l'interroge :

« Veux-tu me dire comment tu as ruiné ton plus beau profil ?

— C'est une histoire assez stupide.

— Là-dessus, je n'ai aucun doute.

— Et mon meilleur profil, c'est l'autre. Je… Je me suis cogné contre un shaker.

— Un shaker ?

— Un shaker volant.

— Bien entendu. Son propriétaire ? Igor, je présume ?

— Laissez tomber.

— Et notre barman préféré est dans quel état, lui ?

— Il a dû dessaouler dans l'un des fauteuils club de l'hôtel.

— Sans une égratignure ?

— Avec sa honte, c'est suffisant.

— Tu en es certain ?

— Non. Mais c'est mieux comme ça. Surtout ici.

— Que veux-tu dire ?

— Ici, la région, la ville, ce village.

— Je comprends. »

En réalité, je n'ai rien compris du tout. Il ajoute :

« C'est trop petit. J'étouffe, Adrien. Un jour, il faudra que je m'en aille.

— Essaie d'y croire encore un peu.

— À quoi ? Aux rencontres ? À la liberté ? Non, c'est foutu.

— Tu es né ici, comme moi. Je comprends.

— Déjà, gamin, les gens appelaient mes parents pour leur raconter qu'ils m'avaient vu au bistrot ou traîner après les cours. En grandissant, on se dit que ça va se calmer, qu'ils sont vieux, aigris, qu'on les emmerde. Et ça ne se calme jamais.

— J'en sais quelque chose, Franck. Tu as bien vu le résultat quand je suis revenu vivre ici : j'étais comme un touriste décidé à installer sa paillote sur une plage de Porto-Vecchio. »

Ça le fait sourire. Je ne veux pas le voir quitter l'agence. Pas maintenant, ni demain, ni un autre jour. Si Franck part, je suis foutu. J'imagine que Mortagne se fissurerait un peu. La petite cité de caractère a forgé son tempérament dans la terre et l'histoire de ceux qui sont nés, vivent, meurent en son sein. Et elle a très mauvais caractère. Au fond, je ne connais sans doute rien de Franck, et c'est ma faute.

« Vous vous en sortirez sans moi, reprend-il.

— Non, bien sûr que non. Sans toi, je me serais déjà planté. Et comme il faut.

— Peut-être.

— Certainement. Et tes amis, Mathilde, les autres ? Ne parle pas comme si c'était décidé.

— Vous ne me connaissez pas.

— Tu as raison.

— Et vous, maintenant, vous êtes ici ? Enraciné à jamais ?

— Je fais tout pour. La maison, cette agence, les connaissances que j'ai envie de croiser le matin, les amis que je peux retrouver quand j'ai le moral en berne.

— C'est ça, l'avenir ? Votre destin tracé en Normandie, dans un sillon tellement profond qu'il est impossible d'en sortir ?

— Franck, c'était juste un con. Un con de barman.

— Une sacrée pointure, un mètre étalon. J'aurais dû le cogner.

— Avec ton gabarit, j'essaierais plutôt le mépris, c'est moins risqué.

— On peut manger les fraises ? »

À trop me fréquenter, il connaît et adopte ma stratégie favorite en pareille circonstance : changer de sujet.

« Oui, rue Sainte-Croix. Tu leur proposes ? Et s'il te plaît, essaie de me tutoyer.

— J'envoie un message à Mathilde. »

Nous n'évoquerons plus cette histoire avec Igor ni ses envies de tout quitter. Dans ma tête, cette discussion a tout réglé. J'interpréterai le silence des semaines suivantes comme une preuve d'oubli. À tort.

Demain, je retourne à Paris ; après-demain, c'est le premier week-end de juin. L'application « Voyage » sur mon téléphone vient d'afficher un rappel : départ du train à 7 h 52. Pour l'heure, je sors d'une maison exiguë rue des Bains-Sacrés. Ça ne s'invente pas pour une cartomancienne. Je suis entré chez cette femme, ai écouté et obéi avec discipline. J'ai coupé de la main gauche les vingt-deux arcanes majeurs, pas tout à fait par le milieu. Puis, disposées en croix, les lames ont parlé. La bonne aventure, je pense la connaître, la distinguer à travers le pare-brise, dans la forme des nuages, tandis que je file sur les routes départementales. Elle m'a invité à poser *ma* question. Elle ne semblait pas savoir que j'en avais en pagaille. Nous avons recommencé à battre, à couper, à additionner. Elle m'a dit de revenir un jour précis, de séparer ce qui n'est pas essentiel de ce qui l'est véritablement. Facile, mais dans le mille. Je ne sais pas si j'ai envie de la revoir.

Maman n'ira pas au bout de son marathon.

Antoine perd une partie de ses week-ends dans nos voitures.

Véritables labyrinthes que cette vie, cette ville.

Paul sait ce que je veux savoir, pas besoin des Bains-Sacrés.

Un jour, je vais l'embrasser.

Romy. Si belle. *Il ne faut pas toucher aux idoles : la dorure en reste aux mains.*

Et Franck, cher petit frère, ta place est partout dans ce monde.

Mathilde, fais-moi fuir, m'échapper, jouer à éteindre les phares, fermer les yeux au bord de la falaise.

Je me vois face à la cime d'un arbre écarter les bras et faire le dernier saut.

Pas besoin des Bains-Sacrés.

21.

Running man

Enfin est arrivé le jour de notre semi-marathon, et aucun de nous n'en a vraiment conscience. Ce matin, aux aurores, personne ne semble prêt. Je regarde les visages en proie au doute, affolés de ne pas trouver le bon sas, celui qui est attribué à chacun en fonction du temps de course estimé.

Paul est très sérieux :

« Nous passerons la ligne d'arrivée, à bout de souffle, le sang aux lèvres, prêts à vomir s'il le faut. Nous franchirons cette ligne, tous les trois. »

L'idée de participer à cette épreuve est partie d'une provocation, d'une boutade lancée alors que nous faisions à peine connaissance. Aujourd'hui, il nous faut tenir notre engagement, notre promesse d'amitié.

Le départ est donné au son affreux d'une sirène de caserne. Antoine sera fier de moi : dans une poignée de minutes, je verrai sa main s'agiter sur le bord du parcours, j'entendrai ses cris, il m'en parlera longtemps. Même Margaux sera là.

Si je parviens au terme des vingt et un kilomètres, j'aurai le droit de faire un vœu.

Premiers kilomètres : nous sommes concentrés pour garder le rythme, regardant défiler les données sur nos montres et sur des panneaux roses le long de la route. Courir ensemble. Je n'ose pas parler de peur de m'essouffler ; je passe le premier ravitaillement sans toucher à rien dans l'espoir de rattraper mes quelques mètres de retard sur Romy. Dixième kilomètre : j'ai soif, finalement ; je meurs de soif et je m'ennuie. Nous échangeons une poignée de mots d'encouragement.

Si j'y arrive, une fille m'aimera toute la nuit.

Treizième kilomètre : souffrance mêlée de lassitude. Qu'est-ce que je fous là ? Que font ces gens à applaudir des inconnus ? Je chante dans ma tête pour oublier les signes de fatigue, plus douloureux à chaque foulée. Il me semble que mes pieds s'enfoncent dans le sol, que je cours sur les talons. Je ne peux plus penser à rien, j'ai des fourmis rouges sous le crâne. Dix-huitième kilomètre : je suis lessivé et ne tiens plus qu'au mental, à l'adrénaline, en partie grâce aux silhouettes qui m'entourent, trempées de sueur et un peu floues. Et dire que, pour le marathon, certains vont faire deux boucles de notre parcours. Ce sont des héros. J'avance au rythme des cheveux de Romy, une natte dorée qui ondule de gauche à droite. Mes jambes s'ankylosent, je cours sur deux piliers de bois, le bitume se mêle à ma chair et je sens son odeur poisseuse m'envahir, je ne la supporte plus. Mon ventre se tord, je vais vomir si je ne respire pas plus fort. Faire entrer de l'air dans mes poumons de pierre, vite. J'ai perdu mes amis, je les ai abandonnés ; la panique s'installe. Je tente de me raisonner avec le peu de lucidité qu'il me reste.

Si j'y parviens, quelqu'un m'aimera pour la vie.

Puis je me souviens de la promesse de Paul : *arriver ensemble*, un truc du genre. Dans une seconde, mon cerveau va exploser sous la pression du sang qui bat dans mes tempes. Non, Romy est toujours là, devant moi ; elle semble ralentir pour nous attendre, le front pâle et les pommettes écarlates, une gourde à la main. Elle me fait signe de boire, de manger une pâte de fruits. Je sens la présence de mon ami à mes côtés, épaule contre épaule. Je brûle, me désintègre. J'ai promis à Antoine qu'un jour nous courrions ensemble et qu'avant cela je terminerais cette compétition. Je cherche la délivrance dans chaque décompte : neuf cents, sept cents, cinq cents mètres.

Si j'y arrive…

Une marque blanche au sol, une main de femme dans la mienne, tendre et ferme. Je redresse le torse, éponge mon front plissé. J'y suis parvenu. Paul m'embrasse sur les deux joues et nous nous regardons, hilares. Romy embrasse son compagnon, puis se tourne vers moi, me prend dans ses bras, de longues secondes. Bientôt, d'autres mains nous entourent : « Nous y sommes ! »

La foule se disperse un peu ; nous devons avancer et dégager le passage, tandis que certains coureurs exultent, pleurent, rendent leurs tripes, s'écroulent. Je vois Margaux, son immense sourire et son mec planté là, immobile. Antoine lui tire la manche pour franchir les barrières de fer, pour venir me rejoindre. Je le reçois dans un cri, l'étreins contre mon flanc humide. Il veut garder mon dossard et s'emploie à retirer les quatre épingles à nourrice qui le retiennent. À la remise des T-shirts souvenirs, je choisis la taille la plus petite pour lui. Il voudra le porter à l'école, aux cours d'éducation physique. Peut-être avec la médaille donnée à tous les arrivants, pour le moment serrée comme un trésor sur son ventre.

En rallumant mon téléphone, je trouve deux messages de maman, derniers encouragements que je n'ai pas lus avant le départ. Je compose son numéro :

« Bonjour, maman. Ça y est, c'est terminé.

— Bonjour, mon grand. Je le sais bien, figure-toi. J'ai réussi à te suivre sur Internet, grâce au site dédié à votre course.

— Ah oui ? Tu m'épates.

— Ta vieille mère a encore des ressources, et surtout de la suite dans les idées. Vous avez pu vous doucher ? Vous changer ? Surtout, mets des vêtements secs et n'attrape pas froid.

— Maman, je n'ai pas douze ans.

— À peine plus. Vous allez déjeuner à Caen, j'imagine ?

— Oui, c'est prévu. Ensuite, nous irons marcher en bord de mer. Les pieds dans l'eau, ça nous fera du bien. Bisous, maman.

— Bisous, mon grand. Je suis fière de toi. Et je t'aime. »

J'entends le chat miauler, un bond sur le parquet avant que la ligne ne soit coupée. Je crois que l'effort a permis aux émotions de m'envahir sans crier gare. J'aurais voulu passer d'autres appels, j'aurais voulu entendre d'autres « je t'aime ». Ma gorge se serre, et je reconnais ce sentiment qui m'étreint lorsque je me retrouve trop seul. Il me semble sentir sur moi des regards ni doux ni bienveillants, ceux qui guettent et jugent un homme sur le point de pleurer.

Antoine a fait ce qu'il fallait de comédie pour rester avec nous, et Paul, chauffeur de notre petite troupe, s'est engagé à le reconduire à Cabourg, jusque chez Margaux, en fin d'après-midi. Il joue avec le soleil et la médaille, essayant d'aveugler les mouettes, de renvoyer les rayons sur des cibles aléatoires : verre à bière, sac à main, fesses du serveur.

Comme prévu, nous faisons ensuite halte le long d'une grande plage aux embruns iodés. La mer s'est retirée au loin ; l'estran immense devient le terrain des joueurs de pétanque, de raquettes, et de quelques chars à voile. À l'instar des enfants de son âge, mon fils ramasse des coquillages, véritables trésors à ses yeux, s'écorchant la pulpe des doigts en grattant le sable. Je le gronde d'avoir trempé son pantalon, qu'il enlève d'un geste et envoie vers le ciel. Il se met à courir sur les filets et les flaques d'eau, aspergeant ses mollets et ses genoux d'une boue grise et scintillante.

Romy avance plus lentement, l'eau aux chevilles, alors que Paul a choisi de rester allongé un peu plus haut sur sa saharienne et le sable sec. Je fais quelques pas vers mon amie, bien que j'aie peur de me rapprocher d'elle, d'aller la trouver et d'évoquer le regard mélancolique qu'elle porte sur mon garçon.

Elle me dit, sa voix par-dessus le bruit des flots :

« Je me demande ce qui est le plus douloureux, Adrien. Devoir élever un enfant seul ou se voir interdire de le porter ?

— Romy…

— J'ai fait ce choix pour Paul, au nom de notre amour et de nos projets. »

L'eau me semble glacée. Je panique. Je n'ai pas envie d'entendre.

« Je suis fatiguée, Adrien, de ne rien faire de cette vie. Je m'amuse à peine de ce qui hier m'excitait follement. Je contemple avec regret tout ce que, plus jeune, j'ai voulu fuir. »

Je la prends dans mes bras, sans me soucier d'Antoine, à deux pas, ni de Paul, sur sa dune. J'aurais séché, embrassé ses larmes si elles étaient venues. Je devrais lui dire « je t'aime, depuis des mois et pour toujours ». *Je t'aime, mon amie, toi, tes cheveux de Petit Prince, ton parfum de bergamote, de rose, unique quand il transpire à ton cou.* Par pudeur, elle pose ses mains sur mes épaules, sans me repousser, ou juste un peu. Elle a oublié la piscine de La Perrière, le jeu s'est envolé. En baissant le regard, elle murmure :

« Tu ne peux rien pour ma solitude, je ne peux rien pour la tienne. Promets-moi cependant de m'aider à la supporter, d'être à jamais mon ami, le choix du cœur, de continuer à me faire rire, parfois boire et danser. Promets-moi que tu trouveras quelqu'un à aimer.

— Danser, ma pauvre amie…

— Je t'apprendrai. Promets.

— Promis. Promets, toi aussi.

— Quoi donc ?

— La même chose. Et même plus : si je dérive, si je m'égare, dis-le-moi.

— Promis. »

Antoine s'est endormi contre la portière, la tête calée sur un sweat-shirt molletonné. Margaux nous attendait derrière une fenêtre de sa maison, une ouverture jaune aux reflets rouges, ceux d'un feu ou de bougies. Elle a fait un signe en direction de la voiture, puis un homme mince est venu, a extrait mon fils de son siège et mis ses songes bien au chaud, juste après que j'ai déposé sur son front d'enfant un baiser et un signe de croix avec le pouce, comme jadis le faisaient ma mère et la sienne. J'ai tourné la tête dès que le véhicule s'est remis en route, laissant les trois ombres à Cabourg, dans leur nid douillet. Sur le siège, le butin marin de mon fils avait glissé de sa poche ; mais la médaille de la course, il l'a bien emportée.

22.

Feeling Good

Quelques jours plus tard, dans un wagon en direction de Paris.

Tu es bien arrivé ? Pas trop mal aux mollets ? Tiens, j'ai trouvé cette version de « Feeling Good », c'est exactement pour toi. Bonne journée, finalise bien ton dossier chez les grands chefs, tu vas assurer, cher assureur. Paul.

Le SMS est suivi d'un lien vers mon application de musique. La voix de Nina Simone est remplacée par celle d'une inconnue, sur un tempo signé Avicii.

Je suis à Dreux. Merci, Paul, tu es adorable. Le train a une heure de retard à cause de je ne sais quoi. Croisons les doigts, je veux rentrer chez moi ce soir et sentir le parfum de l'herbe fraîchement tondue.

Nous échangeons encore, d'autres musiques, d'autres mots. Il finit par m'envoyer une version de l'opéra *Les Pêcheurs de perles*. J'entends presque sa voix qui me conseille de fermer les yeux, de respirer lentement, avec confiance, « aux vents tièdes du soir ».

Dans le hall, les réceptionnistes appliquent sagement les consignes : vérification de la véracité du rendez-vous, pièce d'identité échangée contre un badge, ouverture du portillon. Je suis prêt à entendre que les issues de secours se situent à l'avant, au centre et à l'arrière de l'appareil… Très vite, mes interlocuteurs viennent m'accueillir, m'offrent un expresso à la mousse aussi onctueuse qu'une pinte de Guinness servie à Dublin. Ils m'informent, en utilisant mon prénom, que le dossier est bouclé, avec des conditions qui mettront la concurrence à genoux. Et, effectivement, en ouvrant les chemises cartonnées, en feuilletant les pages et les propositions, je peux voir le travail de mes alliés durant ces dernières semaines pour optimiser chaque ligne, vérifier les détails, les demandes particulières d'une petite administration de province. Il n'y a rien à redire, rien à retoucher. Le grand manitou a relu le dossier en personne, dernier remerciement adressé à M. Guy Valentin pour sa carrière exceptionnelle et ses succès depuis les années 1970.

Je m'apprête à quitter l'immeuble en souriant, à sortir à la recherche d'une terrasse au soleil, un endroit fréquenté. Personne n'a voulu déjeuner avec moi : *désolé, trop busy, journée full, pas le temps de « dèj »*. Je veux voir du monde, observer la ronde des garçons de café, reluquer les genoux des filles. Je vais chercher les sourires, les yeux par-dessus le roman au format poche, deviner la musique sous les casques et les écouteurs. J'ai envie de louer une trottinette, de filer le long d'un boulevard en dépassant les voitures coincées dans les bouchons. Et puis non, j'ai peur, je ne sais pas me faufiler, je vais renverser un piéton, un chien, finir ma course les coudes écorchés. Ces voies de circulation partagée entre piétons et cyclistes ne sont pas faites pour les ressortissants de Mortagne. Même les pigeons trop confiants se font écraser. Alors, je déambule, le nez en l'air, dans cette ville gargantuesque où presque tout est beau.

Paris romantique. Une ombre s'avance dans mon dos, une silhouette prête à me frôler. Peut-elle rejoindre ma main, entremêler ses doigts aux miens, glisser son bras près de mes reins, m'enlacer par-derrière en posant son menton dans le creux de ma nuque ? Elle décide de passer son chemin, de fuir à grands pas de semelles blanches. Adieu. Sais-tu qui tu laisses là ? Qu'il me soit accordé un coup de foudre en ce jour, le cœur à mi-chemin entre le sommet et les tréfonds de la colline, le ventre serré dans l'étau de la mélancolie. Pour forcer le destin, je m'accorde une brève visite au musée le plus proche : ainsi noyé dans la foule, je dois en principe multiplier mes chances.

Les guichets grouillent toujours de passionnés et de badauds, de curieux ou d'érudits, mêlant le désordre des vestiaires au bruit de la monnaie remuée au fond d'une poche, un gémissement d'enfant qui déjà étouffe de chaleur, l'odeur des tickets et de l'encre tiède sur chacun d'eux, débités au diapason. Je me souviens de l'émerveillement de Margaux, un matin de vacances, devant l'un des grands tableaux d'Orsay : quelques mets sont tirés d'un panier ; au loin, une femme achève son bain et, au premier plan, deux hommes semblent converser. De longues minutes, mon ex-femme est demeurée statique devant *Le Déjeuner sur l'herbe.* Non pour admirer ce décor du XIXe, non pour discuter de l'œuvre ou du tumulte provoqué par sa première exposition sous le Second Empire. Elle était là pour cette femme nue à la peau d'une blancheur extraordinaire, le regard dans celui de l'admirateur qui consent à la comprendre, libre et généreuse, imposant sans aucune gêne sa présence aux bourgeois. Margaux était ainsi, et c'était admirable. Avant de quitter les lieux, j'avais cherché à lui montrer Cabanel et sa *Naissance de Vénus*, un nu qui me perturbait et me réchauffait le ventre. Elle se tenait près du tableau, du cartouche explicatif. Et je revois dans sa moue, dans son œil indifférent, tout le mépris d'Émile Zola.

En sortant, je songe à ma chance, à cette escapade à moins de deux heures de la maison. Qu'il est bon de vivre à la fois si près et si loin de certaines merveilles. Moins de deux heures pour tout faire basculer.

Je rentre, le train est à l'heure. Dans mes écouteurs : *Les Pêcheurs de perles.* Je ferme les yeux, respire lentement, avec confiance, « aux vents tièdes du soir ».

23.

Rue de Satory

Mon cher petit Franck a retrouvé sa peau de bébé, et plus aucune marque ne vient salir ses pommettes saillantes. En surface, plus de trace. Mais il semble que son regard ait changé, que son téléphone occupe souvent ses mains et son esprit, qu'il y surveille la moindre information. J'espère que les choses s'arrangeront toutes seules. C'est ma prière favorite et celle que je maîtrise le mieux.

Depuis plusieurs semaines, Paul me propose de l'accompagner pour une livraison. Le départ est aujourd'hui, très tôt, trop tôt. Pourquoi faut-il toujours que les événements majeurs débutent aux aurores ? Paul, très en forme, frais tel un mannequin poudré avant sa séance photo, est particulièrement élégant.

« Adrien, tes croissants sont fameux.

— N'est-ce pas ? Et ils ne te feront pas de mal, ils sont allégés.

— Allégés à l'extrême, on n'en voit même pas la couleur.

— Désolé, mais avant 8 heures, la vie est pour moi un calvaire. Est-ce qu'un paquet de petites galettes au beurre ferait l'affaire ? Je dois avoir ça dans un placard.

— C'est parfait. Thermos de thé et sablés, on forme un joli couple de retraités ! En voiture. »

Je suis ravi de cette petite virée avec Paul, en semaine, presque à l'improviste. Les fenêtres ouvertes font valser l'air, danser nos cheveux, soulèvent la poussière endormie. La route. Ce long ruban noir rapproche le monde, révèle les caractères en chemin. Certains se libèrent et, pensant régner sur le bitume, roulent pied au plancher. D'autres en profitent pour être seuls, chanter faux, rire trop fort, laisser venir les larmes, manger tous les bonbons, en avoir mal au cœur et s'arrêter pour vomir, boire un café, dix si besoin. Ou bien pour voyager à deux, accepter le dialogue, les confidences, l'un pour guider, l'autre pour conduire.

L'antiquaire coiffe son chapeau d'un mouvement précis, ramène une mèche derrière son oreille. Il m'indique un autre couvre-chef, à ma taille, posé sur la banquette arrière. Puis il allume une cigarette, du tabac brun et fort, sans filtre ; un geste de cinéma, digne de ces films noyés dans la brume des gitanes. Incandescence, inspiration, reflux toxique de plaisir. Il me dit : « Vas-y si tu veux être un vrai Peaky Blinders. » J'en extrais une du paquet, goûte. Incandescence, inspiration, reflux toxique et toux orageuse. Paul sourit. Je crapote, les frères Shelby roulent vers l'est avec leur chargement précieux. Je verse du thé sans en perdre une goutte ; la route est sage, le conducteur prudent, assuré – ses deux mains sur le volant, des doigts de pianiste virtuose, juste quelques taches brunes sur les dernières phalanges. Il boit et m'adresse un clin d'œil ; je souris à ce grand frère, prêt à lui confier mes secrets, à répondre aux questions qu'il pose sans rien exiger en retour. Il rompt le silence ; j'aime, j'aime la voix de cet homme.

« Tu es songeur, Adrien le jeune.

— Un peu. Je me demande combien de temps je vais garder le goût de la cigarette.

— Tu peux le faire disparaître tout de suite avec une gorgée de thé noir et un petit gâteau. Tout sera oublié.

— Tu penses ?

— Crois-moi. Et sois-en convaincu toi-même. Veux-tu bien m'en donner un ? »

Paul déguste sa galette au beurre comme s'il s'agissait de la première depuis des années. Ou bien de la dernière. Trois miettes ridicules échouent sur sa jambe et sont chassées d'un revers de main. Ses yeux fixent la route, la ligne blanche. Moi, je dévore sans rien laisser tomber au sol.

Quelques kilomètres avant Paris, j'entre dans le GPS l'adresse griffonnée sur un carnet. Rue de Satory, Versailles. Deux vasques lourdes comme un cadavre attendent leurs propriétaires à l'arrière du pick-up, au chaud sous une large couverture de laine orange, couchées, sanglées. Une fois à destination, les clients nous indiquent l'endroit de la cour intérieure où déposer la livraison. La masse énorme nous contraint à plier les genoux pour soulager nos lombaires ; nos muscles tremblent à l'unisson. Puis, sous un filet d'eau tiède, je débarrasse mes mains des salissures de rouille et de poussière. Mon ami cherche à se chamailler, il m'éclabousse, projette des gouttes devant mes yeux, me lance d'un air amusé :

« Tu n'es pas pressé ?

— J'ai la journée entière.

— Parfait, alors prenons le temps de connaître et de fidéliser ces deux-là. »

Au salon, nous sommes attendus avec de l'eau pétillante et une carafe de jus d'orange pressée. Chaque mot de Paul est choisi. Les clients boivent ses paroles, ravis de l'achat, comblés par ses conseils délicats pour sublimer tel pan de mur ou mettre en valeur tel objet. Les deux garçons sont pieds nus sur leur tapis couleur crème ; je m'amuse à détailler leur peau bronzée. Et puis soudain, je suis saisi de panique. Je n'ai pas prononcé une parole, suis muet depuis de longues minutes. Peut-être que mes chaussures vont laisser des traces, que mon silence paraît idiot, que mes orteils à moi sont moins gracieux et plus moites. La main de Paul se pose sur mon genou, deux secondes ; on m'observe avec bienveillance ; l'un des hommes me demande mon prénom, l'autre un conseil, les lieux à visiter dans le Perche. Je m'intègre et, peu à peu, je n'ai plus peur ; je risque même une opinion, une remarque. Mon ami va s'installer près d'eux et fait défiler des images sur son téléphone. Bientôt des « Ah ! » et des « Oh ! ». Ensemble, ils règlent deux ou trois détails, sortent agenda et calendrier, s'enquièrent d'une adresse d'agent immobilier à Bellême et plaisantent en me désignant comme leur futur assureur percheron. Une heure est passée. L'un des garçons nous interroge avec hardiesse :

« Vous repartez directement en Normandie ?

— Nous allons peut-être pousser jusqu'à Paris. Adrien n'a jamais visité le musée Cognacq-Jay, et il paraît que la nouvelle conservatrice y fait des merveilles.

— N'y songez même pas. Enfin, en tout cas, je vous le déconseille. Paris sera sans doute bouclé un peu partout à cause de la manifestation.

— Encore une manif ?

— La troisième du mois.

— Alors, qu'est-ce qu'on fait ? dis-je d'un air dépité.

— Connaissez-vous le quartier Notre-Dame ? »

Les deux Versaillais ont parlé d'une même voix et, sans trop nous accorder le temps de répondre, ajoutent :

« C'est le jour du marché : allons y faire un tour et grignoter un morceau. Vous oublierez rapidement la capitale. »

C'est ainsi que nous nous retrouvons à serpenter dans un lacis de rues et de ruelles pittoresques, avant de traverser deux charmantes cours et de découvrir quelques passages dérobés. Même si ce quartier de Versailles a traversé les siècles, la vie y est animée de jeunesse, et les rues sont chargées de promeneurs curieux.

Paul m'impressionne encore, fait l'article des fruits et légumes de saison, dépeint les étals comme de véritables tableaux, convoque Arcimboldo, remplit les verres d'un tour de main, en appelle à Dionysos, « garçon, le même flacon je vous prie », exhorte au plaisir entre deux citations du philosophe Alain. Nos clients sont immobiles sur l'assise en fer forgé ; ils boivent les paroles du prophète. Au moment de partir, nous sortons trois cartes de crédit, comme pour jouer à la bataille. Le serveur fait signe que l'un d'entre nous a déjà réglé. C'est le triomphe de Paul : tonnerre d'applaudissements. Le déjeuner à suivre n'en est que plus magnifique. Nos nouveaux amis tiennent leur revanche au restaurant Il Cilento, avec son beau menu de spécialités italiennes. Le temps glisse en silence, sans s'occuper de nous. Je ne souhaite être nulle part ailleurs ; je nous trouve élégants et pleins de charme, complices, légers, le teint pareil au Valpolicella. L'un des garçons s'appelle Romain. Ses cheveux s'envolent en boucles que je regarde se détacher doucement, flotter au vent puis revenir.

Nous reprenons la route bien plus tard, parés pour affronter les embouteillages, mon ami au volant. Près du levier de vitesse, j'aperçois le paquet de cigarettes. Machinalement, je passe ma langue sur mes lèvres, me souviens du goût poivré, de la sensation pimentée et interdite. Fumer, accepter de griller une part de soi-même, juste pour le plaisir. Paul appuie sur l'allume-cigare, il a compris. Il attend simplement que je me décide. Et, quoi que je fasse, ça ne changera rien.

Un peu de fumée s'échappe par l'interstice de la fenêtre ouverte. Mon téléphone vibre sur le tableau de bord. Un message de maman : invitation à dîner, ou alors c'est elle qui souhaite venir à la maison ?

Comme pour justifier ces instants suspendus à tapoter sur l'écran, je partage avec Paul l'échange de SMS :

« C'est ma mère.

— Magnifique. Et ?

— Bah, j'en sais rien. J'ai un mauvais pressentiment.

— Elle t'a appelé aujourd'hui ?

— Oui, une fois, sans laisser de message.

— Adrien, rappelle ta mère. »

J'encaisse le coup. Jamais les paroles de Paul ne sont inutiles. Et comme d'habitude je choisis la dérision pour m'en sortir :

« Tu veux qu'on se tape dessus, c'est ça ? Viens, viens, arrête ton fourgon.

— Même pas peur. »

Paul ne sourit pas. Ses paupières plissées laissent entrevoir un fragment de ses yeux brillants, une éclipse dans le silence. Je lui réponds enfin :

« Qu'est-ce que tu veux que je te dise ? Ma mère lutte un jour, abandonne le lendemain, semble sauvée la semaine suivante. Je suis perdu, foutu, paumé. »

Mon ami se tait un long moment avant de m'interroger plus sérieusement encore :

« Et ? Ça remet en cause tes sentiments ou les siens ? Ça te donne envie de te planquer jusqu'à la fin ?

— Non…

— Elle te demande de l'accompagner, d'être présent, de lui prouver que tu l'aimes. C'est dans tes cordes ?

— Oui. Mille fois.

— Fais-moi plaisir, fais ce que tu dois faire. Dis-lui de venir passer le week-end à Mortagne, avec Antoine, et peut-être avec nous pour déjeuner ?

— Je l'aurais sans doute fait demain.

— Coupe la musique, appelle. Elle a besoin de toi maintenant. »

Dans les longues lignes droites, le regard de Paul s'égare vers moi. Il écoute mon échange avec maman tout en fredonnant un air des Moody Blues. J'irai vendredi après-midi jusque chez elle, nous reviendrons au Clos de la Pierre, puis je filerai cueillir Antoine sur un parking de supermarché près de Falaise. Quand vient pour moi le moment d'embrasser ma mère, Paul ne chante plus. Il a les lèvres serrées, un rictus plat sous ses yeux tendres qui pétillent. Je le remercie. Il ne répond rien, pose simplement sa main sur mon épaule, le temps d'une ou deux inspirations profondes. Puis, badin, je lui lance :

« On en parle, de tes nouveaux amis versaillais ?

— Si tu veux. Du plus grand, Romain je crois, qui a passé son temps à te reluquer ?

— T'es jaloux ?

— Non, l'autre était bien plus sexy.

— Tu rigoles ? Un lilliputien avec des yeux de veau.

— De beaux yeux noisette… Tu n'y connais rien.

— Paul, tu me fais rire.

— Ah, cher Adrien, si tu te connaissais véritablement… Tu veux bien remettre de la musique ? *Sgt. Pepper's*. Le deuxième morceau. »

Tandis que je fredonne en oubliant ses derniers mots, mon téléphone s'allume : un nouveau message, cette fois de Mathilde.

Tu es dispo demain ? Je veux faire l'amour avec un assureur.

Demain, jeudi, oui. Tu dis plus baiser ?

Non, t'as raison, c'est moche.

Nous arrivons à Mortagne par la route de Paris, celle de mon panneau de pierre, celle qui surplombe la ville et offre une vue sur les remparts. Au loin, un arbre immense qui ne cesse de chanter abrite les oiseaux et porte son ombre sur le bassin. Paul a refusé de se rendre chez moi – « On se fout de ta douche et de nos chemises froissées ». Le centre-ville est presque désert, les vitrines sombres, les rideaux baissés. Les brasseries, les bistrots sont vides, leurs terrasses rangées, les chaises empilées le long du trottoir, retenues par une chaîne à petits maillons verrouillée par un cadenas disproportionné. Un groupe pivote en suivant notre voiture du regard ; le plus petit pousse un autre du coude et semble rire.

Occupée à mélanger le chocolat à des blancs en neige, Romy est embrassée par-dessus son épaule. Sous mes lèvres, ses joues sont fraîches, et j'ai envie de la serrer dans mes bras. Elle prépare ensuite plusieurs échantillons de tissu pour mes rideaux, puis choisit finalement à ma place en soupirant, avant de se mettre à rire. Dans la soirée, presque la nuit, il est question de Franck, de ses choix, de ce qu'ils impliquent et illustrent de la vie d'ici. Mathilde avoue être inquiète, elle aussi. Depuis quelques jours, ils en discutent au magasin. Paul remplit nos verres. Mille choses, mille autres sujets, s'il le faut des soirées entières à débattre, à épiloguer, à plaisanter, à boire et à « profiter », comme dirait la boulangère. Voir défiler une existence légère et mourir à cent ans dans le Perche, sans doute heureux. De quoi passer à côté de tout, de l'essentiel, sans y prendre garde, glisser doucement. L'église a cessé de sonner, il est très tard, l'heure de remercier mes amis et de rentrer à pied sans faire varier mon itinéraire d'un seul pas.

J'ai envie que quelqu'un entre dans ma vie. De ce vide, je crève à petit feu. Le réverbère vient de s'éteindre devant chez moi, alors je tape sur l'écran de mon téléphone, dans un halo de lumière bleue, un message trop long destiné à une inconnue. C'est toujours ainsi lorsqu'on est un peu grisé par l'alcool :

Ma chérie, s'il te plaît, viens me voir. Viens découvrir l'endroit que j'aime, là où je suis né, où je travaille et aime vivre. Viens juste faire un petit tour. Moi, promis, je veillerai à te faire toute la place. Je t'envoie par mail les horaires de train, d'avion, de montgolfière. Tu verras, ce n'est pas si loin, je serai un type bien. Ton doudou, ton chéri, ton lapin. Je t'embr…

Je pleure en écrivant le dernier mot, embrassant le vide. Mon message n'a pas de destinataire ; il est perdu avant même d'être effacé.

En entrant dans le jardin, je me dirige vers le garage, à droite, laissant la maison, la fatigue, de l'autre côté.

Mathilde ?

Ouaip. Tu ne dors pas, le Parisien ?

24.

Les conquérants

Le vendredi suivant, en fin d'après-midi, je conduis jusqu'à Caen pour retrouver mon jeune garçon à un point de rendez-vous fixé par Margaux, puis nous poursuivons notre chemin sur l'autoroute vers Alençon, chez maman. Habitués à la voir ouvrir sa porte au son de nos pas sur les dernières marches de l'escalier, nous sommes surpris de devoir sonner et attendre une, puis deux longues minutes. Antoine lève les yeux vers moi, m'interroge du regard, tout en insérant mon double des clés. Il tourne la poignée, puis disparaît, me laissant sur le seuil face au chat qui semble dire en bâillant : « Pourquoi tu ne m'aimes plus ? »

Maman est installée à son bureau, dans sa petite chambre, une lampe à la lumière éblouissante par-dessus son ouvrage de broderie. Elle achève le contour d'une fleur simple à la tige si parfaite qu'elle paraît réalisée par les doigts d'une dentellière d'Alençon. Le même motif barbeau du service à vaisselle qu'elle aime tant, bientôt reproduit sur une nappe et aux coins de douze serviettes de table. Ses lunettes sont posées en équilibre à l'extrémité de son nez, et une mèche de cheveux lui frôle les mains ; ses doigts, sans anneau ni bague pour mieux travailler, sont décharnés, ses ongles limés avec soin. Antoine s'est assis sur le lit, près des boîtes à couture ouvertes comme des coffres aux trésors. D'un petit compartiment tapissé de laine jaune, il extrait une pièce de métal rond, percée en son centre. Je le vois la glisser dans sa poche. Maman pique une dernière fois, faisant passer les fils sous le tissu damassé. Elle sourit, satisfaite. Puis son sourire se fige, elle se mord la lèvre inférieure. Prisonnière de sa chaise, de son dos, de son corps, elle ne peut plus bouger. De colère, elle frappe du poing sur le bureau. Antoine, livide, lui prend la main. S'écoule le temps pour elle de libérer puis, aussitôt, de ravaler ses larmes. Je m'accroupis à côté d'elle, désemparé et prêt à m'abîmer dans la tristesse.

« Sors-moi d'ici, mon grand.

— Prends ton temps, maman. Ton corps s'est simplement ankylosé à force d'être resté trop longtemps sur cette chaise de paille. Redresse ton dos doucement, bouge un peu tes jambes. Dans deux minutes, je n'aurai même plus besoin de t'aider.

— Antoine, tu veux bien aller me chercher un verre d'eau ? »

Avec une grimace de douleur, un grondement étouffé dans sa gorge, elle se relève avant que son petit-fils ne revienne. D'une boîte ovale à peine plus grande qu'une gomme d'écolier, elle extrait un cachet, l'avale immédiatement.

« Merci, mon petit. Adrien, veux-tu récupérer ma valise dans le couloir, s'il te plaît ? Partons d'ici, je ne supporte plus cet appartement. »

Une demi-heure plus tard, maman semble totalement soulagée, pâle et fragile comme une porcelaine, mais sans stigmate de souffrance. Elle s'installe seule dans la voiture, son sac à main entre les jambes, vérifie que près d'Antoine, sur la banquette arrière, la caisse de transport du chat est bien arrimée. Pour la première fois, Gribouille sera du voyage, passera quelques jours au Clos de la Pierre. Maman a de grands projets pour le jardin et la serre ; nous serons bien occupés.

« J'ai l'impression de partir en vacances », dit-elle.

Nous arrivons à Mortagne un peu avant l'heure du dîner. Antoine siffle en s'accordant à la mélodie chantée par sa grand-mère. Affairés à découper un concombre, un radis noir, puis à préparer une sauce légère à base de vinaigre, de crème fraîche et de ciboulette, ils sont heureux et me rappellent les heures douces de mon enfance. Dans un verre de cantine, Antoine coupe les brins verts avec de petits ciseaux pointus. Nous prenons le repas à l'intérieur, fenêtres grandes ouvertes sur le jardin, au son des oiseaux, du chant des arbres et des feuilles épaisses. Plus tard, dans la nuit invisible, quelqu'un a dû trafiquer le thermostat du monde ou perturber le sommeil des dieux. Un voile gris recouvre la région, nous privant d'un réveil d'été. Un caprice du ciel et du vent.

Le lendemain, il s'agit de tenir une promesse : c'est aujourd'hui qu'Antoine va découvrir la première demeure de Guillaume le Conquérant, son château. Je vais enfin emmener mon fils sur les pas de la légende, celle d'un enfant normand devenu duc, puis roi par-delà les eaux glaciales de la Manche, souverain d'Angleterre pour l'éternité.

Suivant l'idée de Paul et son souhait de faire la connaissance de maman, nous déjeunons tous les cinq dans la cuisine du Clos de la Pierre d'une blanquette de veau mijotée de longues heures depuis la veille sous l'œil maternel attentif. Mes amis arrivent un peu après midi, un bouquet champêtre aux couleurs délicates à la main. Romy grelotte sous un châle épais, et le ciel, hésitant à choisir sa teinte, travestit la saison. Rapidement charmés par ma mère, subjugués par ce concentré d'énergie solaire d'à peine plus d'un mètre soixante, ils se demandent sans doute si je n'ai pas exagéré la maladie, les accidents, les chagrins – une somme de douleurs dissimulée sous la soie de son foulard. Romy l'interroge beaucoup, sur mon enfance, sa passion pour la dentelle. L'antiquaire joue l'historien pour développer certains sujets, le point d'Alençon, d'Argentan, et, une fois encore, je songe qu'il est de ces hommes remarquables à qui rien n'échappe. Avant que nous nous séparions, tandis que les tasses de café fument toujours, Paul se permet de saisir la main de ma mère, de soutenir son regard à la manière d'un galant insolent. Il lui déclare :

« Vous avez les yeux de Romy.

— Merci, Paul, mais ne soyez pas sot. J'accepte en revanche le compliment. »

Elle se redresse machinalement pour débarrasser deux ou trois objets de la table. La cocotte en fonte noire est trop lourde ; elle fronce les sourcils et je me lève pour l'aider, lui éviter l'embarras des mains qui tremblent. Mais c'est Paul qui se précipite et saisit la marmite, le temps pour elle de choisir ses mots :

« Je comprends mon fils quand il me parle de vous. De vous deux. »

S'ensuit un long moment silencieux, puis, comme l'archange qui veille, Antoine apparaît, son épée de bois à la main, tranchant dans le malaise, hurlant presque :

« C'est l'heure ! C'est l'heure ! Ce coup-là, on va au château de Guillaume le Conquérant ! »

Antoine sautille sur le siège arrière au rythme des essuie-glaces. À ma droite, les deux mains accrochées à la poignée au-dessus de la portière, maman surveille la route en silence, prête à m'avertir des dangers qui pourraient survenir. Elle a choisi, une heure plus tôt, d'écouter *Thanks for the Dance*, opus posthume de Leonard Cohen. La voix rauque du rockeur plaît également à mon fils, convaincu d'entendre la complainte d'un vieux cow-boy.

« Paul est un homme épatant. Le genre à révéler ce qui demande à rester enfoui.

— Que veux-tu dire ?

— Tu l'admires. Comme tu admires tendrement la belle Romy. Merci de m'avoir présenté tes amis. »

Nous arrivons devant la forteresse. Le crachin d'automne humidifie nos joues, puis le vent, d'une seule bourrasque, sèche ces minuscules larmes. Nous avançons tous les trois sous le bronze majestueux du Conquérant. Sur les flancs du cheval statufié, le long de ses jambes, coule une patine grise et verte, particules qui, lentement, inexorablement, grignotent en silence l'Histoire dans l'indifférence totale. Nous remontons le fil des remparts restaurés à l'identique, à l'instar des machines de guerre posées dans le parc vallonné. Au sommet du donjon, les couleurs de la Normandie se réveillent, tout comme la danse des deux léopards sur le drapeau agité. À cet instant, au moment d'entrer dans l'enceinte, nous levons les yeux, espérant retrouver le soleil à la sortie. Un souhait somme toute banal en plein été.

25.

Comme si la Terre penchait

Je m'étouffe un peu en franchissant le pont-levis moderne, laid, glacial, masse grise de béton déjà fissurée, verdie.

« Ne dis pas laid, m'assène maman. Tu n'aimes pas, c'est différent. »

Deux ou trois gamins jouent à la chasse au trésor sur la tablette numérique prêtée à chaque visiteur ; ils virevoltent entre les panneaux et les meubles, sous les œillades sévères du seul gardien, désespéré de voir les parents tantôt hilares, tantôt indifférents. Antoine les observe. D'une main il tient fermement l'objet moderne et fragile, de l'autre il touche le bois, effleure les murs où parfois s'inscrivent d'étranges dessins, prénoms, lignes gravées d'un sillon blanc. Il s'adosse au jambage d'une cheminée, me fait signe qu'elle est assez large pour qu'on puisse m'y rôtir à la broche. Il veut ne rien manquer du parcours, ne rater aucun indice, et surtout s'abstient de demander notre aide pour découvrir ce qui l'intéresse. Maman, légèrement en retrait, ne dit pas un mot. Une seconde, je m'inquiète de sa pâleur. Puis je juge la fatigue fugitive quand elle sourit de voir son petit-fils heureux. Le dédale des salles, des couloirs, quelques bousculades dans un passage étroit me font perdre de vue mon fils juste avant l'ascension de l'immense tour Talbot. Je le retrouve en train de tendre les bras vers le grand drapeau, hissé comme au mât de la *Mora*, le navire amiral du duc Guillaume traversant la Manche vers la bataille de Hastings. Le vent, puissant et rapide telle une flèche d'archer, fait danser les cheveux. Il balaie les paroles, les cris de ceux qui se penchent par-dessus la rambarde circulaire, attirés avant d'être effrayés par le vide. Antoine essaie d'emprisonner ses longues mèches derrière ses oreilles miniatures, en vain. Son sourire est plus large qu'un soir de Noël, plus attendrissant que mille mercis.

Nous redescendons pour rejoindre sa grand-mère dans la dernière salle. Avant de renoncer devant l'escalier, elle lui a promis qu'il pourrait choisir un souvenir, fronde de cuir ou heaume en carton, une fois à la boutique. Comme endormie, maman est immobile sur la chaise d'un surveillant de musée absent faute de budget ou parti en pause réglementaire.

Il ne reste qu'un souffle dans cette vie abandonnée là, comme un oiseau qui meurt et voit les autres s'envoler, migrer au loin. Le sac à main tombe au sol, près de la tablette sous le siège. La douleur d'Antoine submerge la pièce. Quelqu'un s'approche de nous, prononce deux ou trois mots dans un talkie-walkie. Une dernière fois, je croise le regard de ma mère et sens sous mes doigts les siens qui se resserrent un peu.

Son corps est soulevé, allongé sur un brancard métallique blanc. Il tressaute sur les pavés ; le bois et la terre s'insinuent dans les veines de caoutchouc des grosses roulettes noires, dégueulasses. Puis nous suivons un camion rouge qui hurle, une sirène que, petit, on m'avait appris à reconnaître – *tiens bon, tiens bon.* Je ne retiens aucune larme avec ce souvenir d'enfant ; elles s'accumulent, monstrueuses, dans ma gorge. Abandonné, je m'étrangle.

Antoine s'est assis à l'avant, les deux mains sur le tableau de bord, le nez presque collé au pare-brise pour surveiller le véhicule de secours, la vitre arrière derrière laquelle on devine des ombres qui s'agitent. Le CHU de Caen n'est qu'à quelques minutes, le temps d'appeler Margaux d'une voix tremblante – le premier numéro composé de tête, le seul possible. Mes paroles ne sortent pas, elles explosent, et je n'épargne rien à mon fils. Sa détresse est mille fois plus digne que la mienne.

Margaux nous a rejoints dans un couloir. Elle ouvre les bras pour notre enfant, a tous les gestes, les caresses, les mots qu'il faut. D'instinct, elle sait, elle, ce qu'il convient de faire, comment se comporter, sans en rajouter. Je me sens incapable et inutile ; j'ai honte d'être si désemparé. Devant mes yeux creusés, noyés, elle pose sa main sur mon visage. Tant de fois, on m'appliquera donc ce réconfort, comme une gifle d'amour. Face à notre rang de chaises dans la salle d'attente, une seule porte, plus blanche que les murs du couloir, dont le revêtement en fibre de verre est arraché dans une ligne sans fin à cause des passages de brancards. À mi-hauteur, sur une feuille de papier déchirée dans un coin, nous lisons tous les trois : « Médecin de garde ». Aucune lumière sous l'ouverture, aucun bruit à travers. Un électrocardiogramme résonne au loin ; je donnerais tout pour que ces bips soient les siens. Tout, vous comprenez, mon Dieu, le Dieu des autres, Vous à qui je parle en regardant le ciel ? Ne m'enlevez pas cette femme-là.

« Quelques jours. »

C'est ce qu'a répondu à Margaux cet homme aux cheveux gris coupés très court, à la barbe aussi longue que sa garde interminable jusqu'au petit matin. Autour de son cou, maintenu par un tube et deux embouts orange, son stéthoscope pend par-dessus sa blouse. Moi, j'en suis encore à négocier avec le Tout-Puissant et je ne retiens que les premiers mots : « se repose », « très faible ».

Quelques jours en accéléré. Avance rapide entre le CHU de Caen et Mortagne, bercé et soutenu par mes amis, compagnons de repas, de trajets, de téléphone.

Quelques jours encore où Franck prend l'agence en main, sans doute avec l'aide de Guy. Fidèle compagnon de travail, tu mènes cette barque comme la tienne, et je ne suis pas certain de te montrer assez de gratitude. Aurore, midi, minuit. Même la boulangère a pris un air sincère et désolé. Presque chaque soir, dans la chambre de maman, Margaux est présente, respire à l'unisson du bip, cette preuve de vie que j'ai négociée avec le ciel. Son parfum, un bouquet, une photo d'Antoine déposée sur la table de chevet : voilà ce qu'il reste à ma mère. Un filet d'espoir pour solde de tout compte. Des mots de réconfort au téléphone, un rendez-vous fixé le lendemain avec Antoine pour une visite à trois : même rayée du livret de famille, « mon ex » sera là.

Elle souffre avec nous. Elle pleure aussi, mais seulement chez elle.

Au Clos de la Pierre, en cherchant en haut d'une armoire dont la corniche effleure le plafond, je retrouve les diapositives de mes parents, des boîtes étiquetées à l'encre presque effacée. Des années, des lieux de vacances, des mots illisibles, l'écriture ronde de maman. Je revois le carrousel, le projecteur et sa lumière qui faisait danser la poussière devant l'objectif, le grand écran granuleux, le clac de la diapo suivante ou parfois du mécanisme qui déraille. Les contrastes un peu orangés, les contours approximatifs, les souvenirs intacts. Tout l'inverse des clichés pris par mon téléphone, des milliers, éparpillés dans un nuage informatique.

Le jeudi, je lui ai tenu la main pour la dernière fois, sans m'en rendre compte. Elle savait et m'a soufflé un adieu. Ça s'est passé doucement, plus tard, sans moi.

Je ne sais plus combien de nuits se sont écoulées depuis.

Chez elle, j'ai fouillé dans le tiroir des foulards pour caresser la soie, le nez dans mes rêves d'enfant, de peur qu'ils ne s'effacent trop vite. Je les ai convoqués, tous, en désordre, avant que d'autres ne prennent leur place. Une seconde naissance. Crier comme au premier jour, gonfler mes poumons et les emplir d'air. J'ai ouvert les fenêtres, sans jamais réussir à chasser l'odeur de cigarette. J'ai fait le ménage, aspiré les poils du chat sur le canapé. De sa commode, j'ai extrait son puzzle favori : un imposant bouquet de fleurs. Maman triait les pièces en cinq sachets : haut droite, haut gauche, bas droite, bas gauche, bords. Je n'ai claqué la porte – un bruit sourd à réveiller les endormis – qu'après avoir reconstitué l'image. Il était tard et il faisait nuit à l'heure de me mesurer au deuxième deuil de ma vie.

À la sortie de l'église aussi, j'aurais voulu claquer la porte. La claquer si fort qu'un signe divin se serait manifesté dans la fêlure d'une voûte ou le bris d'un vitrail.

Au fond du cimetière, s'éloignant, je crois reconnaître une silhouette vêtue d'un pardessus beige, l'ombre grise d'un visage oublié.

00.

Sursum corda

La fin des vacances scolaires approche. Margaux est venue m'épauler à Alençon avec Antoine, ranger, trier, remuer les choses pour que nous essayions d'aller moins mal. Paul a prévu de nous rejoindre après le déjeuner afin de nous aider à déménager quelques meubles trop lourds et les derniers cartons de livres, de vaisselle. Avec les annonces publiées sur Internet, tout ce qui n'est pas centenaire a fini chez les voisins ou chez de jeunes couples à la recherche de tables basses, d'étagères et d'aggloméré suédois.

Dans la chambre, j'ai retiré l'aiguille de son ouvrage. À l'extrémité de la tige verte brodée, la fleur ne sera jamais achevée.

« Papa, où est la boîte à boutons, s'il te plaît ? »

Surpris par cette question sortie de nulle part alors que j'étais perdu dans mes pensées, je me pique l'index avec l'aiguille. La pointe vient se ficher dans la pulpe de mon doigt, faisant perler une goutte écarlate. En bouche, le sang a le goût violent de la ferraille.

« Juste là, dans ce carton. D'ailleurs, tu peux aller chercher le gros scotch et le refermer. Finalement, je n'ai plus rien à y mettre. »

Antoine soulève le couvercle puis le premier compartiment de la boîte à couture, s'essuie les yeux. De sa poche, il extrait une vieille pièce percée et la dépose au milieu des petits boutons de plastique, de nacre et de métal en murmurant :

« Pardon, je ne voulais pas la voler. »

Je prends mon fils dans mes bras, ses grosses larmes brûlantes et salées contre ma joue.

« De quoi parles-tu ?

— De la pièce. Je l'ai prise l'autre jour quand Bonne-Maman était encore là. Je l'ai prise et elle est morte, elle sait que je l'ai volée.

— Ce que tu voles ne t'appartient jamais. Retiens cela. Maintenant, reprends cette pièce. Je te la donne. De là-haut, d'un coin du ciel, Bonne-Maman te la donne également.

— Tu dis ça pour que j'arrête de pleurer ?

— Ouais. Et ça marche ?

— Je crois que oui, un peu, en tout cas. Je t'aime, papa.

— Moi aussi je t'aime, Antoine. »

Je replie la dernière serviette au motif inachevé, incongru, pour qu'elle rejoigne les onze autres et la grande nappe dans un sac de papier sur lequel j'inscris : « Pour Margaux ».

25.

Des orchidées hautes comme des arbres

Il était convenu avec mes amis que nous ferions une longue pause dans nos entraînements de course durant l'été. Chacun reprend donc à son rythme, mais curieusement l'exercice, depuis quelque temps, ne me procure plus de plaisir. Je cours jusqu'à épuisement sans parvenir à oublier l'hôpital, de plus en plus préoccupé par les résultats de l'appel d'offres attendus début septembre, sentant mon maillot se coller à ma peau, lourd d'une sueur désagréable. Parfois, je m'amuse à longer la vitrine des antiquaires en trottinant seul, mais les reflets et l'inclinaison du verre m'empêchent de voir à travers.

Un soir cependant, au même emplacement que la première fois, j'aperçois la gravure de Vénus. Je l'avais oubliée ; je la pensais vendue, accrochée dans un salon cossu ou posée sur la commode d'une chambre aux murs tendus de toile de Jouy. Sous le cadre, un bristol rectangulaire plié au centre : « Réservé ».

Romy ouvre la porte. Le frottement sur la tomette est presque imperceptible.

« Entre.

— Bonsoir, Romy. Je ne t'embrasse pas, je suis trempé.

— Tu cours sans moi ?

— Je cours et je m'ennuie. Le sport ne m'a jamais paru aussi rasoir.

— Ah, mais voilà ce qui arrive quand on joue au pirate solitaire : on finit par se lasser. On te voit passer, tu sais… »

Elle recule vers le fond de la boutique et me fait signe de la suivre. Sous la verrière, Mathilde est occupée à réaliser une sorte d'inventaire, plantée devant l'immense étagère, levant de temps à autre les yeux en direction d'un objet ou d'un livre.

« La petite vient de préparer une théière de rooibos, tu en veux une tasse ?

— Je t'ai entendue, Romy. Si tu m'appelles "la petite", je t'appelle "la vieille" !

— Vous me faites rire, toutes les deux, on dirait un vieux couple.

— Oh, dans un vieux couple, plus personne ne prépare de thé pour l'autre, mon chéri. »

Mathilde pose son cahier pour nous rejoindre. Par-derrière, elle passe ses bras autour des épaules de mon amie et dit, un peu trop fort :

« "Mon chéri", carrément. C'est donc officiel : l'assureur se tape "la vieille" ! »

Nous rougissons tous les trois. D'un brin de honte, d'un excès de pudeur, d'un soupçon de désir. C'est le retour des instants doux. La banquette Empire semble plus confortable qu'un rocking-chair, les coussins élimés sont moelleux et nos sourires ne cachent rien. Un message résonne dans une des poches de Romy : cette nuit, Paul reste à Paris – une soirée commencée trop tôt, un peu d'alcool, la fatigue. Elle cligne deux fois des yeux, le temps d'effacer un voile de buée triste de ses pupilles claires.

« On se fait un resto ?

— La barbe, le restaurant ! Apéro dînatoire ?

— Je vais chercher des trucs à grignoter ?

— Et des pizzas ? Allez, les ancêtres, trois pizzas et du rosé. Chez toi ?

— Ça marche. »

Mon téléphone, faisant office de juke-box, circule de main en main, et les chansons s'enchaînent. Toutes les enceintes du salon hurlent la musique de nos années discothèque. Nous jouons à combler les lacunes de Mathilde en matière de rock anglais et de variété française ; elle s'amuse à nous faire grimacer avec les succès actuels. Une bouteille ruisselante est tirée de son séjour au réfrigérateur, puis la jeune femme sort un bloc-notes de sa sacoche et propose de tester nos talents de dessinateurs. De concert, Romy et moi nous exécutons, la langue entre les dents, signe d'application extrême, en dépit du volume sonore et des premiers effets du vin rosé.

« Non, mais vous plaisantez ? Ça, une jonque ? On dirait le *Titanic* pour l'un et un dinosaure pour l'autre. Vous êtes trop nuls. »

Mathilde s'allonge sur le tapis, et sous nos yeux naît la baie de Saigon. Une voile fragile est hissée à moitié de mât. La coque semble glisser à fleur d'eau. Sous la mine aiguë et monochrome apparaissent des dizaines de nuances, presque une vie. En arrière-plan, des orchidées hautes comme des arbres. Mathilde a un don.

« Tu devrais dessiner Mortagne, songer à vendre des cartes postales à l'office de tourisme, suggère Romy.

— Peut-être même imaginer un livre d'illustrations ! je renchéris.

— Vous êtes mignons, mais des dessins de monuments, de rues, de façades, j'en ai des wagons. Ça n'intéresse personne. »

Nous sommes tous les trois au sol, la jeune fille pieds nus, jambes croisées, nos verres et la bouteille au centre du cercle. Je me lève pour aller refermer la porte-fenêtre du salon, la fraîcheur ayant accompagné le crépuscule. De la cuisine nous parvient l'odeur de la dernière fournée de pizza réchauffée. Romy a rassemblé plaid et coussins trouvés çà et là ; tandis qu'elle allume la télévision, nous restons étendus sur la laine épaisse.

« Sur un si grand truc, on doit pouvoir profiter d'un bon film. Ça vous tente ?

— Allez ! Tu suggères quoi ?

— Chacun propose et on tire au sort. »

Entre *Un singe en hiver*, *Au revoir là-haut* et *Lost in Translation*, c'est Sofia Coppola qui gagne. Nous nous promettons de regarder les deux autres une prochaine fois, en même temps que nous éteignons la lumière et augmentons le volume. Je suis toujours saisi de bonheur lorsque arrive le dernier plan du film, ce baiser qui n'en est pas un, lui qui retrouve son taxi et retourne à sa vie, elle dans la foule, pas tout à fait perdue.

Je raccompagne mes amies jusqu'à la rue des Tailles. Mathilde me vole un baiser en tirant la porte, « On se fait un truc ce week-end », et immédiatement je fantasme son ventre chaud, ses lèvres et ses doigts agiles.

Grisé par le vin, porté par la douceur d'une des dernières nuits estivales, je rentre au Clos de la Pierre.

Mortagne dans la pénombre, l'obscurité qui rehausse les murs, accentue les pavés accidentés, hisse les tours et les façades vers les étoiles. Je suis amoureux de chacune des rues et des ruelles, comme compagnes et maîtresses, amantes toujours heureuses de me revoir. Je respire des poussières de lune, la vie en noir et blanc, presque muette. Les moustiques dansent encore autour des réverbères ; quelques-uns iront s'y brûler. Gribouille doit être parti chasser. Il couchera au garage ou dans le bûcher.

En remontant le drap, j'égrène et imagine chaque connaissance, ami ou amie à cet instant de la nuit, et m'endors en plaquant un sourire sur l'oreiller.

24.

Un peu au-dessous du cœur

Je regarde sur la chaise le journal du matin
Les nouvelles sont mauvaises d'où qu'elles viennent
« Crois-tu qu'il va neiger ? » me demande-t-elle soudain
« Me feras-tu un bébé pour Noël ? »
Et elle prend son café en riant
Elle me regarde à peine
Plus rien ne la surprend sur la nature humaine
C'est pourquoi elle voudrait enfin si je le permets…

« Pourquoi tu arrêtes la musique ?

— Elle me saoule, cette chanson.

— Elle tombe à pic, pourtant. Je voulais boire mon thé tranquille, et toi tu rappliques tout ronchon.

— J'aime bien ronchonner dans ma cuisine. Surtout si tôt le dimanche matin.

— Je t'emmerde, c'est ça ? Dis-le-moi, Adrien. Je m'en fous, tu sais. Et c'était nul, cette idée de venir dormir chez toi… »

Les mots de Mathilde s'évanouissent tandis qu'elle s'éloigne vers le jardin. Elle ne m'a pas laissé le temps de répondre ni, je crois, permis de la suivre. Je l'observe, les pieds nus dans l'herbe ; elle fredonne la suite de la chanson. Je vais, j'en suis convaincu, la perdre comme amante. Elle est prête à s'enfuir, se retient certainement pour ne pas ajouter une souffrance futile à mon chagrin, tapi dans l'ombre des semaines passées.

J'ouvre la fenêtre, relance la même musique en augmentant le volume. La jeune femme se retourne ; elle est comme ce jour d'automne, il y a presque un an, la première fois qu'elle s'est tenue face à moi, une main dans la poche de son trench, l'autre tenant un biscuit. Nous étions devant l'agence ; nous sommes maintenant à la maison, et une fois encore elle réchauffe mon quotidien. Elle est rassurante à ne jamais tricher. Elle joue parfois les ingénues, de peur sans doute de paraître faussement romantique. Nous chantons ensemble, heureux d'un commun accord, même temporaire. D'autres auraient eu besoin d'une explication, demandé pardon. Mathilde est différente. Sans un mot de trop, elle m'embrasse, attire mes mains sur elle, sur son ventre, mord mes lèvres à presque les faire saigner. Elle veut que jamais je n'oublie ce que nous sommes : des amants, un point c'est tout. Une évidence aussi certaine que ses yeux sont bruns et sa peau diaphane. Elle est née pour danser sur le fil de la vie, le vent ébouriffant ses cheveux de garçon sage, des écouteurs vissés dans les oreilles.

Plus tard, revenue dans le lit contre moi, elle me dit : « C'est mieux, je crois, si l'on arrête de jouer au couple.

— Sans doute.

— Il le faut, avant de s'emmerder, avant que tu ne pisses la porte ouverte et que je te réclame un double des clés.

— Je vois bien l'image.

— Tu es triste ?

— J'aime faire l'amour avec toi.

— On se verra de temps en temps, histoire de baiser.

— Je n'aime pas quand tu fais la rebelle un peu vulgaire.

— C'est ce que tu aimes, justement. Laisse-moi redevenir cette fille-là. Installe-toi une appli de rencontre, ça te fera du bien de changer d'air, de tenter l'aventure, peut-être avec un grand A. Et puis, c'est maintenant ou jamais. Après, tu seras trop vieux et tu nous feras la crise de la quarantaine.

— T'es vache. Quelle crise ?

— Genre cabine de bronzage, épilation ratée des sourcils et Porsche au garage. »

Quand elle rit, son ventre pâle et quelques étoiles noires tatouées tressaillent. Elle relève le drap sur sa poitrine sans chercher à la recouvrir vraiment. Elle est la gravure de Vénus, celle de la vitrine des antiquaires, le sourire en plus. Elle saisit ma main, puis mon index, le fait glisser en remontant sur la pointe de son sein, puis descendre, s'arrêter après quelques centimètres.

« Bientôt, j'irai me faire tatouer une nouvelle étoile, dit-elle. Ici, un peu plus haut que le cœur.

— Pourquoi là ?

— C'est ici que tu es tombé. Pas de bol, juste à côté.

— Comme une victime de guerre, une croix de plus à ton palmarès.

— Couillon. »

Après un long silence, elle ajoute :

« Et mon étoile à moi, elle irait où sur ta peau ?

— Peut-être… Peut-être un peu en dessous du cœur. »

Une seconde, j'hésite avant de poursuivre :

« Je t'accompagnerai chez le tatoueur. Il est temps de laisser une trace, une marque, d'arrêter de tout enfouir au risque d'étouffer.

— T'es sûr de toi ?

— Ouais. Jamais été aussi sûr de quelque chose.

— *That's my boy.* »

Bien après l'heure du déjeuner, elle dessine le jardin – une tulipe rouge à laquelle il manque un pétale. Nouveau feuillet : la persienne d'une des fenêtres de l'étage, le charme de la peinture qui craquelle au soleil. Enfin, sur une autre page vierge, elle trace le bassin, l'eau morte sous deux nénuphars, puis, en s'éloignant vers l'autre rive, fait naître une vague improbable, impossible, haute comme la maison. Elle est heureuse de représenter le danger, sourit devant mon inquiétude quand je reviens après avoir préparé deux ou trois choses à grignoter et jeté un regard sur son dessin.

Un peu plus tard, sur la nappe posée à même la pelouse, je m'assoupis en plein soleil, à peine une demi-heure. Je me réveille les yeux douloureux, éblouis par la lumière. Elle s'est écartée de moi, endormie elle aussi sur une chaise longue posée bien à l'ombre, son carnet sur le ventre. Je la laisse, paisible, à ses songes. Parfois les jours s'enfuient, parfois ils s'étirent, nous cèdent le temps de déguster, et tout prend la saveur des gelées de framboise de Bonne-Maman.

À son réveil, elle monte dans ma chambre, après m'avoir invité à la suivre : « Viens. » Bientôt, ses mains bien à plat sur mon buste se tendent et glissent sur la moiteur de ma peau. Je passe mes doigts dans ses cheveux sombres, plaqués au-dessus de son front. Elle bascule en un saut, cabriole souple qui fait à peine frémir le parquet. Je viens vers elle sans la rejoindre sous la douche, regarde l'eau qui ruisselle, impudique et sensuelle. Elle se rhabille en fredonnant, part sans que je la raccompagne. Elle dit simplement « à demain », pose un index quelque part à gauche sous ma poitrine, un baiser sur ma joue.

J'écoute la clenche se rabattre, la porte se refermer dans le jardin.

Au crépuscule, sans un bruit, le chat se glisse d'un lieu inconnu vers ma chambre. Après que j'ai repoussé la porte sans la fermer, il miaule, se dandine de gauche à droite, puis n'émet plus un son. Il ronronne simplement au moment de sauter sur mon lit, tourne une fois, puis deux avant de trouver la courbe de ma cheville sous les draps, de s'y lover et de rester immobile jusqu'au lever du soleil. Ce soir, j'ai de nouveau confiance en la nuit. Depuis des jours, j'avais tellement hâte de rêver et tellement peur d'aller dormir.

Des souvenirs s'effacent, un tri aléatoire. D'autres se précisent, comme on repasse sur un trait de crayon. Je peux lutter contre la mélancolie, la monotonie, cette existence qui, sans projet, rétrécit chaque jour un peu plus. Mathilde a raison, je ne veux plus vivre ainsi.

23.

Parking des anges

Nous nous sommes épuisés à construire le plus beau vaisseau intergalactique jamais vu ou même imaginé depuis des lustres. Antoine est ravi de notre journée de travail, qui s'est étirée depuis les premières tartines beurrées du matin jusqu'après la brioche tiède sortie de la machine à pain pour le goûter. Il m'exhorte à photographier notre création sous toutes les coutures, puis, un peu gêné, me demande s'il peut l'emporter chez sa mère. Sans rien laisser paraître de ma contrariété ridicule, je le lui accorde, « bien sûr », et récolte deux baisers sur la même joue. Nous prenons la route juste avant 18 heures, suivant le rite précis de la garde : une heure de voiture pour chaque parent, deux pour le gosse, qui fait mine d'être heureux à chaque bonjour et chaque au revoir. Peu après notre départ, je reçois un message de Margaux :

Désolée, je suis super en retard.

Sur le parking du supermarché, notre habituel lieu d'échange, mon fils et moi attendons patiemment. Lui presque endormi, moi sur mon téléphone pour faire passer le temps. Je tape sur le navigateur internet « site de rencontre » et, après une brève hésitation, installe l'application dotée d'une belle icône en forme de flamme. La description me promet des « centaines de célibataires » près de chez moi.

Non loin, sous l'arbre voisin, au milieu de deux autres lignes blanches, une femme allume sa cigarette qui bientôt tremble au bout de ses doigts. La fumée s'envole, pressée de rejoindre le brouillard, se faufilant entre ses boucles brunes. Elle marche nerveusement autour de sa minuscule automobile, stationnée comme une auto-tamponneuse abandonnée un jour de foire, et peste devant son écran de téléphone. Intrigué, je sors de l'habitacle, me rapproche et constate qu'un de ses pneus est totalement dégonflé.

« Bonsoir, madame, pardon de vous déranger, mais vous avez un problème avec votre voiture ?

— Bonsoir. Oui, je suis bloquée ici à attendre un dépanneur.

— Dans ce cas, tant mieux, le problème est résolu. Je ne vous importune pas plus longtemps. Bon courage.

— Attendez. Vous voulez bien rester quelques minutes sur le parking ? J'ai un peu peur ici, toute seule avec mes enfants. »

Deux bouilles rondes s'écrasent contre la vitre arrière et me dévisagent.

« Aucun souci : j'attends quelqu'un moi aussi.

— Vous faites du covoiturage ?

— J'attends la mère de mon fils. C'est notre lieu de rendez-vous, le dimanche, à peu près à cette heure-là, pour la garde.

— Alors, on est ici pour la même raison. Leur père vient de partir, et moi je me suis visiblement garée au mauvais endroit. Il fait quoi ce dépanneur, bordel ? Oh ! Désolée…

— Ce n'est rien. Il arrive d'où ?

— Le dépanneur ? De Falaise, je crois.

— Il ne devrait plus tarder.

— Vu ce que ça va me coûter, j'espère bien.

— Vous n'êtes pas assurée ?

— Je n'en sais rien. À mon avis, non. Ça doit être marqué en petits caractères en bas du contrat : pas assurée, surtout le dimanche, et jamais après 18 heures ! Tous des bandits ! »

À ce moment, les phares d'un véhicule nous aveuglent. Margaux apparaît derrière le pare-brise, perchée dans le 4 × 4 de son compagnon lilliputien. Elle s'excuse encore en jetant un regard à celle qui allume une nouvelle cigarette. J'ouvre ma portière, aide Antoine qui, par paresse, a refusé de dénouer les lacets de ses chaussures et maintenant s'évertue à les enfiler en forçant comme un damné. Il embrasse sa mère, brandit le vaisseau au plus près de son visage : « T'as vu ? »

« Tu sembles occupé, me dit-elle. On s'appelle. Tout va bien ?

— Oui, oui, plutôt mieux. Mais je…

— Bisou. »

Et elle saute dans sa voiture. La masse noire s'évanouit à la vitesse de la lumière et croise à la sortie du parking la dépanneuse tant attendue.

La femme écrase sa cigarette sur le flanc de son pneu aplati et fait disparaître le mégot dans une petite boîte.

« Il était rapide, cet échange. Votre ex-femme peut presque rivaliser avec mon ex-mari.

— C'est la première fois…

— Pardon, c'était déplacé de vous dire ça. En tout cas, merci d'avoir attendu avec moi. »

Un jeune homme s'approche de nous, avare de mots, dans un bleu de travail impeccable. Il tend un papier indiquant ses honoraires et se met à l'ouvrage sans attendre une signature ni un accord de principe. La femme grimace à la lecture des chiffres. Au même instant, le faisceau du lampadaire au-dessus de nous vacille une seconde, le temps pour le mécano de passer un cric sous la voiture et de commencer à la soulever. Je dis à son intention :

« Je pensais qu'il fallait d'abord desserrer la roue.

— C'est déjà fait, me répond-il d'un ton parfaitement neutre.

— Pardon, monsieur… Bonsoir, madame. »

Je me sens aussi inutile que stupide.

« J'aime bien qu'on m'appelle "madame". Merci encore et bon retour.

— Vieux réflexe de commercial. De rien, vraiment.

— Commercial dans quoi ?

— Les assurances. Je suis assureur, ou bandit.

— Aïe, j'ai fait une autre gaffe. »

Elle sourit, attendant de voir ma réaction. Je rejoins ma voiture, me saisis d'une carte de visite dans la boîte à gants et la lui tends, les yeux rivés aux siens.

« Si ce dépannage vous coûte trop cher et qu'un jour vous cherchez un nouveau contrat d'assurance, voici une adresse sérieuse.

— Sérieuse ?

— Absolument. Tiens, je crois que votre sauveur a fini. »

Alors que je démarre et baisse la vitre pour chasser la buée qui s'est formée à l'intérieur, elle me confie en se rapprochant :

« Si je vous rappelle dans quelque temps, mon nom, c'est Héloïse.

— Le mien est sur la carte, dis-je en souriant. Bonne soirée, Héloïse. »

22.

Fermé pour cause d'inventaire

Le lundi suivant est en tout point identique aux dizaines d'autres depuis l'ouverture de l'agence. Je suis seul, car Franck cumule des quantités d'heures supplémentaires et s'accommode très bien de week-ends de trois jours en compensation. La différence, ce matin-là, c'est que le café du Théâtre est fermé « pour cause d'inventaire ». Mais que peut bien compter le cafetier ? Nous sommes quelques-uns, malheureux, à nous casser le nez sur la vitrine, avant que le propriétaire de la maison de la presse ne prenne l'initiative, courageuse et inimaginable en temps normal : « On va en face ! » S'ensuivent de multiples commentaires : « Ça nous changera d'air », « Il paraît que le café est meilleur », « Son café allongé, à Jean-Phi, c'est de la flotte ! » Seule la coiffeuse de la rue voisine nous fausse compagnie ; il est vrai que la coupe en brosse du patron n'a jamais été aussi impeccable et que les deux se lancent de longues œillades depuis quelques semaines.

L'heure du déjeuner arrive sans que je m'en aperçoive, puis j'enchaîne sur deux rendez-vous. Un peu plus tard, l'estomac dans les talons, je quitte mon bureau pour un détour à la boulangerie de Mme Aunet, prêt à dévorer une bonne douzaine de chouquettes.

À mon retour, je trouve un couple de garçons dans l'agence, inquiets de n'y voir personne. Je reconnais Romain, le Versaillais. Tous deux m'expliquent qu'ils achèvent un séjour de visites immobilières dans le Perche, sur les conseils de notre ami commun. Le projet d'une résidence secondaire est désormais sérieux ; ils reviendront bientôt et s'imaginent vivre dans la région de Mortagne ou de Bellême, au plus tard le printemps prochain.

« Redonne-moi une carte de visite, je vais te scanner nos contrats d'assurance. On aimerait bien que tu puisses tout récupérer. »

Et le second d'ajouter :

« Paul nous a promis d'organiser un petit quelque chose tous ensemble. On doit filer, il nous attend à sa boutique pour charger deux fauteuils. À mon avis, ça ne rentrera jamais dans la voiture.

— Oui, on file, j'ai horreur de conduire entre chien et loup. À la prochaine, Adrien. »

Ils sortent, et je suis encore en train de leur faire signe lorsqu'un appel m'oblige à retourner à mon bureau. Maître Guyard m'informe que le dossier de la succession de maman sera prochainement réglé. Je dois en revanche passer à l'étude pour effectuer diverses formalités, la principale concernant l'administration fiscale.

Mardi, je rejoins Franck au bar de la Poste vers 8 h 45, le commerce de Jean-Philippe étant toujours plongé dans les ténèbres. Comme d'habitude, je me surprends à être heureux en voyant mon jeune collègue. Il est rasé de près, les cheveux sculptés grâce à une pâte modelante. Il prend de mes nouvelles, s'enquiert de mon moral. Il consent ensuite à me dire trois mots de son week-end, de sa rencontre avec un garçon de Bordeaux, m'explique qu'en un saut de train ils se retrouvent et croient en la liberté, en tout ce que la vie peut offrir. Je crains la suite de la discussion, qu'il parle d'avenir, de projets loin d'ici.

« J'ai pensé qu'on pourrait peut-être embaucher quelqu'un à l'accueil, Franck. Une personne qui ferait le sale boulot que tu te tapes, les prises de rendez-vous, les réclamations, les sinistres. Bien sûr, cela dépendra de demain soir.

— Demain soir ?

— Le conseil municipal, enfin la commission des finances, va trancher sur l'appel d'offres d'assurance. Quatre ans de sérénité ou de galère au bout de cette réunion !

— Ah oui ! Ça va le faire, Adrien, soyez confiant.

— J'essaie de rester zen. Alors, que penses-tu de mon idée ?

— Bien, bien, super même. Mais ce serait quoi mon job, au juste ?

— Mon boulot de commercial, mon boulot tout court, avec nos clients et prospects. Et moi, je pourrais me concentrer sur d'autres appels d'offres et sur le développement des entreprises et industries. C'est un marché juteux que l'on n'exploite pas du tout. On pourrait se projeter, s'associer, grandir. Et dans quelques années je pars à la pêche, la bedaine en avant, et tu reprends l'agence !

— Il est fort le café ici, non ? Je vous trouve très en forme.

— On en reparle jeudi matin avec les résultats ; sinon, ça va nous porter malheur. »

Mercredi, la feuille sur la porte du café du Théâtre a disparu, imitant ainsi son propriétaire. Guy Valentin, sans doute aussi angoissé que Franck et moi, reste invisible. Au bar de la Poste, chacun s'interroge, y va de sa théorie sur notre cafetier préféré. Le serveur est le plus tranchant : « À force de fricoter avec sa coiffeuse, il s'est fait pincer ! » Bientôt, les avis fusent, les théories, les ragots, les relents de jalousie. On parle de grippe, d'un excès de calvados, d'un contrôle fiscal ou sanitaire. Une montagne de gentillesses qui fait passer le goût d'être l'absent de service. Enfin, une petite voix s'élève par-dessus les banquettes rouges : « Ou alors il a fait un malaise en découvrant sa nouvelle cotisation d'assurance ! » La salle s'anime de rires francs et de sourires pincés, puis s'ensuit un silence qui met fin aux réflexions nauséabondes. Mathilde nous fait signe de la rejoindre et de nous asseoir. Un type me tape sur l'épaule : « Elle a raison, votre copine, mais je viendrai vous voir quand même. » Mes joues sont écarlates. La jeune femme dévore un croissant luisant de beurre dont la croûte grillée s'émiette partout sur la table. Du pouce, Franck lui essuie le menton en un geste d'amitié complice comme jamais nous ne pourrons en avoir. Mathilde nous annonce que Romy doit venir la retrouver, elle qui ne fréquente pas les bistrots le matin.

« Allez, ouste, les garçons, avalez votre café, il y a assez de canailles ici ! On a à parler entre filles. Venez nous rejoindre au déjeuner, on a fait des lasagnes pour un régiment. »

Le reste de l'après-midi se déroule laborieusement devant un ordinateur et une formation en classe virtuelle (pédagogiquement nulle, économiquement avantageuse) destinée à valider des acquis en gestion de patrimoine. J'insiste pour que Franck souffre à mes côtés, et nous échouons tous les deux au test final. Vive les sucres lents et la sauce bolognaise. À 18 h 30, nous fermons l'agence et nous promettons de finaliser ce fichu quiz à la première heure le lendemain, avant d'avoir trop mal au ventre en imaginant les résultats de l'appel d'offres, attendus en fin de matinée.

Vers 23 heures, mon téléphone sonne dans le vide tandis que l'eau brûlante d'une douche coule sur mes épaules. Trempé, je découvre un message vocal : « Adrien, c'est Guy. Vous avez trente et un lots sur quarante-deux. C'est fantastique ! » Je le rappelle malgré l'heure tardive – tant pis pour la bonne éducation –, le remercie longuement, et je crois qu'il y est sensible.

Soulagé, je m'approche de la fenêtre, l'ouvre en grand. Un oiseau de nuit s'envole dans un bruissement d'ailes. Au même instant, le chat saute sur le radiateur, puis sur le rebord de pierre, se glisse sous le garde-corps, longeant la façade à la manière d'un funambule aguerri. En vain, j'attends qu'il se retourne. Je referme, retrouve l'air chaud de la maison, laisse les rideaux entrebâillés. Avant d'éteindre la lumière de mon chevet, j'allume machinalement mon téléphone d'une pression du doigt et m'apprête à envoyer un message à maman. Comprenant l'absurde, d'un battement de paupières je renvoie mon chagrin. J'écris quelques mots à Franck, qui mérite amplement la primeur de la nouvelle. Sur l'écran d'accueil, il y a cette application et son logo en forme de flamme, des « centaines de célibataires » près de chez moi. Je me promets d'y jeter un coup d'œil bientôt et m'endors.

Au matin, sur le chemin de l'agence, je marche les yeux rivés sur mon portable, sans m'occuper des passants, des voitures, de la ville animée. À coups de SMS, je lance une invitation générale pour ce soir au bar de l'hôtel Saint-Denis. Igor y a été remplacé, et le nouveau barman réalise, semble-t-il, les meilleurs cocktails de la région.

Précédée par une hésitation fugace, la franche accolade que j'échange avec Franck vient célébrer les résultats de la veille, notre victoire. Nous mettons un peu d'ordre dans l'entrée, jetant les prospectus périmés, les substituant par d'autres. Franck chasse du pied des résidus de gomme blanche pendant que je monte le chauffage dans le bureau de Guy, actionne le volet roulant de son unique fenêtre, allume sa lampe bouillotte. L'étendue de bois verni est aussi lisse qu'une table de billard. Nous n'avons aucune envie de nous y mettre, mais cette fichue formation doit bien être validée.

« Adrien ! Adrien ! »

Mme Aunet fait irruption, haletante. Elle a parcouru les cinquante mètres entre sa boulangerie et l'agence au pas de course. Trémolos dans la voix, nez encombré, séché au mouchoir à motif Vichy exhumé de l'intérieur de sa manche, elle s'explique péniblement ;

« C'est Jean-Philippe, le pauvre, oh mon Dieu, je suis venue vous le dire dès que j'ai su. »

Franck l'invite :

« Prenez une chaise, madame.

— Ah, vous voilà. Bonjour. Je suis venue…

— Dès que vous avez su. Reprenez votre souffle et dites-nous tout.

— Jean-Philippe a fait un malaise cardiaque. Le cœur qui s'arrête ou va trop vite, je ne sais pas ces choses-là, moi. Sa femme vient de tout me raconter.

— Comment va-t-il ?

— Il est chez lui ! Ils l'ont opéré dimanche, lui ont mis deux trucs dans les artères, des ressorts je crois, et hop, sauvé !

— Des stents, je pense. Il a fait un malaise chez lui ?

— Oui, repas de famille dimanche midi et bim ! la tête dans le rôti. »

La tristesse, même feinte, a maintenant déserté cette femme. Elle vient de mimer notre cafetier au moment où il allait passer de vie à trépas et s'est sans doute trouvée excellente comédienne. Elle ajoute en se relevant :

« Je vais aller raconter ça en face. C'est pas tous les jours, quand même.

— Merci de nous avoir tenus informés.

— De rien, de rien. Dans mon commerce, tout se sait. Et puis, comme vous êtes fourrés là-bas tous les matins, je me suis imaginé que je pouvais bien vous le dire. »

21.

Le lauréat

En fin de journée, Guy arrive à l'agence avec une copie de la délibération qui attribue les lots de l'appel d'offres. Nous recevrons l'original demain par pli recommandé. L'homme salue le travail de Franck dans une longue tirade impossible à interrompre. Il termine sur ces mots :

« Vous n'avez plus besoin de moi, Adrien. Cette fois, vous êtes sur de bons rails. Je reviendrai vous voir de temps en temps, mais mon bureau sera bien plus utile au petit, comme nous l'avons évoqué.

— Guy, vous serez toujours un peu chez vous ici.

— Regardez dehors : c'est votre nom sur la plaque, jeune homme, pas le mien. Ma femme me dit toujours : "Laisse donc les jeunes travailler à leur façon." Pour une fois, je vais l'écouter. Et puis je ne serai jamais très loin ; l'office de tourisme, où je passe l'autre moitié de mon temps, est juste derrière les halles. Vous pourrez m'inviter à déjeuner de temps en temps.

— Joignez-vous à nous ce soir, venez avec Madame votre épouse. J'ai convié quelques amis au bar de l'hôtel Saint-Denis.

— Il paraît qu'une recrue de qualité remplace cet olibrius d'Igor depuis peu. J'accepte bien volontiers.

— Olibrius ?

— Relis *Tintin*, mon cher Franck. À ce soir, mes bons amis. »

Il sort, avant d'opérer un demi-tour en tenant la porte ouverte :

« Au fait, je vous dirai trois mots sur une nièce qui conviendrait fort bien pour le poste de secrétaire. »

Franck et moi descendons la rue Notre-Dame côte à côte, laissant derrière nous le magnifique portail nord de l'église, ses anges et sa statuaire imaginaires, absents faute de restauration, de crédits, d'intérêt – corniches vides en péril, pierre qui s'effrite autour de la porte à double battant sculptée aux visages des comtes du Perche. Sur la gauche, trônant au milieu de la pelouse, une œuvre de béton moderne qui a dû engloutir tout le budget un soir de vote au conseil municipal. Plus bas dans la ville, l'hôtel Saint-Denis tient son nom de l'ancienne porte du fort Toussaint, une arche du XIIe siècle toute proche. La partie supérieure, une élégante galerie style Renaissance, abrite encore le musée du plus célèbre des Mortagnais, le penseur Alain. Ici, chacun connaît ce fragment d'histoire ; l'endroit est photographié de l'aurore au crépuscule, mais peu de gens visitent la collection du philosophe.

Par les fenêtres de l'établissement, j'aperçois la silhouette élancée de Paul, premier arrivé, discutant avec le propriétaire, une main sur le manteau de la cheminée. Je suis rassuré : depuis des jours, sa présence me manque et a fait naître un mauvais pressentiment. Le foyer renvoie une chaleur épaisse dès l'entrée ; on se sent enveloppé par les tissus tendus, les drapés posés sur les fauteuils club, les fragrances de tabac, de cuir et d'ambre. Mon ami m'adresse un clin d'œil, signe que sa conversation ne doit pas être dérangée ; il semble mimer un grand cadre, puis les traits d'un personnage, l'éclairage d'une scène. Dans quelques minutes, son interlocuteur sera, à coup sûr, propriétaire d'un nouveau tableau.

Nous installant un peu à l'écart, près du bar et de la bibliothèque, Franck et moi saluons le serveur, qui, penché sur une préparation minutieuse, ne nous présente qu'une longue mèche de cheveux noirs et épais. Ses doigts dansent sur la peau d'une orange dont il fait des serpentins de zeste. Il porte une bague en argent au pouce et deux autres au majeur et à l'index de la main opposée. Ses poignets, recouverts de bracelets, s'enroulent en tout sens dans des gestes précis. Il relève la tête, « bonsoir, messieurs », tandis que Franck lui fait déjà face.

« Bonsoir, monsieur. Nous allons prendre deux gin-tonics.

— Vous pouvez m'appeler Benjamin. Deux gin-fizz plutôt ? C'est meilleur avec le citron. »

Le garçon a de longs cils que l'on pourrait croire maquillés.

« Comme vous voulez.

— Je vous les apporte dans un instant. »

L'intonation de sa voix est parfaitement neutre, bien que courtoise, à la grande déception de mon compagnon de boisson, qui vient s'asseoir et affiche des yeux interrogateurs. Nous ne manquons rien de la cérémonie – cliquetis d'un anneau sur le shaker, bruit des glaçons qui percutent le métal. Sur un plateau transparent, le barman dresse également deux petites coupelles d'olives noires et vertes aux amandes. Il s'avance vers nous, jean sombre comme son tablier, chemise blanche ajustée, scrupuleusement repassée. Ses manches retroussées laissent entrevoir un dessin. Il dépose les deux verres sur la table basse, s'éloigne tandis que Paul nous rejoint et lance :

« Vous avez commencé sans attendre et vous avez bien raison !

— Franck, mystérieusement, est allé commander dès notre arrivée, dis-je, espiègle.

— Ouaip, répond l'intéressé. Eh bien, ne faites pas de pronostics trop vite. »

Nous sommes fixés sur les orientations du barman dans les minutes qui suivent avec l'apparition de Romy et de Mathilde, postées de longues minutes devant les flammes à deviser avant de venir nous retrouver. La jeune recrue aux yeux aussi sombres que ses cheveux aura donc vite douché les espoirs de Franck. Et éveillé quelque chose tout aussi promptement dans le regard de Mathilde, sans que les deux échangent un seul mot. Je les observe. Au moment de servir, le Coca en dernier, un bras frôlant l'autre. Au moment de repartir, leurs visages faisant mine de s'ignorer.

M. et Mme Valentin apparaissent et s'installent dans des fauteuils avancés par le patron lui-même. Il n'est plus question de s'en aller, mais bien d'écouter quelques anecdotes dispensées par Guy, secrets de Mortagne que les moins de soixante ans ne peuvent pas connaître : l'allure du maire en culotte courte et cagoule de laine en cet hiver si rude où l'étang de la Folle-Entreprise avait gelé ; cette même année, le quincaillier – mon grand-père – qui roulait en 2 CV sur l'étendue ainsi solidifiée ; le bon temps des assurances quand l'agence

Valentin était l'unique à des kilomètres ; des armes allemandes retrouvées chez l'épicier ; le jardinier qui, sans aucun doute, est le père du fils Untel ; le plombier qui, par miracle, n'a jamais eu de contrôle fiscal. Un carrousel qui donne le tournis.

Les yeux dirigés vers le bar, je l'entends à peine ; je saisis encore deux ou trois bribes de son discours nostalgique :

« De mon temps, le bonheur, c'était de danser avec une fille au bal du samedi soir. Dans les années 1970, nos gamins fumaient pour planer ; maintenant, on se drogue pour que tout aille plus vite, et il n'y a plus ni filles ni garçons. Je ne comprends rien à cette génération ! »

À l'autre extrémité de la pièce, Igor observe la chevalière armoriée du conteur aux cheveux gris avec un sourire mauvais. Il se hâte de repositionner le pare-feu après avoir ajouté une bûche sur les braises mourantes, range deux ou trois magazines, feint d'être utile. Il connaît l'endroit : il se tenait derrière ce bar, *son* bar, il y a peu. Désormais, il fait le larbin pour ne pas perdre son poste, espérant retrouver au plus vite ses verres et ses bouteilles. Il s'éloigne, les poings serrés. Dehors, le propriétaire de l'établissement l'attend de pied ferme pour qu'il l'aide à déplacer la terrasse et à diverses autres corvées.

Mathilde a glissé jusqu'au comptoir, lassée des ragots et des contes pour quadragénaires. Ses coudes ne soutiennent plus sa tête, elle s'étire, se penche vers le jeune barman sans s'en rendre compte.

« Je veux bien un autre Coca, s'il vous plaît.

— Tu n'essaies pas ma spécialité ?

— Non, merci, je ne bois jamais d'alcool. Et je ne veux pas vous tutoyer non plus. »

Pour accompagner ses mots, elle recule de dix centimètres, à peine.

« Un Coca. Bien, madame. »

Il prend son temps, lave puis essuie un verre, au ralenti. Laisse tomber trois glaçons, l'un après l'autre. Sous ses manches retroussées, elle aperçoit des écailles, l'extrémité d'une bête tatouée, dangereuse, cachée sous la chemise.

« Vous êtes une vieille dame dans un corps de jeune ?

— Toi, en revanche, t'es bien le mec dont tu as l'air.

— De quoi ai-je l'air, s'il vous plaît ? »

Elle marque un temps, puis répond, le visage tourné vers lui :

« C'est quoi, le tatouage sur ton bras ?

— Vous ne répondez pas à la question.

— Non. Les nanas qui tombent amoureuses du barman, c'était dans les années 1990, tu sais. Et encore, dans les films. »

Il essuie deux autres verres déjà secs, puis relève un peu sa manche.

« C'est un dragon.

— Chouette. Je veux bien une rondelle de citron, s'il te plaît. »

Il sourit largement, ce qui le rend encore plus beau.

« On se tutoie, maintenant ?

— La vieille dame t'autorise. Tu me l'offres ?

— Le verre suivant, alors. Le dernier verre.

— Celui après ton service ?

— Oui. Dans une petite heure. »

20.

Brandt Rhapsodie

En sortant, j'adresse un regard complice à Mathilde. Franck reste avec les « jeunes ». Je marche en compagnie de mes amis jusque chez eux, propose mon manteau à Romy, qui grelotte sous le vent et l'humidité. Avant qu'elle n'ait eu le temps d'accepter, son compagnon lui recouvre tendrement les épaules avec sa veste. Nous remontons la ville ensemble, sans autre bruit que nos pas effleurant la nuit. Curieusement, la venelle que nous empruntons est plongée dans l'obscurité ; la lueur de nos téléphones est notre guide. D'un geste précipité, Paul fait disparaître un message apparu sur son écran et manque de briser l'appareil, tombé au sol. Romy ne dit rien, semble ne même pas avoir remarqué la seconde de gêne sur les traits masculins de celui qui, à cet instant, nous est étranger. Devant leur porte, je m'apprête à les embrasser pour leur dire au revoir, mais eux entrent sans rien dire, comme si je n'avais d'autre choix que de les suivre.

Romy file sous la douche pour revenir les cheveux plaqués en arrière, ruisselants, vêtue d'un sweat-shirt gris clair. Dans la cuisine, un numéro de duettistes s'engage – « je préchauffe le four », « mince, il n'y a plus de dés de jambon ». Paul, le dos tourné, occupé à remuer des ingrédients dans un grand bol de grès ébréché, engage une conversation étrange :

« Je suis vraiment heureux pour toi, pour ton agence. Ces nouveaux contrats sont une sécurité à long terme.

— Trois ans, peut-être cinq. Quand il faudra tout recommencer, je serai à peine moitié moins endetté.

— Bien sûr. Mais maintenant tu es bien installé chez toi, ton entreprise est réglée comme une horloge, le petit Antoine affiche un sourire permanent : tu as fini de te battre, Adrien. Désormais, tu dois avancer, pour toi.

— Que veux-tu dire ?

— Ne fais pas l'idiot.

— Trouver quelqu'un… c'est ça ?

— Chercher, oui. Plutôt que de faire semblant, de reluquer les garçons pour éviter de croiser le regard d'une fille ou de coucher avec Mathilde pour ne pas te sentir trop seul. »

Son dernier coup de fouet dans le bol envoie une traînée jaune et épaisse sur le sol.

« De quoi tu me parles, Paul ?

— Je connais le rôle, mon grand, je l'ai joué, je le joue encore. La partition, je peux te la réciter par cœur.

— C'est vrai que tu récites, sans arrêt même. Mais pourquoi ce soir, là, tu te mets à me juger ? Dis-moi…

— Nous en reparlerons plus tranquillement.

— Non, tout de suite. C'est le jour de la lessive. Dis-moi, bordel !

— Tu m'aimes, Adrien ? Je veux dire, tu aimes l'ami que je suis devenu ?

— Oui. Oui, vraiment.

— Depuis qu'on se connaît, je t'ai toujours dit ce que je crois avoir à te dire, sans rien t'épargner. Ce soir, c'est la dernière fois, les dernières choses importantes. Ma mission avec toi est terminée.

— Regarde-moi, Paul. »

D'un seul mouvement, il déverse le contenu de son récipient dans le moule à manqué. Il affronte mon regard une seconde, me force à m'écarter pour ouvrir le four, dont la chaleur bouillante et sèche me saute au visage, comme le soleil des Saintes le premier jour.

Regarde-moi !

« Adrien, je vais bientôt partir. Pas totalement, pas disparaître. Ce sera à peine perceptible. Je vais m'effacer, doucement m'effacer.

— Qu'est-ce que tu racontes ? Tu me fais flipper. »

Romy, pieds nus, surgit sans bruit dans l'encadrement de la porte.

« Ce n'est pas le moment d'en parler, Paul. Cette soirée était dédiée à Adrien, mais il faut que tu la fasses tienne, c'est plus fort que toi ! »

Elle pleure, deux ou trois larmes que mon ami essuie sur ses lèvres, tandis que, immobile, je me fige sous le poids de ce que je viens d'entendre. Je visualise le couple à la terrasse du Théâtre la première fois que nous avons bu du Prosecco ; je les idéalisais, imaginais leur vie au fur et à mesure que je les voyais vivre, tendres, complices, solides. J'avais bien deviné une fissure, peut-être un regret ou deux dans leur existence moderne, mais ce soir ils m'attirent en coulisse, m'obligent à regarder derrière le décor. Je déteste les voir sans fard. Romy poursuit :

« Ne sois pas triste, ne sois pas fâché, Adrien.

— Je ne sais pas quoi dire. Je ne sais pas…

— On recommence toujours la même histoire, Paul et moi. On s'aime, on fait des projets, on s'installe. Puis on s'ennuie. Alors, d'autres idées arrivent, on déménage, on rit entre deux verres. Puis l'ennui. Encore une maison, deux chambres – il faut bien coucher les invités. La liberté au prix fort. Comme un excès d'alcool : on s'habitue à être grisés, on tremble dès que survient le manque, et chaque jour on augmente un peu la dose. On recommence, c'est tout.

— Mais qu'est-ce que tu me racontes, Romy ? Et toi, tu t'en vas où, Paul ?

— Je ne vais nulle part. Je lève l'ancre.

— Tu me gonfles, ça ne veut rien dire. Romy, il va où ?

— À Paris, chez un mec, sans doute. Et ici, chez nous, un peu aussi. Tu comprends, je ne peux pas le perdre. »

Je pars sur ces explications, perturbé mais presque convaincu qu'ils ont trouvé la solution, la bonne posture. Mille fois mieux que mon divorce et un gamin déchiré.

Je m'endors, sonné comme un boxeur. La nuit est encore noire à mon réveil, mes tempes douloureuses. Le chat proteste contre cette agitation nocturne ; il saute du matelas et bombe le dos, bâille en dévoilant ses petits crocs blancs sous l'assise d'un fauteuil tapissé d'un lin épais. L'animal se faufile en silence sur le palier, gravit l'escalier sans faire craquer le bois. Il parvient à entrebâiller la porte du grenier, dont la clenche est cassée. Et moi je descends tout en enfilant un vieux jean et un sweat-shirt. L'animal poursuit son chemin dans les étages, se faufile dans un passage à sa taille de félin. Ça sent la souris empoisonnée. Des étagères, des étagères encore, vides. Juste des cartons d'ustensiles modernes. Ce n'est pas l'heure pour lui de jouer avec les reflets de la lune ni avec la petite pierre en forme de bille. Au sol, il fait attention aux morceaux de verre. D'un bond, il s'agrippe à une poutre, s'accroche, se glisse par la tabatière cassée. Il est désormais libre sur le toit, le long du faîtage. Viennent alors les gouttières, plus sales ; un autre morceau de verre est planté là, dangereux. Il m'aperçoit du haut du mur, réalise le dernier saut, un jeu d'enfant. Moi, je relève ma capuche et referme doucement la porte qui donne sur la rue.

Je sors, parce que je ne respire plus. Depuis des heures, j'enferme les mots de Paul et de Romy, je les repousse, les recouvre de mille autres choses sans importance. Mais ils résonnent, cognent sans faiblir. Je dois aller marcher, mes écouteurs bien en place, le volume de la musique au maximum. Le chat est perché à trois mètres. Je lui adresse un signe ; la lumière du réverbère se reflète dans ses pupilles dilatées ; ses yeux disparaissent, puis son corps ; il s'évanouit. L'obscurité sera totale quand le dernier filament de l'ampoule, là-haut, sur ce réverbère capricieux, aura vacillé.

Près de la porte Saint-Denis, j'aperçois Igor qui rôde autour des poubelles, manipule les vides et les pleines, les marron et les jaunes, puis donne soudain un coup de pied dans l'air : il a dû manquer le chien de son patron.

Avec son odorat et ses yeux aiguisés, Gribouille, vagabond, observe l'homme alcoolisé. Il traverse la venelle aux pavés toujours froids et coupe par le jardin de la maison « Henri IV ». Il semble percevoir une odeur forte à travers les murs de la tour, une chaleur que lui seul est capable d'identifier, d'une vie à l'autre : un roi a bel et bien séjourné ici. Il court pour éviter que ses coussinets ne gèlent, ne glissent sur les traînées de mousse.

Moi, je chemine vers mon ancien collège, tout près de chez mes amis. Paul est certainement en train d'étaler les dernières braises inoffensives, sa haute silhouette penchée pour remettre en place le tisonnier. Il souffle sur la bougie « Ernesto », son parfum préféré de la manufacture de cire mortagnaise. À l'étage, Romy sommeille déjà. En remontant la rue, je tombe sur l'ancienne boutique d'un charcutier – ma mère s'y approvisionnait et, parfois, l'artisan me tendait une rondelle de saucisson au bout de son couteau. Il était grand et fort, je le pensais indestructible. Deux ridicules années après sa retraite, son cœur s'est arrêté.

Cette sortie parmi les ombres, à coup sûr, n'arrangera pas mon moral. J'active mon téléphone, sélectionne une autre musique, un autre style. Je compte les fenêtres encore illuminées, imagine ce qui se passe chez ces gens, endormis ou éveillés. Le projectionniste ferme à double tour la porte du cinéma de l'Étoile et, dans mes écouteurs, un refrain dit : *Je panique en douceur.*

Le chat n'est pas loin, il me surveille, voit lui aussi les derniers spectateurs s'éloigner à la recherche d'un bar ou d'un coin tranquille. Assis sur le rebord de la fontaine, il observe un vieux monsieur qui scrute la rue depuis sa fenêtre, s'imaginant invisible dans l'obscurité de son appartement. À chaque clignement de paupières, l'homme s'essuie le nez avec son mouchoir au tissu usé ; c'est sans doute cela, être triste.

Tout près, la porte du café du Théâtre s'ouvre. Je tressaille, me dissimule derrière un pilier des halles. Je reconnais le visage de la coiffeuse, qui passe nerveusement la main dans ses cheveux. À ses côtés, Jean-Philippe s'agenouille pour introduire la clé dans la serrure, tout en bas du montant vitré. Ils échangent quelques mots et, enfin, après un coup d'œil rapide et circulaire, le patron du café embrasse sa maîtresse.

Au Clos de la Pierre, tout est immobile et silencieux. Mon Gribouille trottine sur l'herbe, qui verglace à l'extrémité des brins. Il avance vers le bassin, lape sans s'occuper de moi. Il aurait sans doute préféré l'eau de la fontaine, l'onde remuante dès le printemps, celle qui ne stagne jamais, qui est bonne à boire.

Nous rentrons comme un vieux couple après sa promenade, soulagés de retrouver les radiateurs chauds, les odeurs particulières, la vie de notre maison. Avant de plonger dans le sommeil, le chat lové contre ma cheville, j'entends les mots de mon amie, un filet de voix : « Tu comprends, je ne peux pas le perdre. »

19.

Les promesses

Me voici de retour à La Perrière : j'ai été invité à une seconde soirée. Sous les roues, j'entends crisser les petits cailloux en stationnant ma voiture. Il fait déjà nuit. Paul doit nous rejoindre un peu plus tard, il est resté bloqué sur le périphérique parisien. J'ai dû insister auprès de Romy, proposer d'être son chauffeur, l'assurer de ne pas la quitter trop vite ; j'avais envie de revenir ici, mais pas de m'y retrouver seul. Je n'espérais pourtant pas être de nouveau convié ; je pensais avoir été gauche, malhabile, m'être comporté comme un intrus. Ce soir, Mathilde ne sera pas présente. Et moi, je serai au milieu de tous les autres, connus et inconnus, source intarissable d'excitation.

Un peu plus tôt, au bureau, j'ai reçu un courrier électronique de la fille du parking. Trois ou quatre lignes et un dossier numérisé : ses contrats d'assurance « à optimiser ». Je lui ai répondu, et nous sommes convenus d'un rendez-vous téléphonique dans quelques jours. Puis elle m'a remercié de lui avoir tenu compagnie « l'autre soir », a ajouté : « Ça serait sympa que l'on puisse faire affaire ensemble. » J'ai perdu les contours de ton visage, Héloïse ; je ne me souviens plus que de tes doigts fins prolongés par une cigarette.

La première fois, j'avais été moins gêné par la nudité, même partielle, de Romy. J'avais gardé en mémoire le tracé rond de ses épaules et le galbe léger de son buste. Ce soir, dans l'ombre bleutée de la piscine, je me pare d'un linge de coton pour la rejoindre sur les méridiennes. Sur le tek, des coussins plus épais qu'une bible. Elle est vêtue d'un voile pâle, presque opaque. J'ai apporté avec moi deux verres trop remplis, et la première gorgée me monte à la tête, sans doute à cause de la chaleur sous la verrière, de la température de l'eau bouillonnante. Romy n'attend plus son homme, son compagnon, et moi je n'attends plus mon ami. Il est passé maître dans l'art de s'évanouir avec grâce pour mieux réapparaître au coup de gong.

En préambule de la baignade, nous discutons jusqu'à la dernière gorgée, avant de jeter nos glaçons dans le jacuzzi, un jeu d'adresse pour gamins éméchés. Tantôt un inconnu s'assoit sur le coussin qui sépare nos corps, tantôt c'en est une autre qui vient déposer quelque chose de sucré dans nos bouches, interrompant notre conversation discrète. Je cherche au loin et sans espoir une silhouette pour m'éveiller, me distraire. Mais, à chacun des mots qu'elle distille au compte-gouttes, je me rends compte que c'est de sa peau interdite que j'ai envie, de son souffle délicat, de l'inclinaison de son cou, de ma main dans ses mèches blondes comme seule folie permise entre nous. Dans nos ventres, l'angoisse d'affronter ce désir. Puis le silence total, étiré et doux comme un baume sur une brûlure, un mouvement de lèvres, presque un sourire pour tracer le circonflexe sur sa joue avant que tout ne s'évanouisse ; elle est mon amie, je suis le sien ; un geste de plus, et tout s'écroule. Ce soir est pareil à la première fois. J'observe le dessin flou de ses jambes et de son abdomen, un peu de sa peau hors de l'eau. Elle fait semblant de contempler un astre, m'éclabousse d'un pied que je ne saisis pas. Nous trinquons encore en levant doucement nos verres, une promesse en secret dans chacune de nos têtes.

Nous nous sommes endormis dans la chambre la plus à l'écart, après nous être perdus, puis retrouvés tard dans la nuit. Le lit n'est pas très grand, et pourtant nos corps ne se touchent pas. Juste le bruit de nos respirations, le battement du sang qui cogne le long de la gorge.

Plus tôt, j'ai aperçu Paul accompagné d'un des garçons de Versailles. Pas le beau Romain, mais celui dont j'oublie sans cesse le prénom. Mon ami a fait siennes les tentations les plus délicieuses et balaie désormais d'un revers de main les difficultés, les freins, comme une poussière sur l'épaule. Le garçon près de lui s'est évaporé une seconde après avoir exhibé un sourire gêné.

Au petit matin, l'antiquaire se penche sur le corps de sa compagne, prononce une poignée de mots. Et moi, les yeux grands ouverts, je ne bouge pas. Il est tendre et touchant tel un amant candide, délicat dans ses moindres gestes. De cet homme on tombe fatalement amoureux, d'un amour dont on ne se détache pas.

Puis l'aurore s'ouvre. Romy croque sans appétit dans un morceau de brioche. Sous ce visage faussement radieux, elle semble dissimuler un abîme.

18.

Reflet d'une étoile

Mes quelques liaisons dues à l'algorithme de l'application de rencontre se sont révélées des échecs rapides à diagnostiquer. Je me suis acharné sans conviction à chercher un corps plutôt qu'une relation, incapable de donner ou de savourer une première lueur de sentiment. Perdu plus encore que je ne l'étais déjà, je me suis obstiné, continuant à m'égarer.

Étendu dans mon canapé près d'un feu vif, les pieds appuyés contre le corbeau tiède de la cheminée, il me reste des messages à découvrir sur mon téléphone, des échanges avec ces filles que je m'apprête à effacer d'un coup d'index. Je lis à nouveau, écarquillant un peu plus les yeux à chaque phrase.

Nous ne discutons pas de la même chose : elles évoquent la vie, moi une rencontre. Elles disent envie, moi désir. Parlent d'audace, moi de peur ; de joie, moi de blessure. Elles veulent partager, mieux me connaître. Narcissique, je manque toujours de courage, jusqu'à repousser le moment de rédiger une réponse franche.

Au marché, un samedi matin, j'ai croisé le regard de l'une d'elles et j'ai eu honte. Une honte atroce qui m'a tordu le ventre presque à m'en faire vomir, qui m'a giflé le visage à m'en marquer la joue. Ces relations déçues, trahies, comme autant de cailloux aiguisés dans ma chaussure, frottant ma chair jusqu'à la faire saigner, m'ont éclaté au visage à ce moment précis, l'instant où je me suis retrouvé coincé entre deux yeux accusateurs qui ne lâcheraient pas leur proie. Je me suis approché d'elle, balbutiant un « pardon » sans âme, impardonnable. J'ai fui à reculons et à grandes enjambées ; j'aurais mérité qu'elle me crache à la figure.

Je me suis perdu, construit un personnage toxique et dégueulasse que personne n'aura plus jamais envie d'aimer. Et c'est cela qui me décide à mettre fin à ce cinéma de clics et de swipes. *Game over.*

Je me dirige vers la cuisine, sifflant le chat comme on le ferait d'un chien. Le miroir est dressé devant moi, dans l'entrée de la maison. Je l'ignore pour aller me préparer une tisane, sortant une grande tasse à l'inscription effacée. Et puis je reviens l'affronter. Mes cheveux ternes couchés sur mon front, des cernes gris au-dessus de mes joues gonflées par les excès, ces épaules autrefois fortes qui maintenant s'affaissent vers le sol. Une voix dans ma tête, deux femmes à l'unisson : « Écoute-toi, Adrien, ou bientôt tu seras perdu. » Une note stridente : le cri de l'eau bouillante qui s'évapore.

En versant le liquide, je m'éclabousse d'une minuscule gouttelette. Elle marque ma main de rouge, et je laisse naître la cloque, apparaître un stigmate. De cette blessure de rien montent les larmes, assommantes, au point que je dois m'appuyer sur le plan de travail. Le chat, maintenant assis entre mes jambes, reste immobile. Il semble articuler : « Enlève ta chaussure, chasse le petit caillou. Voilà, c'est tout. » L'évidence animale prononcée avec la voix de Paul. Gribouille ne veut pas que je le prenne dans mes bras. Il est là pour signifier un « je t'aime », mais pas pour me regarder m'apitoyer sur mon sort.

Dans la salle de bains, le même soir, je jette les échantillons de parfum qui donnent envie d'essayer, créent l'illusion du changement. Je me débarrasse également des flacons vides, ces jolis récipients désespérément inutiles alignés sur une étagère. Le vaporisateur de Bonne-Maman n'en est désormais que plus beau. Il attend, cristal dépoussiéré, qu'un être s'en saisisse et fasse danser la petite poire de tissu. Et tant pis si on l'abîme, et tant pis si on le brise ; il vivra.

La cloque est ridicule sur le dessus de ma main.

Le chat, toujours immobile, attend pour se coucher.

En rêve, je retrouve le miroir, affronte mon reflet.

J'observe cet Adrien, prêt moi aussi à lui dire : « Ou bientôt tu seras perdu. »

Et je me rappelle la promesse faite à Mathilde.

Quelques jours plus tard, allongé chez le tatoueur de Mortagne, je suis heureux de voir tracée sous mon sein gauche une étoile éternelle, là, juste en dessous du cœur. Un souvenir à l'encre des marins qui traversent le monde, à l'encre de Vitruve l'architecte, liquide dorénavant prisonnier de ma chair.

17.

Confidence pour confidence

Nous nous sommes revus une fois, sur le même parking de supermarché à Falaise. Héloïse m'a d'abord confié ses contrats d'assurance, puis son numéro de téléphone portable. Elle avait reçu sa « livraison » d'enfants avant que je ne m'avance vers elle pour la saluer. Puis elle s'en est allée, précédant l'arrivée de Margaux, passagère du yacht noir, tandis que « l'autre » m'adressait un timide signe de la main. Ce soir-là, une fois Antoine endormi, j'ai cherché à envoyer un message sibyllin. L'instant suivant, Héloïse me répondait en des termes bien plus simples : « Invitez-moi à boire un verre. »

Un lundi vers 18 heures, une grosse poignée de jours plus tard, j'attends la jeune femme près du musée des Automates de Falaise. Nous avons fixé la date sans réfléchir, en trois échanges électroniques. Dans les petites villes de province, le lundi, c'est répétition générale pour la Toussaint : brouillard, solitude. Les commerçants sont au repos, seul un boulanger sur quatre est ouvert, idem pour les bistrots. Dans le quartier, les devantures sont grises, inanimées.

Héloïse est à l'heure de mon retard – c'est un point positif pour la jeune femme –, range sa voiture près d'une camionnette qui la dissimule tout à fait. Elle apparaît, lancée d'un pas décidé sur des talons carrés de quelques centimètres qui la hissent presque à ma hauteur. Elle me salue en remuant timidement les doigts alors que je m'avance trop vite vers elle.

« Ça me fait plaisir de vous revoir ailleurs que sur un parking. »

Elle actionne une télécommande devant son automobile, et le clac des portières qui se verrouillent couvre à peine le bruit de ses chaussures sur le trottoir. Elle ajoute :

« J'espère que nous trouverons un endroit pour boire un verre. Venez, je crois me souvenir qu'il y a un petit troquet qui ne ferme jamais du côté des remparts. »

Nous voilà, deux promeneurs inconnus l'un de l'autre, progressant sans dire un mot qui vaille la peine d'être retenu. Parfois, faute d'espace le long des vitrines, je fais un pas de côté, jusque dans le caniveau. Elle me devance alors et ne semble pas remarquer mon attitude attentionnée, marchant vite sur ses semelles bruyantes. Clac, clac. Clac, clac.

Le café-PMU est au bout de la rue ; de loin, je distingue son store et sa façade verts comme de l'herbe grasse, les férus de paris hippiques figés sous l'écran de télévision, la lumière rouge de la carotte-tabac telle une alarme fixée dans le ciel. Sur le même accotement, nous dépassons une boulangerie, porte ouverte et odeur d'eau de Javel accrochée au pavé trempé. Un peu plus loin, une dame patiente devant le tambour d'une machine de laverie automatique en lisant un magazine où s'étale la vie des stars de télé-réalité.

Je pousse la porte du Longchamp avec l'envie de repartir ; un rire nerveux remonte depuis mes entrailles au moment où Héloïse me précède, me remerciant pour ma courtoisie. Ses cheveux sentent la vanille, et son long manteau dissimule les formes de son dos, de ses hanches, à mes yeux pervers. Elle a choisi la table la plus à l'écart, sur laquelle s'entassent encore les corbeilles de pain et quelques couverts propres du déjeuner. Cette soirée est un naufrage, sans musicien.

« Héloïse, vous me promettez que ce n'est pas une caméra cachée ?

— J'étais sur le point de vous poser la question. Allons, décidons de quelque chose à boire. »

Elle s'adresse alors à l'homme derrière son comptoir.

« Monsieur, s'il vous plaît, vous pourriez prendre notre commande ? Pour moi, un jus de pêche. »

Les canots de sauvetage sont accostés très, très loin.

« Et moi un Coca Zéro. Merci, monsieur. »

J'attrape un quignon de pain, le grignote nerveusement et m'adresse en murmurant à ma voisine de souffrance :

« J'organise une évasion. »

Elle écarquille les yeux et commence à sourire en ramenant une main devant sa bouche.

« Refaites vos lacets, je pose un billet et on file à l'anglaise. Vous en êtes ?

— Tirons-nous d'ici ! »

À l'instant où nous nous apprêtons à nous relever, le patron-serveur-bookmaker aligne ses verres et nos boissons sur la table. Ses cheveux gris sont impeccablement lissés, ses gestes assurés. Il sert avec soin Héloïse, comme s'il s'agissait d'adoucir un cocktail Bellini au Florian de la place Saint-Marc. Sur son plateau disparaissent les couverts en acier et les corbeilles en osier. Il ajoute simplement : « Je reviens. » Les derniers parieurs sont partis ; seuls demeurent deux jeunes hommes installés sur une banquette, rejoints quelques minutes plus tard par un autre garçon et une fille noyée dans sa salopette en jean. La télévision est éteinte. D'un endroit mystérieux surgissent le craquement d'un disque vinyle sur une platine, puis la musique, des chanteurs de variétés connus par leur prénom.

Elle me raconte sa vie de commerciale dans l'entreprise de son ex-mari, balaie l'évidence de cette situation insupportable pour que la conversation demeure légère, s'intéresse à moi, vérifie son téléphone – j'aperçois sur son écran le logo de l'application de rencontre –, fronce un sourcil, relève la tête, et son sourire me fait parler de Mortagne, des assurances, du commerce, du printemps qui revient. À une table voisine s'est installé un autre couple. Ils découpent une petite terrine au parfum de baie et de gibier et étalent des triangles couleur de viande cuite sur un pain à la mie brune et à l'épaisse croûte dorée. Une voix derrière le comptoir, à notre intention : « La même chose ? C'est la spécialité de la maison le lundi soir. » Il y a bien deux ou trois œillades dans notre direction quand d'autres clients entrent, se dirigent machinalement vers leur table d'habitués que nous occupons, cherchent une autre place, si possible deux ou trois chaises plus loin. Héloïse croque maintenant à pleines dents blanches dans sa tartine de terrine et s'amuse chaque fois qu'un petit morceau tombe au sol. Il est plus de 21 heures, la bouteille est restée sur la table, et je nous sers un second verre de vin à la robe rouge, légère et brillante.

C'est étrange, invraisemblable, comme une relation avorte ou naît, échoue en silence ou violemment, d'un mot, d'un geste, à la suite d'une intervention providentielle ou non, du fait de la volonté de croire ou non à cette dernière. Nous quittons le Longchamp avec les derniers clients à l'heure de la fermeture, remontant le col de nos chemises et soufflant sur nos mains pour les réchauffer. Nous rions au lieu de fuir, partageons du pain et du pâté de viande au lieu de nous trouver des excuses par messages interposés. Sans filet, sans filtre, je me confie à cette femme. J'oublie de lui plaire, je ne tente rien pour la séduire. D'ailleurs, je ne lui plais pas. Et maintenant, je me sens un peu perdu après qu'elle s'est ratatinée derrière la petite porte de sa voiture en agitant les doigts, encore.

16.

Métal hurlant

Ce dimanche, je me réveille en milieu de matinée. Depuis quelques jours, les branches des arbres sont délivrées de leur gangue de givre à l'aurore. Les insectes doivent remonter des profondeurs de la terre, comme la sève, poussés par une énergie magique et éternelle, un nouveau cycle.

Antoine joue dans sa chambre à construire un avion insolite qui prendra vite forme de vaisseau spatial. En sourdine, il écoute les titres d'une playlist élaborée ensemble, chacun sa chanson, un morceau sur deux. Pendant le petit déjeuner, qui se prolonge, j'étale pour lui le beurre aux cristaux de sel sur des ficelles fraîches et encore tièdes ; le miel, un peu figé, retombe en petites boulettes sur la mie beige, et peu à peu se dessine en bordure de ses lèvres une fine moustache de chocolat.

Un message apparaît sur mon téléphone posé au bord de la table : Héloïse demande ce que nous faisons, elle seule sans ses filles, nous au Clos de la Pierre, qu'elle ne connaît pas encore. Cela fait quelques semaines que nous discutons par SMS. Nous sommes retournés une fois au Longchamp pour retrouver la saveur d'un lundi soir, sans parvenir à réveiller le bonheur typique de la première fois. Nous avons dîné à deux occasions, sans désirer nos lèvres ni nos lits, sans tenter le diable.

Il me prend l'envie de changer l'atroce fil électrique en plastique havane d'une lampe ancienne de salon chinée dans une brocante à La Perrière. Un flambeau, issu d'une église pillée dans les excès d'un temps sans roi, péché mortel oublié au gré des ventes, des héritages et du temps qui lave, efface les fautes. Je ne vois que cette torsade brune, jaunie par les heures. Mon second bol de thé ne fume plus ; j'avale le jus des feuilles noires à la bergamote tandis qu'Antoine dévisse l'ampoule puis l'abat-jour avec précision : nous avons installé un petit atelier sur la table de la cuisine.

Le nouveau fil, réplique des versions anciennes, recouvert de tissu, est trop épais. Ni mes doigts ni ceux, minutieux, de mon garçon ne parviennent à glisser les câbles conducteurs du pied de la lampe vers son sommet à travers le bois creux et le trou de la douille. Il me faut percer dans le cuivre pour agrandir l'orifice. Je sors d'un carton ma perceuse et quelques forets rouillés qui me semblent convenir à la tâche. L'habit de poussière sur les outils trahit mon inexpérience. Dans un crissement métallique, des copeaux dorés volent, chauds. Soudain, la mèche se brise, la tige de métal brûlant vient finir sa course dans mon index. Un piercing inattendu.

Je ne prends pas conscience que ma chair est déchiquetée ; je ne perçois que le hurlement d'Antoine, le choc d'une tasse qui se fracasse à mes pieds. Ma main disparaît sous un flot rouge ; quelques gouttes se perdent çà et là en chemin vers l'évier. Je m'efforce de désinfecter la plaie sous un mince filet d'eau. Ça pique, ça brûle au-dessus du siphon maculé de sang ; mes dents se serrent pour étouffer un cri et enfouir la douleur. Mon fils enroule des feuilles de papier absorbant autour de mes doigts. Tandis que j'essaie de me chausser et d'attraper un blouson, je l'entends débrancher, essuyer, ranger.

Aux urgences, la médecin porte le même prénom que ma cousine : Marianne. De quelques années mon aînée, ravissante ; adolescent, je l'aimais un peu en secret. Deux radiographies attestent ma chance : j'ai percé en évitant tendon, os, matrice de l'ongle – autant aller jouer au loto. L'anesthésie ne me fait aucun effet ; celle qui me soigne derrière son masque immaculé doit piquer trois fois sous la phalange avant que les nerfs ne cèdent, consentent à s'engourdir. Puis je vois ses doigts danser au-dessus des miens, une aiguille courbe s'enfoncer dans ma peau, ressortir, virevolter une ultime fois pour enfin laisser apparaître un petit nœud noir. Perle une dernière goutte cramoisie avant que l'on ne dissimule la plaie sous des bandages.

Antoine essuie ses larmes. Les yeux levés vers la lumière scialytique, je remercie Marianne sans entendre ni ma voix ni la sienne ; les mots se dessèchent. J'avale l'hôpital, je sens son odeur de médicament et d'antiseptique en excès, j'entends les souliers de plastique crissant sur le linoléum, le bruit des appareils qui mesurent, soutiennent, informent. Maman a sa main tendue dans la mienne ; la maladie est victorieuse. Puis elle se retrouve dans un camion noir gonflé de fleurs. Je vomis.

La musique diffusée est une revisite de chansons à succès façon lounge, laide, comme c'est trop souvent le cas quand l'endroit est beau. Elle s'échappe d'enceintes dissimulées dans le salon de Margaux. Cette dernière a insisté pour que j'entre après deux petites heures de route entre Mortagne et Cabourg, ma poupée blanche dansant au-dessus du volant au rythme de mon pouls ; mon cœur cogne, me lance sous l'ongle percé, prisonnier innocent.

Je n'ai donc pas à serrer la main de son compagnon, arrivé dans la pièce une fois la conversation engagée entre nous au milieu des coussins moelleux, une fois Antoine monté dans sa chambre pour fermer les volets et rallumer le chauffage. Je me redresse, m'efforçant de grimacer le moins possible en prenant appui sur l'accoudoir du canapé. Ses bras restent le long de son corps aride ; son rictus révèle une dentition dessinée à la fumée de Cohiba. À cette femme qui fut la mienne, j'aurais ce soir volontiers parlé de l'organisation des vacances de Pâques, des projets pour notre fils ; nous aurions souri de ce stupide accident de bricolage, discuté des derniers travaux au Clos de la Pierre, d'Héloïse peut-être, afin qu'elle m'encourage et me bouscule. Elle aurait évoqué ma mère, toujours quelques mots tendres. Il se cale dans un fauteuil au ton ficelle dont j'ai moi-même recouvert quelques années plus tôt l'assise et le dossier sous l'œil expert de maman. Il pose sa question en prenant soin de maquiller la forme interrogative :

« Une si petite blessure dissimulée sous un si gros pansement : tu souffres certainement, cher Adrien. »

Son visage est celui d'un acteur danois capable de vous envoûter de son regard aux couleurs de lagon vierge, pendant que ses crocs instillent le venin. Sous mon bandage, il me semble que la mèche de métal tourne encore. Et je ne me souvenais plus de ce tutoiement faussement anodin.

« C'est assez douloureux, oui. Mais cela aurait pu être grave, j'ai donc de la chance.

— Un optimiste ! C'est plutôt rare chez les assureurs, je crois. Vin, whisky ?

— Mon métier est de faire en sorte que les gens le restent. Un dé à coudre de vin et je file, merci. »

Sa compagne se lève. Il tend le bras, la fait se rasseoir.

« Laisse, ma chérie, j'y vais.

— Tu es sûr ?

— Évidemment. Même si, au quotidien, la route entre chez toi et le bureau m'épuise, je peux encore faire le service. »

Il disparaît en trois enjambées, et le calme s'installe sous les notes faussement blues. Tandis que l'homme doit s'activer en cuisine sans le moindre bruit, Margaux précise :

« Il dirige l'usine de recyclage de déchets à Argentan, je ne pense pas te l'avoir dit. Il passe plus de deux heures sur la route tous les jours.

— Je vois. »

Silence encore. Puis, comme une confidence, elle ajoute simplement, avec un soupçon de reproche :

« Tu as l'air crevé, Adrien.

— Si tu le dis. Pourtant, je vais mieux depuis quelque temps, il me semble. Ma tronche est si horrible que ça ?

— Oui. Enfin, non. Peut-être un peu. Couche-toi de bonne heure, si je peux me permettre. »

Elle sourit.

« Bah, tu t'es permis.

— Trop tard, oui… »

Il est de nouveau près de nous, arrivé en chaussettes, à pas de loup, trois verres dans une main et une bouteille dans l'autre. Je me lève, m'excusant de ne pouvoir finalement rester, prétextant la douleur, la fatigue pour m'échapper.

Ce n'était pas un soir à fournir trop d'efforts, ni à me taire, ni à répondre. Ce n'était pas le moment, et plus tard, en voiture, je me demande si ce le sera jamais. Les bras d'Antoine, sa tête posée un peu au-dessus de mon ventre m'ont réchauffé. À l'instant où nous nous quittions pour la quinzaine, mon fils m'a dit « je t'aime ».

Conduire est une corvée, mais en contrepartie je peux écouter ma musique à un volume élevé. Et aussi être seul, penser, chanter par-dessus la voix du chanteur, laisser libre cours à ce que je suis véritablement, sans masque ni comportement de circonstance. Il me faut moins de trente kilomètres pour oublier le beau gosse froid au corps de phasme qui tient lieu de compagnon à Margaux. À mi-chemin, je mesure ma chance d'être aimé par mon petit garçon, à qui je propose une enfance marquée par les montagnes russes émotionnelles, tout le bonheur que je retire de mes amis de Mortagne et partage avec eux, la liberté des instants jadis vécus auprès de Mathilde, l'aubaine de travailler avec Franck et Guy. Héloïse se dessine, moins son visage que ses mots, sa faculté à écouter mes récits sans sourciller, à n'en retenir que l'essentiel, l'indubitable raison qui force à sourire et à regarder vers l'avenir. À trop aimer être seul, je pourrais me perdre, m'éloigner de tous. Promis, je vais changer.

15.

Il n'y a qu'elle

Un peu avant 9 heures, à l'agence. Franck a rapporté une cafetière de chez lui, dégoûté par les expressos trop serrés, las des banquettes de similicuir et de l'odeur de plat du jour dès le matin. Il ronchonne en mordillant le capuchon de son stylo : « Marre, marre, marre ! Ça me saoule, et puis c'est tout ! »

« Nous sommes un vieux couple, tu sais, tu peux tout me dire », je lui lance en riant.

Lui ne rit pas. Dehors, le soleil tente une percée entre les nuages pour éclairer son bureau et fait voler entre nous d'infimes particules de poussière. Nous nous saluons, ses doigts chauds dans ma paume encore fraîche. Comme dans un cérémonial, nous sommes assis autour de la table de réunion, deux tasses fumantes posées sur un grand calendrier de l'année en guise de sous-main. Il m'explique :

« Mon train de retour de Bordeaux lundi soir est annulé. Mouvement national de grève.

— Rentre mardi, pas de problème. C'est très calme en ce moment.

— Merci, Adrien, mais je veux garder mes congés d'été.

— Je ne vais pas t'enlever un jour de vacances, pars tranquille. Allez, réserve ton billet. »

Mon téléphone sonne. D'un geste, je bascule l'appel sur la messagerie vocale. Trop tard : Franck s'est levé, et la conversation que je souhaitais poursuivre s'achève. Je devine bien que mon jeune ami est épris, mais que de minces attaches le retiennent encore à Mortagne. Que son envie de s'échapper et peut-être de ne pas revenir est chaque semaine plus pressante. Je devrais le rassurer, trouver les mots pour lui dire qu'à son âge la liberté s'écrit en lettres capitales, se vit au quotidien. À l'inverse, je l'entraîne dans un confort superficiel, développe de faux arguments de sécurité, d'avenir professionnel. Je tisse, resserre ses liens en secret, sans avouer qu'égoïstement j'ai besoin de lui.

Quand vient le moment de déjeuner, je propose que nous allions à la maison réchauffer les restes d'une blanquette, histoire de lui faire goûter cette spécialité héritée de ma grand-mère. Par téléphone, j'invite également Romy et Mathilde, qui poliment refusent : elles sont déjà plongées dans un grand récipient de salade tomate-thon-boulgour. Je les imagine dans l'arrière-boutique, le petit chauffage à pleine puissance sous la verrière ruisselante de buée.

Je confie à Franck la surveillance du faitout orange posé sur le gaz à feu doux. Il est de cette génération qui ne remue jamais une viande à mijoter, qui ignore la cuiller de bois et le plat en fonte.

« Que veux-tu écouter, Franck ?

— Je ne sais pas, les infos ?

— Tu m'imagines le midi devant mon steak et le journaliste du 13 heures, c'est ça ?

— Ouais, jusqu'à la fin de la météo. »

Il sourit généreusement ; je le retrouve un peu.

« Salaud. Tu veux que je me flingue ? Je me trouve déjà vieux, usé, moche, et tu en rajoutes.

— Vous ne regardez jamais le journal à la télé ?

— Jamais.

— Les chaînes info ?

— Avec parcimonie.

— C'est marrant comme on se figure les gens. Surtout vous. Comme vous ne dites pas grand-chose, on suppose.

— Tu plaisantes ?

— Non, sans déconner, ça va faire deux ans qu'on travaille ensemble, et je ne connais rien de votre vie en dehors du petit Antoine et de la disparition de votre maman.

— Il n'y a rien d'intéressant à raconter, je pense. C'est pour ça que je me tais. »

Il saisit le plat avec les deux extrémités d'un torchon et le pose sur la table. Je me sens étourdi, frappé à la tempe par une droite de boxeur poids mouche. Il poursuit, d'une voix qui pourrait être celle de mon fils :

« Mais on passe nos semaines, la moitié de nos déjeuners ensemble. Vous êtes conscient du travail d'esquive que vous avez dû déployer pour tenir nos conversations depuis tout ce temps ?

— Je ne me suis pas rendu compte que c'était si pénible.

— Au contraire, jamais pénible. Sympa, drôle, attentionné. Toujours une anecdote sur un rendez-vous ou un client, des travaux, un peintre, les vitraux de l'église, un poisson rouge qui vire à l'orange. Mais rien sur vous, sur ce qui se trame derrière vos murs et dans votre tête.

— En somme, un gros con.

— Mais non, vous n'êtes pas gros. Pour un quadra, une taille quarante-deux, c'est honorable.

— Tu es impitoyable. »

Il sourit encore. Ses yeux noisette se rivent un instant aux miens, et je les vois légèrement briller. Il dit, plus bas :

« Que savez-vous de moi, Adrien ? Que connaissez-vous de ma vie qui ne soit pas inscrit dans mon dossier d'embauche ou sur ma fiche de paie ? »

Second uppercut. Mon cœur s'emballe, et les secondes qui s'égrènent lacèrent le silence entre nous.

« Tu as raison.

— Deux ou trois choses, au moins ?

— Tu es né et as toujours vécu ici. J'ai croisé tes parents à plusieurs reprises. Mathilde est ta meilleure amie, je crois. Et tu aimes un garçon.

— Je suis bien avec lui. Je me sens à la fois fort et en sécurité. »

Il dépose sa fourchette sur un morceau de pain et porte son verre à sa bouche pour avaler les dernières gouttes d'eau pétillante, avant de poursuivre :

« Il habite à quelques minutes du centre de Bordeaux. Souvent, le dimanche, on se balade le long de la Garonne, et personne ne nous dévisage. Il est représentant pour un fabricant de lunettes, une marque française. Ça marche bien. Il a un grand secteur, cinq départements. »

Et puis, après une brève hésitation, il ajoute :

« Vous connaissez Trudon ?

— Les bougies fabriquées ici, la manufacture royale…

— Exactement. Ils cherchent quelqu'un pour le Sud-Ouest.

— Un commercial ?

— Oui.

— Et tu voudrais postuler ?

— Je voudrais que tu me dises de rester, que l'on reprenne la discussion sur l'avenir de l'agence. Qu'il ne faut pas que je parte, que je suis important, que tu aimes bosser avec moi et que tu me fais confiance.

— Évidemment, je veux…

— Alors, dis-le ! Dites-le, bordel ! Vous ne dites jamais rien. »

Ses yeux se noient.

« Franck…

— Excusez-moi, je suis désolé.

— Ne t'excuse pas. C'est moi qui depuis trop longtemps suis hors sujet, à côté de la plaque. J'ai besoin de toi, Franck. Tu tiens cette agence à bout de bras, avec moi, depuis le début. On a mille projets devant nous. Et si tu lâches, tout s'écroule. Mais en aucun cas je ne veux que tu sois prisonnier de ça.

— De toute façon, c'est trop tôt. Mais vous comprenez ce qui se passe. Vous voyez bien que ma place n'est pas ici, dans cette petite ville où parfois je me sens plus étranger que dans un rassemblement de républicains à Dallas.

— Les mentalités évoluent, et comme moi, tu n'as qu'à t'en foutre.

— Personne ne se fout véritablement du regard des autres. C'est des conneries, ça. On veut tous être aimés, du moins appréciés et respectés. Moi, les rencontres sur Internet, les aventures d'un soir en faisant quatre-vingts kilomètres, ça ne me convient plus. J'étouffe.

— Bordeaux, ce n'est pas si loin.

— Ce n'est pas le plus simple non plus.

— Avec un ordinateur pour bosser dans le train et des week-ends de trois jours, ça se tente. Surtout si ton coco en vaut la peine. »

Mon jeune ami s'empourpre un peu.

« Il s'appelle Isham. J'aimerais qu'il puisse venir visiter le Perche. Mathilde m'a même proposé de me laisser sa maison. Ce serait chouette.

— Et ?

— Et il est 14 h 30, mon patron va hurler si son agence reste fermée une seconde de plus. »

Avant de refermer la porte, Franck s'attarde un moment devant le jardin, s'avance sous les branches du hêtre pourpre.

« Je comprends que vous ayez voulu retrouver cette maison, qu'elle soit si essentielle pour vous.

— Comment ça ? Comment sais-tu qu'elle a tant d'importance ?

— Tout le monde le devine, Adrien, ou tout le monde le sait. Il n'y a qu'elle. »

Nous progressons vers l'hôtel Saint-Denis. Une voiture s'engage nerveusement sur la petite place entourée de peupliers. Il nous faut presque bondir pour éviter la manœuvre de l'homme qui stationne son véhicule en travers des arbres. Comme je m'approche de la portière pour protester, je distingue un visage, reconnais l'ancien barman au menton arrogant. Il pose un pied au sol, prêt à sortir. Je suis à moins d'un mètre, vois le blanc de ses yeux strié de rouge, comme des filaments baveux. Ma main se serre, un poing, phalanges blanchies. L'instant suivant, l'anneau d'argent autour de mon annulaire s'imprime sur la pommette d'Igor.

14.

Speak to me

Moins de deux semaines après mon déjeuner avec Franck, le service informatique de la compagnie m'informe par courriel que le nouvel ordinateur portable de l'agence, « à destination de votre collaborateur commercial », est disponible à Paris, au septième étage, direction des ressources digitales, sous réserve de retirer un bon de paiement quelques bureaux plus haut et d'obtenir un coup de tampon deux portes plus loin une fois le dépôt effectué au service comptabilité, une rue derrière. Avant d'entreprendre le périple, mon jeune employé se renseigne :

« Y aurait-il moyen de m'expédier tout ceci ?

— Je ne pense pas, monsieur.

— Pouvez-vous essayer de vérifier ?

— Patientez une seconde… Non, ça n'a pas l'air possible.

— Mais comment font mes collègues de Marseille quand ils ont besoin d'un malheureux ordinateur portable ? Ils montent le chercher à Paris ?

— Je n'en sais rien, mais pour la Normandie, c'est la procédure : retrait ici, du lundi au vendredi, de 13 h 30 à 15 h 30.

— Heu…

— C'est la procédure, monsieur. »

Si le téléphone avait été en bakélite, le combiné se serait fendu sous la violence du choc que lui imprime Franck en raccrochant. Je crois entendre une injure monter de son bureau. Mlle Valentin, notre nouvelle secrétaire, doit rougir à l'accueil.

*

Les journées passent plus vite depuis quelque temps, sont devenues plus douces. Enfin, le soleil réchauffe la vitrine, et nos cœurs par ricochet. Un midi, Paul revient de je ne sais où, le plateau de son pick-up vide, mais les bras chargés d'une imposante quantité de sushis. Nous dégustons le poisson cru et rions de bon cœur de notre maladresse à manier les baguettes, à engloutir les pièces en un seul morceau. Mathilde se montre la plus habile, et Romy, en chaussettes, esquisse quelques pas de danse à la manière d'une geisha.

En ce moment, j'obtiens d'Héloïse un message après lui en avoir expédié deux, sans m'en inquiéter, sans en prendre ombrage. Un matin, mon chat rapporte à la maison un pigeon entier, sanguinolent, qu'il dépose sur la première marche de l'escalier. C'est la saison de toutes les renaissances, celle qui redonne sa teinte particulière à mon hêtre centenaire, à ses feuilles elliptiques et légèrement velues. Les fleurs mâles et presque jaunes encore regroupées en chatons commencent de s'étirer sous les premiers rayons tièdes.

*

Septième étage : tout le monde ne descend pas. Le terminus est bien plus haut. Comme on arbore fièrement devant le shérif l'avis de recherche pour toucher la prime, je brandis mon papier tamponné par le comptable et réclame mon dû à une petite équipe de geeks, fourmis en T-shirt et baskets à la mode.

« Excusez-nous, c'est un peu la folie cet aprèm, on connecte les systèmes au *big data*. Qu'est-ce que je peux faire pour vous ?

— Je viens récupérer l'ordinateur de mon collaborateur.

— OK. Région Ouest ?

— Oui.

— Quel département ?

— Soixante et un. Agence de Mortagne-au-Perche.

— Ah oui. Bah, y en a qu'un, de toute façon. Dans votre réseau, on n'a pas souvent ce genre de demande. Pourquoi vous n'avez pas pris une tablette ?

— Heu... Je n'en sais fichtre rien. On ne me l'a pas proposé.

— Dommage, c'est carrément mieux. On ne bosse plus que là-dessus... Bon, c'est pas prêt, votre truc, de toute façon.

— Merde. Je fais quoi, moi ?

— Déjà, vous signez là, ici le matricule de l'agence, et encore une signature là. Et ça, c'est la clé de déverrouillage. Mais franchement, c'est une connerie, votre ordi. Vous ne voulez pas la tablette ?

— C'est possible ?

— Si je clique sur la bonne case, oui. Bougez pas. Voilà : "remplacement" au lieu de "nouvel équipement". Pour la configuration, vous m'appellerez dans la semaine et je le ferai à distance. Il faudra être connecté en wifi. Y a ça dans votre campagne ? Je plaisante. Voici ma carte, je reviens dans cinq minutes avec le matos. C'est gardé sous clé à l'autre bout du couloir, ces petites bêtes-là. »

Un regard sur son badge et je réponds :

« Merci… Brice. »

Quinze bonnes minutes passent. J'observe l'activité, la jeunesse de cette équipe, son vocabulaire qui m'échappe totalement. Une fourmilière de Martiens. J'interroge Brice dès son retour :

« Du coup, c'est quoi ce *big data* machin que vous connectez ?

— En gros, dans ton système et celui de tous les commerciaux, de toutes les agences, vous avez collecté les numéros de portable et les adresses électroniques des clients.

— Oui.

— Une fois tout ça compilé dans un fichier central, on est maintenant susceptibles d'acheter des historiques de navigation aux géants du Web pour exploiter certaines données – ce sont les cookies, t'en as forcément entendu parler.

— Du genre ?

— Genre : Monsieur Truc va sur le site des impôts, donc on est capables de te dire que c'est le bon moment pour lui vendre un produit de défiscalisation. Madame Bidule tape "épargne retraite" dans son moteur de recherche, on est au courant dans la seconde. Pareil pour les assurances et, en gros, pour tout ce qui s'achète ou se vend.

— C'est dingue. Vous enverrez un message au commercial, à l'agence, pour nous avertir des opportunités ?

— On ne sait pas encore comment on aura le droit de le faire, mais c'est l'idée. On vous mâche le travail, les gars.

— Orwell, *1984*. Au secours !

— Ah ah. N'accepte plus les mouchards quand tu es sur Internet et change de logiciel pour surfer, t'es prévenu ! Viens voir. »

Il fait disparaître l'image d'une DeLorean grise immatriculée *Outatime* sur son écran de veille, me montre la barre de son moteur de recherche.

« Avec ce navigateur-là, tu ne verras plus apparaître tes dernières occurrences en te baladant sur Instagram, Facebook ou Amazon. Et appelle-moi demain pour la config' de la tablette ! »

À la gare, j'envoie à Franck une photo de son futur jouet numérique, son bureau portable. Le départ de mon train est retardé d'une bonne demi-heure à cause d'un aiguillage défectueux un peu plus loin sur la ligne. Je sors mes écouteurs, choisis la musique.

Long you live and high you fly
Smiles you'll give and tears you'll cry
And all you touch and all you see
Is all your life will ever be

Toujours immobilisé en gare, d'un geste distrait, j'active l'application de rencontre – femme, trente-cinq, quarante-cinq ans, cinq kilomètres autour de moi –, puis accepte la géolocalisation de mon appareil. Des dizaines, des centaines de clichés, deux mots, trois phrases d'accroche. Je zappe en dévissant le bouchon de ma demi-bouteille d'eau pétillante avec les dents. Je m'amuse, me promène parmi les photos censées tout dire, tout révéler : chevelure, reflet de lunettes, lèvres effacées ou gorgées de pulpe, rose pâle, vermillon, pull-over à motifs, dos nu, museau de quelque animal de compagnie. Sur le dernier visage, je m'arrête un moment, saisi d'un doute. Des images précises : un navire jaune de plongée sous-marine, en arrière-plan une maison en forme de bateau, une vague transparente. Puis une pastille s'illumine, un message. Ma bouteille vide tremble des premiers soubresauts du train ; mes yeux se ferment pour revoir la baie des Saintes. Et de ce lointain voyage resurgissent les souvenirs…

13.

Tu te souviens ?

Je me souviens parfaitement. Mes doigts mêlés aux siens face à l'Atlantique, sur ce gros caillou vestige d'un volcan capricieux et colérique qui barrait l'océan et protégeait des alizés. Nous avions quelques perles de sueur sur le front et elle a dit : « Je m'appelle Louise. »

Louise…

Les haut-parleurs nichés dans le wagon grésillent, m'électrisent, puis annoncent notre arrivée en gare de Verneuil-sur-Avre. Le train s'immobilise deux minutes après le cri aigu des freins. Au prochain arrêt, je dois descendre ; la ville de L'Aigle est à quelques kilomètres de Mortagne. Ce visage devant moi, proposé par l'application de rencontre, c'est le sien ; elle me fixe, ses traits sont identiques. Je remonte de ma plongée dans les songes, me réveille tout à fait pour cliquer et découvrir le message :

Adrien !? Je te croyais normand, tu es parisien, en fait. Tellement drôle et improbable ! Je suis à Montparnasse à attendre mon TGV. J'espère que c'est bien toi. Et ne te formalise pas trop, je suis sur ce site juste le temps de mon séjour à Paris. De retour à la maison, je redeviens sage. Réponds-moi. Louise, les Saintes, tu te souviens ?

12.

Nos mots d'amour

Romy a cuisiné un crumble avec des reinettes clochards, une variété de pommes qu'elle ramasse dans son jardin, chez des voisins, des amis, et qu'elle conserve au frais dans des cagettes entreposées sous l'escalier. C'est ainsi que l'on faisait autrefois, et c'est de cette manière qu'elle procède. Elle sait que je m'en délecte, qu'à la cuiller je raclerai fruits et beurre caramélisé mêlés accrochés aux parois du plat encore brûlant. L'odeur du dessert glisse jusqu'au salon tandis que je sers trois verres et que Paul fait craquer de petits fagots sur son genou. Il s'absente pour remplir le panier à bois ; je m'avachis alors face aux flammes naissantes, pense au lendemain, au vendredi soir qui ne me réjouit pas complètement.

Ainsi, j'irai chercher Antoine à Falaise et, un peu avant l'heure, je retrouverai Héloïse. Elle m'embrassera sur notre parking, en un éclair, appuyée contre sa voiture. C'est une nouvelle étape dans mon programme, pas encore une habitude.

Mon petit garçon sera tiraillé le jour de son anniversaire ; les baisers de sa mère vont lui manquer, et cela me rend, à sa place, véritablement malheureux. Nous fêterons cela ce week-end ; il aura un sourire généreux, battra des mains à l'arrivée de son gâteau. Cette joie-là devrait pourtant me suffire. Pour l'occasion, Romy et Paul auront déniché une surprise qui plaît aux âmes aventurières. Peut-être le petit coffre de marine qu'ils dissimulent ce soir dans un angle du salon.

Moi, je me ronge les sangs à imaginer mon fils pas tout à fait comblé pour célébrer sa onzième année ; je culpabilise à l'avance. L'année passée, Margaux m'avait convié à déjeuner.

Mon ami est de retour, le dos courbé sous le panier trop lourd. Depuis son discours dans la cuisine il y a de longues semaines, depuis ces minutes détestées, nous nous sommes peu vus, et mes messages épars n'ont reçu de réponse que bien plus tard après leur envoi. En me précipitant pour soulever avec lui la charge de bois, je retrouve sa présence, l'intimité qui nous unit depuis le premier jour. Peut-être a-t-il fui ce lien, l'a-t-il mis en quarantaine ? Cet homme à la voix de velours, à la stature rassurante, sera toujours bienveillant, tendre à mon égard. À jamais il sera là pour moi ; c'est ainsi. Et mon sourire s'élargit encore en le voyant déposer sur les épaules de sa compagne un imposant carré de laine. Pour rien au monde je ne voudrais me trouver ailleurs.

Dans la matinée du vendredi, je réceptionne une avalanche de messages électroniques de la part de Franck. Il répond, relance, confirme, met à jour plusieurs dossiers et devis sur notre serveur « dans le nuage », depuis son train. Son nouvel outil d'assureur nomade fonctionne à merveille. En trois lignes, je remercie Brice dans sa tour de verre et de béton : il faut toujours avoir un allié au service informatique.

Après le repas – une des copieuses salades concoctées par Mme Aunet que je ne parviens jamais à terminer –, je reçois un couple en rendez-vous à l'agence, suis gratifié du titre de « gentille crapule », refuse de céder au diktat du marché et des prix. Le ton monte lorsque est évoqué le blocage de ma compagnie au moment de verser certaines indemnisations. Client 1 – Adrien 0. La journée s'achève sur cette défaite qui ne m'affecte pas, pas trop, pas tout de suite. L'heure de partager un verre avec Héloïse approche.

Elle se tient exactement comme je l'avais imaginée, son jean plaqué contre la portière, occupée avec son téléphone. Elle porte autour du cou une étole de coton simplement enroulée, comme une couleuvre prête à s'évanouir dans les herbes hautes de ses cheveux. Je songe à la nouer pour elle, à lui montrer ma façon de faire, mais je laisse le reptile à sa place et m'avance pour l'embrasser. Je perçois son infime mouvement de recul, me penche un peu plus sur ses lèvres, fines et impassibles. Viennent ensuite les questions, sa tête penchée, le regard tendre et patient. Sa bouche s'anime enfin, de mots qui mordent sans venin, en prenant soin de ne pas laisser de trace.

« Pourquoi ne dis-tu rien, Adrien ? Tu connais l'enfer de mon mariage et de mon divorce prochain, toute l'histoire. Tu écoutes, ah ça oui, tu écoutes bien. Un instant, j'ai presque eu l'impression de t'intéresser. » Agacée par mes formules et paraphrases, elle change d'approche. « Réfléchis à ce que tu veux me dire.

Prends le temps de construire et ensuite de me raconter *ton* histoire. Je ne demande pas à tout savoir ; je veux juste de quoi comprendre, sentir que tu me fais confiance, que les sentiments vont venir après tes baisers. »

Je regarde l'heure et je promets. Dans le reflet de sa vitre, honteux, je contemple mon reflet glacial de mammifère au sang froid. Je pourrais essayer de pleurer, mais je choisis de poser mes yeux au sol, sur le bitume couleur cafard. Je lui dis, tandis qu'elle s'apprête à claquer sa portière pour repartir, abrégeant la soirée :

« On se revoit dimanche soir ?

— Si tu veux. Si tu penses que c'est utile.

— Chez toi ? C'est plus pratique.

— Non, mais non, voyons, ce n'est pas possible. Je vais venir à Mortagne. »

« Et ainsi, pense-t-elle, tu ne pourras pas t'échapper. »

Je découvre un nouveau message de Louise peu avant qu'Héloïse ne sonne à la porte du Clos de la Pierre. Ses quelques mots et le souvenir de cette jeune femme sur notre îlot minuscule me font gagner plusieurs centimètres de tour de cheville et regonflent dangereusement mon ego. J'oublie mon discours sincère, ma quête de sentiments et mes larmes de deuil prêtes à servir à la bonne occasion. J'accueille mon invitée, certain que ma bouille agrémentée d'une bouteille de vin aura raison de ses doutes.

La chaleur timide de la journée, le chant des mésanges en début de soirée me font oublier d'allumer un feu. Je n'ai prévu ni bois dans le panier ni journal à froisser. Des flots de bourgogne frais, des vagues et des vagues de paroles qui ne parviennent jamais à rassasier cette femme, venue chercher des réponses pour elle et pour nous. Elle est assise face à moi depuis moins d'une heure – j'en aurais compté quatre –, décide de s'installer sur le tapis, les jambes ramenées sous elle à la façon des Apaches. D'une main ferme, elle tapote la surface de laine et de soie usée, les motifs de losanges et de fleurs. Au sol, je cale mon dos contre le manteau de la cheminée. À terre, elle attend la vérité.

« Maintenant, arrête tes conneries. Donne-moi de quoi te comprendre.

— Que veux-tu comprendre ? Que j'échoue à chaque tentative de relation ? Oui, c'est *game over*, crédits épuisés.

— Parle-moi de ta mère.

— Un cancer. Voilà.

— Non, depuis le début.

— Elle soutenait ma vie, mon regard de petit con. D'un souffle, elle chassait la fumée de sa cigarette et plantait ses yeux clairs dans les miens. Elle savait dire “je t'aime” et choisir les paroles justes. Elle devinait tout des sentiments des autres et ne dévoilait jamais les siens. Il y a quelques mois, une maladie l'a emportée. Le destin a choisi de me laisser seul.

— D'accord.

— D'accord quoi ?

— C'est la première fois que tu es sincère. Mais tu en fais des tonnes, Adrien, des caisses et des caisses que tu dois trimballer. Tu as perdu et tu ne veux plus perdre, c'est légitime. Mais le reste, désolée, ce sont des conneries.

— Des conneries ?

— Le deuil qu'il te reste à faire et ta dépression, la mélancolie, la colère, la pudeur et le refus de t'engager qui sont en toi. Tout ça, c'est un gloubi-boulga indigeste qui te gâche l'existence. Et moi, je ne t'aime pas assez pour y faire le ménage, y trouver mon compte. Ni pour… »

La sonnette stridente de la porte d'entrée retentit. À peine ai-je eu le temps de me lever d'un bond qu'elle résonne une seconde fois. Je me dirige vers le vestibule accompagné d'Héloïse, affolée à la lecture de quelque chose sur son téléphone. Avant que nous ne sortions dans le jardin, elle me retient, me fait lire deux lignes noires. En fond d'écran, ses filles me sourient.

« Ne lui ouvre pas.

— Il t'a suivie ? Comment sait-il que tu es là ?

— Je n'en sais rien. Attends, il m'appelle… »

Elle décroche, paniquée. Dans l'écouteur, je devine une voix qui aboie :

« Sors de cette baraque, tu es ma femme ! On est encore mariés, je te signale.

— Fiche le camp d'ici ! T'es cinglé de m'avoir pistée.

— Ce n'est pas toi que je suis, c'est ton téléphone, enfin le nôtre. Tu vas rentrer chez nous. Tes petites escapades en journée, passe encore, mais là, me tromper ouvertement, c'est bien plus grave, ma chérie.

— Ne m'appelle plus jamais comme ça.

— Je t'appelle comme je veux. Attends, ne bouge pas… Les enfants, dites à maman de rentrer à la maison. »

Elle devient livide ; sous ses grands yeux noyés de peur, des cernes sont apparus, profonds et mauves. Elle sort en nouant ses cheveux d'un élastique, la main tremblante. Se retournant vers la maison, elle plonge son regard dans le mien, puis jette un dernier coup d'œil en direction de la cime animée du hêtre. La porte sur la rue s'entrouvre et elle se faufile.

11.

Coups et blessures

Je l'ai entendu, ce bruit sourd dans mon dos, celui de la porte du Clos de la Pierre, sans poignée à l'extérieur, qui se referme sur la rue. Cette femme évanouie, affolée, perdue. Face au miroir de l'entrée, je sens mon cœur battre plus fort, remarque le reflet d'une veine qui enfle le long de mon cou. Le chat se tient sur la première marche de l'escalier, il attend ma réaction. Les poings serrés, décidé, je reviens sur mes pas et me précipite dehors sans écouter le chant des feuilles, le cri du vent.

À droite, sur la petite place de l'hôtel Saint-Denis, Héloïse s'enfonce dans sa voiture et démarre, fumée blanche en panache. Lui, l'époux pervers, claque sa portière, et j'aperçois deux silhouettes assises à l'arrière avant que ne se forme de la buée. Il n'a pas le temps de tourner sa clé ; je cogne contre sa vitre. Ma montre rebondit et y laisse un impact. L'homme sort, me dépasse à peine ; des cheveux très bruns se dressent en brosse au-dessus de son visage carré.

« C'est toi qui te tapes ma femme. »

Un coup violent s'abat sur ma tempe alors que j'amorce un rapide mouvement de recul, comme un remords arrivé trop tard. Je vacille, m'oblige à respirer.

« T'aurais pas dû sortir de ta baraque. »

Je sens l'émail de mes dents se fêler par endroits, le goût du sang. Son poing, toujours le même, pareil à un heurtoir d'acier, a frappé le coin de ma mâchoire. Des enfants crient quelque part. Un arbre pour appui, vite, je chancelle, m'apprête à tomber au sol. Il poursuit, par miracle j'esquive, il grogne et arrache un morceau d'écorce. Ma chemise craque, se déchire, je suis de nouveau face à lui. Mon ventre se plie sous la douleur, je me tords, à terre. Je sens à peine sa chaussure s'enfoncer dans mes côtes, j'ai les yeux rougis par les pleurs, gonflés par la poussière, les graviers.

D'autres pas, rapides, un dialogue sourd dans mes oreilles qui bourdonnent. Un homme est sorti de l'hôtel, il se précipite. Maintenant deux masses s'affrontent, se cognent. On me tire contre un des peupliers. Je connais ce visage : l'ancien barman. Il appelle les secours, quelques mots aux pompiers : « Sur la place, devant l'hôtel Saint-Denis. » Puis, à mon intention : « Ne me dis pas merci. » Igor saisit mon col d'une main avant d'abattre l'autre sur ma joue.

Mon index est pincé dans un petit appareil de plastique relié à une machine sonore, à ma gauche, qui fait résonner mon pouls. Bip. Bip. Bip. Je suis allongé dans un lit blanc, vêtu d'une simple tunique sous des draps de coton rêches. Les relents de désinfectant couvrent à peine l'odeur de putréfaction caractéristique des couloirs de réanimation. D'instinct, je remue les orteils, puis les doigts. Une douleur se réveille dans mon flanc lorsque je bouge le bras. D'un œil – le seul ouvert –, je distingue une affiche jaunie sous son cadre et deux portes troubles. Sur le côté, une large fenêtre et un immeuble, en face, d'autres chambres d'hôpital. Quelqu'un vient, j'avale un cachet et on ajuste la perfusion. Je ne parviens pas à compter les gouttes qui s'échouent à l'embouchure de plastique. « Quelle heure est-il ? » Romy me tient la main.

Il fait nuit désormais ; un moment, j'ai perdu le contact avec la vie. Dans ce réveil de vase, tout ce qui soutient mon corps est mou, moite d'une sueur désagréable. Ma bouche est sèche. Le gobelet de plastique heurte mes gencives, provoque une douleur électrique. Je passe ma langue sur mes dents, évalue les dégâts intérieurs. Je déglutis la dernière gorgée, épaisse de salive.

Du plateau-repas, j'extrais tout ce qui ne nécessite pas d'être mastiqué et repousse le reste. Les couloirs sont pour l'heure parfumés aux légumes cuits. Dans la chambre voisine, un présentateur de journal télévisé hurle que la semaine sera estivale. Je m'endors à nouveau.

Des lèvres sur mon front, puis quelque chose de froid et de doux au creux de ma main. Romy caresse les lignes de ma paume du bout des ongles. Un frisson me ranime, suivi d'une morsure dans le côté gauche, tandis que je me redresse. Mathilde s'assoit au bord du lit ; à travers le drap, elle s'amuse avec la rotule de mon genou, comme elle le faisait quelques mois plus tôt. Elle parle la première :

« Les nouvelles sont pourries : il faut mettre un terme à ta carrière de boxeur, mon gars. Et celle de séducteur va connaître une pause aussi.

— Ne me fais pas rire. J'ai la tête cabossée à ce point ?

— Un œil orange aux contours violets, une pommette avec trois points de suture dans les mêmes tons.

Le reste est bouffi. C'est sexy, ce petit côté rebelle, mais pas trop ton genre. Tu as le bonjour de Franck. Il te dit de ne pas t'inquiéter pour l'agence.

— Merci, Mathilde. Et toi, Romy, ton verdict ?

— J'aimerais que les causes soient aussi temporaires que les conséquences. »

Elles partent pour laisser la place au médecin. Deux côtes fêlées, rien de plus au scanner. « La perte de connaissance nécessite encore un peu de surveillance, mais on vous débranchera ce soir et on vous libérera demain, à condition que vous ne restiez pas seul. Au bureau des admissions, vous pourrez récupérer votre dossier et un arrêt de travail - deux semaines au moins, dont une sans conduire. Et pour la suture au visage, je me suis appliqué. Bonne journée. »

Bonne journée... Tu parles. Elle est interminable. Éveil douloureux ou sommeil régulièrement entrecoupé par le regard d'Igor ou l'haleine forte du mari, et aussi par mes bonnes résolutions : je renonce aux épouses infidèles, aux femmes avec enfants, à celles qui embrassent la bouche fermée. Je me fabrique une vie faite de bonjours et de bonsoirs à l'agence, de moments partagés avec mes amis, d'aventures passagères sur mon canapé, de petites folies de temps à autre, d'ivresses légères pour me délivrer de toute inhibition, de nuits douces, un chat lové contre mes chevilles.

« Bonjour, Adrien. Enfin, tu ne dors plus.

— Paul... »

Il arrive à temps : j'allais me résoudre à allumer la télé pour regarder n'importe quelle chaîne. Sa silhouette élancée, son sourire et sa tendresse : j'ai soudain envie des bras de cet homme-là, maintenant pour fuir, peut-être un soir pour m'endormir, poser simplement ma tête dans le creux de son épaule.

« Tiens, j'ai retrouvé un hors-série sur l'exposition Alana au musée Jacquemart-André. »

Il dépose le magazine sur la tablette devant moi et jette la télécommande dans le tiroir de la table de chevet en bois aggloméré.

« J'ai fait la connaissance de la directrice de Cognacq-Jay. Cela faisait des années que je n'avais pas revu les collections sublimes de cet endroit ; je t'y emmènerai bientôt !

— Tu vis au XVIIIe siècle, mon ami.

— Évidemment. Quoi d'autre ?

— J'ai envie d'une virée parisienne.

— La prochaine t'attend, sois sans crainte. Mais dis-moi, qui t'a ainsi amoché le portrait ?

— Le mari jaloux d'une jeune femme pas encore divorcée. Il avait des yeux de bovin et une haleine de chacal.

— Et un goût certain pour la démolition. Elle en valait la peine ?

— Oui. Le temps des duels était plus élégant ; c'était quand même plus classe de se faire percer les entrailles à l'épée.

— Fais le malin. La prochaine fois, reste chez toi ou prends tes jambes à ton cou.

— Il n'y aura pas de prochaine fois.

— Je n'en sais rien. Raconte-moi comment tu en es arrivé là.

— Toute l'histoire ?

— Tout sur tout. Et sans tricher. On a la nuit. »

10.

Hors saison

Dix jours après mon combat à sens unique contre le mari enragé et le poing d'Igor, mes ecchymoses prennent des teintes aléatoires, entre le mauve et l'aubergine. « Améthyste », rectifie Paul. Plus tôt dans la soirée, sa compagne a consenti à me relâcher dans la nature, à me rendre à la vie ordinaire, après une dernière nuit d'« observation » chez eux. Ce soir-là, en descendant à la cuisine chercher un grand verre d'eau et du paracétamol, j'aperçois un filet de lumière sous deux portes dans le couloir. Deux amis éveillés. Je ne sais pas dans quelle mesure Paul est véritablement revenu, ni pourquoi et depuis quand l'un et l'autre ont décidé de faire chambre à part.

Le chat m'attend sur la première marche de l'escalier, comme s'il n'avait pas bougé depuis la dernière fois. Mon reflet me présente un visage émacié, incarnation de la fatigue et aussi d'une certaine forme de soulagement. Ces coups sous les arbres ont libéré une partie de ma lâcheté tenace. De même que la nuit à discuter avec Paul m'a délesté de poids de plus en plus insupportables.

« Dis, le chat, que vois-tu dans mes yeux ? Que devines-tu dissimulé tout au fond de mon âme ? » Je continue de lui parler ; il ronronne, miaule, m'attire vers ses gamelles vides. Je suis un compagnon affreux et irresponsable. « Je te promets de ne plus jamais t'oublier. » Il renifle l'amas trop généreux de croquettes, s'éloigne et retourne sur son estrade de bois. Il m'observe tandis que je me dirige vers le salon, ses yeux verts, irréels, fendus d'un mince trait obscur, semblant me dire : « Chiqué ! »

J'ouvre la porte-fenêtre, veux renouveler l'air chargé de mauvaises ondes, de ma discussion interrompue avec Héloïse, des prémices de drames inévitables. Entrent de pleines brassées odorantes : herbe, clématite et tulipe, écorce gorgée de sève. Encore un peu et viendront les poussières détachées des pattes d'oiseaux venus des champs, les premiers pollens, quelques particules de pollution, la fraîcheur de ma petite cité, l'air de la Normandie tout entière. Et du monde. Je prends tout, « Tu entends, le chat ? » – il boit au bassin. « Tout ! »

D'un pas décidé, je marche en direction de l'agence, hésite, puis renonce à entrer au café du Théâtre. Je ne sais pas où en est la rumeur à mon propos, si elle existe ou enfle encore. Je tends le bras, lance un « bonjour » de mes lèvres muettes, un geste de la main vers Jean-Philippe aux artères désormais larges comme une autoroute. Il lève le menton derrière sa vitrine, me reconnaît, me salue à son tour, puis se précipite pour sortir. La porte de l'agence se referme derrière moi, avant son arrivée. J'irai plus tard, demain, la semaine prochaine ; j'enverrai un éclaireur, inventerai une excuse. Quitte à me dissimuler dans mon bureau pendant quelques jours, stores fermés. Je veux retrouver mes assurances, pour Franck qui espère prendre son train vendredi matin vers Bordeaux, pour me changer les idées.

Le jeune homme sait tout, excepté le chapitre Igor, qui n'existe pour personne dans le récit de ce dimanche soir agité. J'ai voulu venger Franck, puis celui qui m'a sauvé la peau s'est vengé à son tour ; tout dire, ce serait ne jamais mettre fin à cette histoire. Touchant de sincérité, Franck me propose de rester ce vendredi, ce week-end, s'inquiète de ma santé. Et puis, après une observation appuyée de mon coquard, de ma mine de croisé sur le retour au port de Saint-Jean-d'Acre, il dit : « Ce matin, je fais couler un jus de chaussette, mais demain, retour au Théâtre ! On ne va pas se priver d'une visite à côté ni de tous les ragots de la semaine pour une si petite balafre, non ? »

Pris de remords pour avoir fui devant sa vitrine, je décide en milieu de matinée de revenir sur mes pas et d'aller saluer de vive voix mon voisin. Hormis deux garçons occupés à diluer de la poudre de cacao dans leur lait chaud, un autre rêveur le nez au-dessus de la mousse, sa bière à demi entamée, l'établissement est vide. Les gestes circulaires du propriétaire, astiquant son comptoir comme une pièce d'argenterie, sont trop nerveux pour être naturels. Il attend que je parle.

« Excuse-moi, Jean-Phi. Spontanément, je n'ai pas eu envie de montrer ma tête à tout le monde tout à l'heure.

— J'ai bien compris, pas de problème.

— C'est gentil. Parfois, c'est plus douloureux de parler que de soigner une blessure.

— Hein ?

— Laisse tomber. Je n'ai pas envie de m'étendre sur le sujet, tu vois ?

— Tu sais, un mec de l'hosto est déjà venu raconter que tu aurais soi-disant pris une raclée l'autre soir. Quoi que tu essaies de faire ou de cacher, ça va se savoir. Ça va même très vite énerver la boulangère ; elle va causer, inventer tout ce qui lui passe par la tête, prêcher le faux pour connaître le vrai. À l'ouverture, je lui ai déjà demandé de s'occuper de ses affaires… Enfin, c'était pas vraiment dit comme ça.

— Tu as raison, et merci. Je vais aller chercher mon pain maintenant.

— Tu vas lui raconter quoi ? »

Il me sert un café, ne me quitte pas des yeux.

« La vérité. »

Il pose deux sablés sur le rebord de ma tasse.

« La vérité, Jean-Phi, c'est que j'ai eu une dispute assez corsée avec l'ex-mari de mon actuelle petite copine. Et quand on a cent kilos devant soi, il vaut mieux apprendre à se taire, ou à courir.

— Merde… Bah t'as raison, va dire ça à la mère Aunet. Elle qui pense que t'es plutôt du genre à préférer les garçons… »

À l'écoute de mon récit, la boulangère fronce les sourcils, essuie nerveusement ses dix petits boudins farineux sur son tablier, dessine des O avec sa bouche habituellement si prompte à faire des phrases. Pour donner plus d'effet à la scène, je prends soin de quitter l'établissement avant qu'elle n'ait eu le temps de renchérir par un flot de questions.

Soulagé, un sourire un peu imbécile aux lèvres, je remonte la rue et contourne les halles, entre dans la librairie. Enfant, je m'y rendais avant la rentrée des classes, demandant les fournitures ou les recommandations de lecture pour l'école. J'y passais également de longues minutes avec ma grand-mère, fidèle aux conseils d'une poignée de journalistes spécialisés et à ses auteurs fétiches. Souvent, au Clos de la Pierre, je quittais ma chambre et retournais l'embrasser après l'heure du coucher. Je la trouvais assise dans son lit, un livre à la main à la lueur d'une lampe en porcelaine aux motifs d'oiseaux bleus. « Que me conseillez-vous ? » je demande à la libraire. Un court instant plus tard, elle noue un lien de fibres claires sur le papier cadeau, ficelle l'ouvrage sans avoir recours à l'affreux ruban adhésif.

Pour la première fois de ma vie, je laisse à mes cheveux un peu de liberté, de longueur. J'ai l'impression ainsi de noyer les intrus, ces fils blancs transparents qui me font enrager, me rappellent que bientôt il sera trop tard. Encore quelques pas avant de tourner devant le fleuriste, rue Sainte-Croix. Machinalement, je sors mon téléphone de ma veste, manque de le laisser tomber en trébuchant sur un énorme bouquet de mimosa. J'ai reçu deux messages d'Héloïse. À l'arrêt sur le trottoir, au milieu des grands seaux noirs emplis d'eau fraîche et de fleurs coupées, je lis ces mots qui résonnent dans ma tête :

Tu n'es pas prêt. Tu es loin de vouloir refonder une famille… Tu ne te confies jamais. Tu ne t'es sans doute jamais intéressé à moi.

Je lui réponds simplement, adossé à la devanture peinte dans un ton vert anglais :

Tu comptes donc faire ça par SMS ?

De cette femme, je n'ai plus eu de nouvelles. Je lui en veux pour une seule chose : elle m'a volé mon mode opératoire. Inévitablement, j'aurais mis fin à cette relation tiède, et je ne m'y serais pas pris autrement. Le nez dans la verdure, j'adopte une résolution qui me laisse un gros trimestre pour changer du tout au tout. Au solstice d'été, j'aurai cessé d'être un connard.

« Chiqué ! » Ta gueule, le chat.

Je repars vers l'agence. Les sutures de ma joue me démangent. À l'heure du déjeuner, en fermant sa porte, la fleuriste trouvera sur le rebord de sa vitrine un paquet-cadeau oublié au format d'un livre, entouré d'un lien de raphia.

Chaque jour depuis une semaine, Romy me soigne. D'un mot, elle a balayé l'infirmière et sa visite quotidienne pour accaparer la surveillance de mes plaies. Le soir, elle pose ses doigts sur mon visage ; c'est doux comme un poème. Les bleus à mon côté sont à peine effleurés sous le baume.

Jeudi, après le travail, nous allons courir ensemble, un parcours long sur l'herbe épaisse vers le champ de courses et ses tribunes de 1825, les plus anciennes de France. Mes douleurs se sont évanouies grâce à un cachet avalé en secret. Nous entrons dans le petit bois, là où les lycéens échangent leurs premiers baisers, puis nous partons vers Saint-Langis, l'antique gare, l'usine de cire Trudon. Mon amie accélère encore ; son souffle est plus bruyant que le mien. Elle court pour penser moins fort, pour sentir son cœur cogner intensément. Et moi, je sue les mots, j'expire des phrases et des explications à l'intention de mes compagnes, de mes amis. Une foulée après l'autre, chacun à notre tour, nous nous débarrassons d'un poids, d'un fragment de fardeau.

Je lui propose un détour par l'hôpital, « fais-moi confiance, c'est le trésor de la ville ». Je pousse une porte de chêne, révèle l'accès au cloître du couvent Saint-François. Là, dissimulé, se dresse un vestige de plus de cinq siècles, bercé au coucher du soleil par une lumière rose l'espace de quelques minutes. Nous sommes seuls, il n'y a pas même le bruit d'un oiseau. Une autre porte, plus petite encore, grinçante, lourde, permet d'accéder à la chapelle. Il y fait froid, les pierres suintent l'encens et les prières. Les vitraux sombres et les boiseries sculptées nous enivrent, nous guident entre les bancs, nous invitent presque à effleurer les visages de plâtre polychromes. Romy n'est jamais venue ici. Sans un sou dans les poches, j'allume à crédit un moignon de cierge dont la mèche crépite, puis illumine une minuscule lampe rouge sous la statue de sainte Céronne. Je prononce des mots qu'elles devinent, la sainte et la femme.

Devant le Clos de la Pierre, mon amie m'invite :

« Je rentre prendre une douche, j'imagine que toi aussi. Viens chez nous avec ta pharmacie. Je referai le pansement sur ta joue. Et puis Paul est revenu de Versailles, il sera heureux de te voir. »

Je choisis une chanson et force le volume tandis que la pluie commence à rouler le long des fenêtres orientées à l'ouest. J'avale un autre cachet contre la douleur. Dehors, il n'y a plus personne.

Pour quelques ombres perdues sous des capuchons
On doit être hors saison

Sous la douche, je laisse aller les rêves, nous vois debout, mon amie et moi, là, séparés par un filet d'eau, à ne pas vouloir nous toucher. Puis j'efface vite, oublie l'image qui serait notre perte.

Vendredi soir. Pour la première fois, je laisse à la « nièce de Guy » – c'est ainsi que je la surnomme, oubliant son prénom, pourtant synonyme de douceur et de tendresse – le soin de fermer l'agence. Il est 17 heures, Franck est déjà loin, dans des bras aimants. Margaux roule maintenant vers moi, vers le mi-chemin qui façonne la vie des couples modernes. Elle a chargé dans sa voiture le petit sac des affaires de notre fils. La veille, il y aura glissé une figurine de robot ou un lapin en peluche, voyageurs clandestins à destination du Perche.

Un peu plus tard, nous sommes deux garçons dans la cuisine du Clos de la Pierre. L'un trie des pièces de monnaie usées par les siècles, par dates certainement ; l'autre tranche des lamelles de jambon fumé à la façon préférée de son fils, juste avant de les déposer sur le dessus des pâtes en forme de papillon. Je laisse Antoine craquer une allumette sous le papier froissé dans la cheminée, un feu de trois bûchettes, le temps de déguster un rhum doux comme le miel et de regarder se former sur les motifs du tapis, entre les branches tissées de l'arbre de vie, un défilé de petits soldats à l'âme de plastique. Mon fils s'endort avant mon baiser, la croix tracée sur son front. Sous mon édredon, j'attendais moi aussi cet instant auquel je ne comprenais pas grand-chose, cette manie de grand-mère que seule la mort pouvait entraver, l'unique façon de m'endormir en me sachant aimé.

Nous occupons le samedi à nettoyer le jardin, à racler la vase du bassin, à effectuer la première tonte de l'année, le but étant d'étrenner la paire de bottes neuves et de se salir les mains. À l'heure du goûter, nous prenons notre première douche de la journée, acte de rébellion manifeste envers la dictature des choses qu'il convient de faire dans le bon ordre. Puis viennent l'appel du pain au chocolat double barre de Mme Aunet, le moment de courir dans le petit parc à l'ombre de la Maison des comtes du Perche, de saluer le bronze du philosophe Alain, « son nœud de cravate et son chapeau tellement amusants », selon les mots d'Antoine.

Mon garçon savoure, grignote à la façon d'un rongeur le feuilleté bien cuit qui se détache sur le dessus de la viennoiserie ; un pan entier tombe au sol, feuille de beurre perdue qui fera le bonheur des rouges-gorges et des moineaux. Antoine réclame de passer « faire un bisou » à Romy, sait que, comme d'habitude, derrière la vitrine aux menuiseries couleur de vin, l'un ou l'autre des antiquaires lui montrera un nouveau trésor.

Nos amis sont en train de vider un camion de son chargement. Lorsque nous parvenons à la hauteur des portes ouvertes, ils s'essuient le front, puis tendent les bras derrière leur dos pour s'étirer. Seul reste un miroir immense aux bordures blanchies par les éclats de la vie et les accidents de transport. « Plus qu'un tour ! nous lance Paul avant d'embrasser mon fils. Vous tombez bien, nous allons nous accorder une pause. » Mathilde sort de l'arrière-boutique, un bloc-notes à la main, « Salut, les mecs », et s'affaire à répertorier la livraison en houspillant ses patrons parce qu'ils en ont « collé partout, comment voulez-vous que je m'y retrouve ? ». J'abandonne Antoine aux embrassades de Romy, cours chez ma boulangère préférée à la recherche d'une douzaine de choux, dont seul son mari maîtrise la cuisson et le dosage des pépites sucrées.

Un peu plus tard, tandis que nous nous installons dans l'arrière-boutique, Paul nous explique :

« Nous vidons un petit château, une succession chaotique qui a traîné près de deux ans. Je m'y verrais presque. C'est à moins de dix minutes d'ici, tout est d'époque, le parc est superbe. »

Mon amie lève les yeux au ciel.

« Un château ! »

Antoine a les yeux plus brillants que si on lui parlait de Disneyland.

« Veux-tu qu'on t'y emmène ?

— Mais oui, mais oui ! Papa, je peux ?

— Évidemment. Mais tu sais, Paul et Romy travaillent, ils n'y vont pas pour s'amuser.

— Ne t'inquiète pas, c'est le dernier tour. Il ne reste que quelques caisses de livres et de tableaux. Romy passera plus de temps à faire les comptes avec les deux héritières que moi à charger le camion. Nous aurons tout le loisir de visiter les greniers et de monter au sommet de la tour. Mathilde va fermer derrière nous, et on te ramène Lord Antoine avant la nuit. Ça te laissera le loisir d'allumer un feu, de lire ou d'écouter ta musique de sauvage, et surtout de faire décanter cette bonne bouteille que j'ai dénichée dans la cave là-bas. Elle ne manquera pas aux deux ingrates. »

Tandis que le camion s'éloigne, je m'éternise, balayant la table du revers de la main et rinçant sous l'eau bouillante ce que nous avons sali.

« Alors, le pirate, tu récupères plutôt bien, on dirait ? »

Mathilde s'avance derrière moi, me tend un tissu rugueux en guise de torchon. Puis ses mains glissent sous ma chemise, s'attardent sur l'ecchymose qui boursoufle encore ma peau. Sa bouche, sa façon de s'en foutre et d'être entièrement là m'avaient tellement manqué. « Viens. » Sous la verrière, une dernière fois, je la regarde se dévêtir. D'autres avant nous ont dû s'ébattre sur ce canapé aux accotoirs ornés du dauphin mythologique, réveiller l'acajou aux faux airs de bois bourgeois et endormi.

Je rentre où je demeure. Il n'y a personne dans les rues.

9.

Un prénom, une photo, une ville

À l'agence, les yeux rivés sur la fontaine près des halles, par-delà les stores de mon bureau, je laisse se dessiner un souvenir : sur le sable des Roches percées, loin là-bas où il faisait chaud, Louise rit, prononce des mots délicats, trace des lettres dans le sable, tandis que je songe à rentrer chez moi, à mille lieues de cet instant de bonheur.

Je fais pivoter mon fauteuil, reviens à la réalité en relisant son message reçu la veille :

Tu n'es pas beaucoup plus bavard que quand on était là-bas. Dis-moi deux ou trois choses, j'ai l'impression de devenir pénible. Bise. Louise

Par deux fois, j'efface les premiers mots de ma réponse, tiraillé, conscient qu'elle aura de l'importance, qu'il n'est plus temps d'écrire à la légère. J'éteins mon téléphone ; elle attendra.

Sur l'écran de l'ordinateur, les courriers électroniques s'empilent ; une dizaine de lignes noires restent en souffrance depuis ce matin. Franck frappe à la porte entrouverte, m'extirpe définitivement de mes rêveries :

« Je file à l'appart préparer ma valise, Adrien. On se revoit à 14 heures, bon appétit.

— Ta valise ? Mais on est mercredi.

— Demain, c'est férié. Sale temps pour les patrons au mois de mai. »

Affolé, je vérifie mon agenda, incapable de me souvenir si, pour le grand week-end qui s'annonce, Antoine est avec moi ou non. Je ne vois rien d'inscrit, ni demain ni les jours suivants. Dans le couloir, j'entends : « Ne bougez pas, je le préviens. » Mon jeune collaborateur revient :

« Il y a du monde pour vous, Adrien.

— File, le touriste. Et merci beaucoup. »

Romain et son compagnon m'attendent dans l'entrée, radieux. Ils m'expliquent qu'ils sortent de chez le notaire pour la signature de leur compromis de vente. D'ici à trois mois, ils seront propriétaires d'une charmante petite demeure dans le bourg de Comblot, à quelques kilomètres de Mortagne. Romain me dépose un dossier cartonné avec la mention « Assurances » tracée au feutre noir, me demande de m'occuper de tout. Le temps de valider un document me donnant mandat pour procéder aux formalités, ils m'invitent à déjeuner à côté. Les antiquaires doivent les rejoindre.

Au second tour de clé pour verrouiller l'agence, mon téléphone émet une sonnerie brève avant que ne s'affiche le message de Romy :

Dis-moi que tu déjeunes avec nous !

La terrasse de la brasserie est bondée, l'intérieur tout autant. Jean-Philippe s'agite, arrachant les feuilles de son carnet de commandes les unes après les autres, de table en table. Il me voit approcher, fait signe d'ajouter un couvert à son apprenti, un tout jeune garçon au visage rougi, les veines du cou gonflées, au bord de l'apoplexie. Près du comptoir, quelque chose de lourd se brise au sol – verre, vaisselle, sauce. Ce premier afflux généreux de soleil et de clients est une épreuve pour les restaurateurs, tirés violemment de leur hibernation. Les Versaillais dissimulent leur sourire, amusés de contempler la province au travail, loin du bal millimétré des serveurs en tablier noir de la capitale, prêts à gérer cent couverts en deux services sans transpirer la moindre goutte. Moi, j'aime justement voir se heurter les épaules, entendre parfois : « Non, l'autre table ! Celle-ci, c'est la mienne », admirer l'empilement des tasses sur trois étages au-dessus de la machine à percolateur, observer le patron en chef d'orchestre à qui rien n'échappe, surtout pas l'addition finale.

La table adjacente gronde, une sombre affaire de tarte aux pommes manquante, classique du mélodrame gastronomique normand. Puis c'est la phrase de trop :

« Tout part à vau-l'eau ici depuis que le patron s'occupe plus de la coiffeuse que de sa cuisine… »

Jean-Philippe se pince certainement pour conserver son calme, ses ongles courts raclant l'intérieur de sa paume. J'observe le type assis à côté de nous avec deux autres collègues, sourcils broussailleux, moue coincée de brute amère, le genre à jouir les dents serrées. Je m'apprête à intervenir, à jeter une remarque qui amènera le chaos. Je désire cette violence promise ; d'un coup, j'ai envie d'ouvrir la joute. Mais Paul s'interpose :

« Fini l'hôpital, les crèmes et les sutures, mon grand. Ce n'est pas ton combat, et surtout tu n'es pas doué pour ça. »

Passent une minute ou deux ; une assiette virevolte vers la table contiguë, un demi-tour sur elle-même, la pâtisserie projetée vers le client, la boule de glace échouée sur la nappe. Les jeux sont faits, rien ne va plus. Planté bien en face de l'homme, Jean-Phi dit quelques mots d'une voix froide :

« Voilà, c'était la part réservée à la coiffeuse. Savoure, c'est offert par la maison. Première et dernière fois. Je ne veux plus revoir ta blouse sale sur mes chaises ni tes paluches noires sur mes tables. »

Le visage du client prend la teinte de la glace vanille, son expression la même consistance. Nous nous dévisageons tous les cinq. L'étonnement se lit sur les traits des locaux, le choc sur ceux des visiteurs face à cette scène de vie rustique jouée sous leurs yeux. J'entends le prénom de la pulpeuse « reine des ciseaux » circuler entre les tables, l'identité de la maîtresse presque dévoilée à voix haute, au milieu d'autres ragots éclaboussant la ville entière.

Je mords ma joue pour ne pas rire ou pleurer de dépit. Il se passe des choses incroyables dans nos villages : il faut délocaliser les feuilletons télévisés quotidiens. Je croque machinalement un cachet de paracétamol retrouvé au fond de ma poche. Le goût est immonde, comme les commentaires à mes oreilles ; j'ai l'impression de revenir en arrière, de revivre mes premiers jours ici, à écouter les réflexions et à encaisser les banderilles de jalousie gratuite, de bêtise innocente. Les autres déjeunent, n'entendent plus. À peine remarquent-ils mon silence. Je retrouve le fil de leur histoire, le regard de Romy qui cherche désespérément le mien. La maison, la maison des garçons encore, les visites, le notaire, la banque, les devis. Et puis les meubles, la décoration. Mon amie est à l'agonie ; bientôt ce sera à son tour, elle devra dire : « Des conseils ? Sans problème, avec joie. » La table voisine s'ébroue ; le mécanicien boudeur s'en va après avoir terminé son dessert, la dernière goutte de glace fondue essuyée d'un revers de doigt. Jean-Philippe saisit la feuille déchirée de son carnet où s'inscrivent les détails de notre commande, papier calé sous la carafe d'eau, tandis que son padawan serveur semble respirer mieux en empilant nos assiettes sur son avant-bras. Le patron est prêt à noter la suite, « Une tarte aux pommes ! », mais la blague douteuse ne viendra pas.

« Et moi, juste un café, merci. »

J'attrape mon téléphone et d'une traite rédige un message, puis l'envoie :

Bonjour Louise. C'est incroyable de t'avoir retrouvée. Crois-moi, la vie en Normandie est assez animée et je suis bien désolé de ne pas t'avoir répondu plus tôt. J'aimerais te revoir, vraiment. A.

Moins d'une heure plus tard, je m'attelle au dossier des garçons de Versailles : le nouveau contrat pour la future maison percheronne, les devis pour tout le reste, à peine plus compétitifs que les tarifs de mon confrère courtier parisien. Franck y a apporté une ou deux modifications avantageuses avant d'abandonner la tablette sur son bureau et de partir en malmenant sa valise à roulettes sur les pavés ronds et irréguliers du centre-ville. Un covoiturage doit l'attendre sur le parking derrière le parc de la mairie, face au cheval de bronze, au jardin à la française, aux pensées multicolores. Je me souviens soudain du livre oublié près de la boutique de la fleuriste, peut-être tombé au sol, peut-être posé sur quelque rebord de fenêtre. Je fermerai un peu plus tôt ce soir pour retourner à la librairie acheter le clone du recueil égaré, prétextant avoir un autre cadeau à faire. Et sur le visage de Romy je verrai se dessiner un sourire.

En fin de journée, le soleil donne encore du reflet à l'eau de la fontaine. Je consulte le dernier courrier électronique, vérifie sur mon agenda la date du retour de la nièce de Guy Valentin : son contrat de formation en alternance est une gymnastique d'organisation. Mon téléphone vibre, je reconnais le numéro affiché sur l'appareil. Et sur mon visage aussi on devinerait un peu de joie.

Tout en verrouillant la porte après avoir tapé une série de chiffres sur le clavier de l'alarme, je lis :

Voilà un message qui fait plaisir ! Ça te dit de venir passer une journée ou deux à la mer ? Je t'embrasse. Louise

Dans les réglages du téléphone, je crée une fiche contact avec trois informations essentielles : un prénom, une photo, une ville.

Ce matin, j'oublie de compter les jours écoulés depuis que je suis tombé sous les coups d'un homme, puis d'un autre. Je remonte la rue des Quinze-Fusillés – petit, je ne comprenais pas qu'on ait pu la baptiser si tristement –, suis les traces olfactives du beurre cuit et du pain chaud vers une boulangerie qui forme l'angle avec l'ancien chemin de mon école primaire. Elle est protégée par des barrières de métal gris et deux policiers municipaux ; les enfants crient moins fort que dans ma mémoire de môme ; il n'y a ni billes, ni craies, ni élastiques dans les poches de ces gamins. Je poursuis ma route, en retard, abandonnant les viennoiseries et les souvenirs derrière moi.

Une infirmière doit passer avant 9 heures à l'agence pour retirer les points de suture de ma pommette. Elle m'attend, une cigarette électronique aux lèvres. Ses doigts délicats sont peints comme dix minuscules sucettes aux fruits des bois. Sous le coton imbibé d'antiseptique apparaît le bistouri ; je sens la boursouflure qui laissera à jamais une cicatrice sur ma joue. Je n'aurai pas besoin d'un nouveau tatouage pour me souvenir.

8.

Les autres

Les assiettes en grès ont une sonorité particulière lorsqu'elles s'entrechoquent, s'embrassent. Antoine extrait du buffet de quoi dresser la table, et la porcelaine tinte comme autrefois, un bruit un peu creux, celui de mille fêlures invisibles. Le blanc est beige, le vert du décor peint à la main, cuit au four, est légèrement passé. Il aime ces habitudes, ces choses d'un autre temps. Dans le minuscule soliflore près de la photo de maman, il remplace l'eau, ajuste de nouvelles pâquerettes au cœur éblouissant. Je le regarde jouer avec sa langue, un coup devant, un coup derrière : une dent est sur le point de tomber. Je m'amuse de le voir croquer sur le côté, parfois esquisser une grimace, s'impatienter de cette perte inéluctable.

La journée est magnifique de douceur. Je taille, tonds, désherbe à mains nues, tandis que mon garçon gratte les rebords du bassin et la couche épaisse de mousse. Il décide seul de sortir le tuyau d'arrosage, de faire l'appoint en prenant soin de ne pas déranger les poissons. L'un d'eux est devenu très pâle, et cela l'inquiète. Le serpent de plastique reste là, oublié. Antoine est maintenant à la recherche d'une grosse éponge quelque part sous l'évier de la cuisine ou les étagères de la serre. Il revient, nettoie le salon de jardin, fait mousser tant qu'il peut, rince, éclabousse, s'amuse à arroser mes pieds lorsque je passe la tondeuse près de lui. À l'heure du goûter, il vient me trouver, l'air sérieux :

« Papa, je voudrais aller chercher un truc à la boulangerie.

— Je n'ai pas tout à fait fini. Tu ne veux pas prendre ce qu'il y a dans les placards ? On doit bien avoir un gâteau ou deux à grignoter.

— Non, j'aimerais autre chose. J'aimerais y aller seul. »

Il réussit à me convaincre en m'indiquant son itinéraire, préparé comme une odyssée : l'aller en longeant vers l'église, le retour plus sinueux en passant devant l'agence, les halles, le magasin des antiquaires, l'école primaire et l'autre boulangerie. Les détails précis, les trois passages pour piétons : il connaît tout de son parcours. Un gros quart d'heure, tout au plus.

Trois pièces au fond de la poche, il s'éloigne, la démarche réglée au métronome, le nez un peu en l'air. Je monte au pas de course à l'étage, laissant dans l'escalier quelques brins d'herbe détachés de mes chaussettes, pour l'observer par la fenêtre de sa chambre jusqu'à le perdre de vue.

La bouilloire siffle, je verse l'eau sur mon thé, compte une vie entière entre deux mouvements de la trotteuse. Au moment où je réveille mon téléphone pour écouter de la musique, je reçois une photo de mon fils, un message de Romy. Il pose, hilare, un haut-de-forme sur la tête, assis dans un des fauteuils de la boutique. Dans son sourire, un trou noir près de l'incisive. Quelques minutes plus tard, il sonne à la porte de notre maison. Sous ma peau, le calme revient.

« J'ai perdu ma dent. Enfin, c'est Romy qui a bien voulu tirer dessus.

— Tu es un coquin, un petit malin qui avait tout prévu. Mais regarde : moi aussi. »

Je lui tends une boîte à pilules de la taille de sa main.

« Elle est belle, cette boîte. Elle est vieille ? demande-t-il.

— Ancienne. Une centaine d'années.

— J'en ai une autre chez maman, mais moins jolie. Je peux garder celle-là et l'emporter, mettre toutes mes dents dedans ?

— Elle est à toi.

— Tu es sûr ? Tu veux pas que je la laisse ici ?

— Emporte-la, mon grand, et viens m'aider à ranger les outils du jardin. »

Dimanche, mon fils et moi décidons d'aller nous promener en forêt avant qu'il ne soit temps de le reconduire. Même après de nombreuses journées sans pluie, les sous-bois demeurent frais et humides. Par deux fois, nous manquons de nous tordre une cheville ou de nous blesser un tibia sur les rondins glissants du parcours de santé. Antoine s'aventure hors du sentier, s'accroupit devant un gigantesque buisson de fougères. Il hume, caresse les feuilles, puis agrippe une tige avant de tirer de toutes ses forces.

« Que veux-tu faire ?

— La mettre à la maison. C'est si beau, je la veux.

— Si tu l'arraches, elle va mourir.

— Mais on va la replanter, arroser, mettre de l'engrais.

— Fais-moi confiance, certaines choses sont faites pour naître et périr au même endroit. Ça s'appelle l'équilibre.

— Je ne comprends pas.

— Ta fougère a besoin de l'arbre, qui lui fait de l'ombre, la protège. Elle se nourrit de la terre, des feuilles tombées. Entre ses racines vivent des insectes, des particules qui un jour deviendront des champignons, à leur tour mangés par un animal ou des vers. Si tu la déplaces, tu vas tout chambouler. »

Il réfléchit un instant.

« Maman dit que tes racines sont à Mortagne. Et les miennes, elles sont où, à ton avis ?

— Tu as encore le temps de décider où les planter, mon chéri. Tout le temps. »

J'informe Margaux que je vais venir jusqu'à Cabourg, que j'en profiterai pour marcher au bord de l'eau dans la soirée. Rendez-vous est pris sur la digue, près du casino. « Ce sera sympa pour discuter, et Antoine sera ravi de déguster une gaufre au sucre glace », me dit-elle. Tant pis pour ma balade.

Évidemment, notre garçon est comblé de se retrouver là. Il court comme s'il avait été enfermé depuis des jours, s'amuse du cri des mouettes qui planent en emportant un morceau de pain volé. Margaux n'a jamais été aussi belle. Quelques pas plus loin, je pressens qu'elle va se confier, me révéler que son ventre s'est arrondi. Nous avons dit « oui » trop vite, trop jeunes, trop tôt, elle et moi. Les heures sont ridiculement courtes quand on n'a pas trente ans. Et par bonheur, aujourd'hui, elles s'étirent, nous laissent une seconde chance, nos mains dans celles de quelqu'un d'autre.

Ce soir-là, je me couche aux premiers signes de fatigue, que j'ai tendance d'habitude à ignorer, à balayer d'un clic sur mon téléphone, d'un film, d'un livre, d'une bonne excuse. Je m'allonge, ferme les yeux de longues minutes sans dormir. Je souhaite de toutes mes forces que tout – le Clos de la Pierre, l'agence, ces relations tissées, cette vie nouvelle – ne soit pas vain. Un instant, le sommeil vient, puis à nouveau le réveil. Peut-être que je rêve trop fort. La porte de ma chambre grince, comme poussée par Gribouille de retour de ses promenades nocturnes. Cependant, il ronronne, à sa place contre moi. Un parfum puissant me fait rouvrir les yeux, brusquement : celui de la cigarette. Son nuage vole et se dépose ; le chat s'en va. Quelque chose dans le creux de ma main, puis le froid contre ma joue, un baiser venu pour me délivrer de mes peurs.

À cet instant précis, Romy se redresse dans l'obscurité parfaite. Dans son songe qui s'évanouit, un enfant pleure.

La seconde suivante, Margaux s'assoit au bord de son lit, siffle trois notes à son bruyant compagnon, s'allonge, son épaule contre le drap de coton rose. Au creux de son ventre, un mouvement infime.

Dans le même temps, Paul allume sa lampe de chevet, croit entendre un bruit dans l'autre chambre. Un goût particulier en bouche l'a réveillé, il a envie de fumer. Il ouvre délicatement la fenêtre ; en dépit de ses infinies précautions, le bois proteste en grinçant. Le tabac crépite, le voile blanc qui s'échappe à l'extrémité de sa cigarette masque le ciel, il est aveugle. Une nouvelle inspiration, il ne retrouve pas la saveur de piment amer, c'est une fumée blonde qui glisse dans sa gorge, une autre cigarette. De l'autre côté de la maison, dans la rue, des pas sur le trottoir, les talons discrets d'une femme. Il n'a pas peur, il sait que, parfois, les âmes se promènent.

7.
Skyfall

L'année suivante, à la saison où les merisiers perdent leurs bouquets blancs, soufflés par la brise. Ma mère appelait ces arbres des cerisiers sauvages ; elle savait rendre les choses plus belles. Franck est à Bordeaux, en congé pour quelques jours. Il n'a pas vu le dernier courriel adressé à l'agence : « Important – Direction de la sûreté et des affaires déontologiques ».

Je suis convoqué au siège, une plainte de client. J'ai expliqué les choses trop vite lors d'un rendez-vous, ou bien je n'ai pas été clair. Un bug dans ma démarche commerciale bien huilée. De toute façon, on ne m'a rien précisé. « Convoqué ». Il est 10 heures à Paris, je suis de retour dans l'immeuble anonyme, froid et sécurisé, sans appel d'offres à défendre, sans espoir de bonne nouvelle. Rien ne change ici ; je me souviens de tout, je ne m'y reconnais en rien.

Je suis reçu dans un bureau sans décor. Deux hommes assis boivent un café ; un seul se lève. Le moins éduqué des deux est celui chargé de donner l'avertissement, le carton jaune. Dans son monde, être un con est un emploi à plein temps – lui dirait *full-time job.* Gros yeux, ton d'archevêque, inquisiteur, accusateur, méprisant et vexatoire. J'écoute ce patron de mon patron par l'effet des ramifications internes m'expliquer mon travail, à moi, fer de lance de la compagnie dans mon département, défenseur de la cause des clients opprimés par de sombres concurrents. Je précise, confirme, écris, démontre que l'acte signé presque dix-huit mois plus tôt n'a rien d'une faute, que l'on nous conditionne trois fois par an à pratiquer une unique méthode, que les coûts de cette dernière sont édulcorés jusqu'à les rendre acceptables pour ma propre conscience. En clair : j'applique et je vends.

En cette période durant laquelle chaque grande enseigne cherche un positionnement marketing à la droite du Seigneur, je suis désigné seul coupable et paie mes explications insolentes. « Estimez-vous heureux, on va tenir compte de vos bons résultats. D'autres sont tombés pour bien moins… »

Le type incarne la violence chic, parfumée, costume trois pièces sur mesure et mâchoire de porcelaine. Je lui hurle ma haine, mon incompréhension et ma vexation. Je hurle pour mes collègues, les jeunes recrues et les vieux briscards qui s'interrogent sur la façon de passer les prochaines années dans cette ambiance poisseuse. Je hurle pour celui qui n'a pas hurlé avant moi, viré, gros chèque, sacoche et ordinateur laissés là, vie brisée. Bien entendu, rien ne sort de ma bouche ; je hurle en silence. Et lui serre la main.

Ma gorge doit être violette, peut-être saigner. Il pense détenir le pouvoir, le tableau du score et le chéquier. D'un souffle, je lui abandonne tout, sa suffisance, son manque de style, à cet homme qui ne respecte rien ni personne. Mon essentiel n'est pas là. Je lui souhaite une bonne journée. Il a gagné, il est satisfait et, l'année prochaine, il me félicitera pour la progression des ventes, des chiffres. Il aura oublié, en aura humilié d'autres, à la chaîne. L'agence recevra sans doute un panier cadeau avec du champagne bio, un pot de marmelade et même des chocolats fourrés à la crème, ceux qui sont toujours chers et jamais bons. Je quitte ces lieux le rouge aux joues.

Il est 11 heures ; un café tiède est posé sur le comptoir des réceptionnistes. Une femme qui pourrait être une amie d'école l'a veillé comme un mourant silencieux. Pour la première fois, j'entends le son de sa voix :

« Je vous en ai préparé un après votre arrivée, mais vous êtes entré en réunion immédiatement. Celui-ci vient de couler, mais ça refroidit très vite, à cause de la clim.

— Merci, vous êtes adorable. Si vous saviez combien ce café est important. »

Je l'avale d'un trait, lui adresse mon sourire le plus sincère. Elle me dit :

« On ne vous voit pas assez souvent.

— Moi qui pensais traverser ce hall en anonyme, comme un énième numéro.

— Vous n'êtes pas nombreux à dire encore bonjour avec bonne humeur, que ce soit devant nous ou au téléphone. »

Je fanfaronne une minute afin de soigner mon ego, d'oublier la blessure. Je réponds :

« Je déteste cet endroit. Mon seul bonheur ici est de vous y trouver. Déjeunons ensemble. Midi trente.

— Je fais mes heures d'une seule traite et je n'ai que quelques minutes de pause. J'imagine que vous le savez très bien. »

Je m'éloigne en disant :

« Je reviendrai, Miss Moneypenny. »

Un rire discret s'empare de ses trois collègues. J'aurai au moins réussi ma sortie.

Deux semaines ont passé, et Franck, qui n'en revient toujours pas, évoque quotidiennement le client, la réclamation, les conséquences. Il a pensé de toutes ses forces : « Je ne sais pas si j'ai tellement envie de bosser pour une boîte comme ça. » Il l'a pensé si fort qu'il a fini par le dire tout haut. Alors, j'ai fait ce que je pouvais faire de pire : mentir. Répondre, l'air convaincu, qu'« on s'en fout ». Il y en aura d'autres, des coups bas, des fourberies, dans les prochaines années. Qu'ils viennent, qu'ils traversent les taillis et les futaies, les vergers et les prairies : il n'en restera rien. Nous les attendrons, les guettant tranquillement depuis nos fauteuils confortables, forteresses de terre contre boulets de fer.

Il est presque 18 heures ; la bourse chahute les marchés ce vendredi après-midi, tandis que, moi, je songe à la valise qui patiente dans la voiture. Fébrile à l'idée de ce week-end en amoureux, je me vois surfer vers l'Atlantique sur un quai de Montparnasse, entre des enfants les yeux au ciel et des voyageurs impatients, tantôt perdus, tantôt heureux.

En effet, Louise s'est accrochée. Elle a bravé le personnage, l'Adrien tricheur et désinvolte. Semaine après semaine, sa main a glissé de ma joue au sommet de mon épaule tremblante. Puis, tendrement, elle est descendue le long du bras pour saisir ma main, délicatement, un doigt après l'autre. Comme elle l'avait fait aux Saintes.

Pour elle, Antoine grandit uniquement dans le cadre de mon téléphone ; le Clos de la Pierre est une succession de photos ; Paul et Romy sont histoires, anecdotes, évocations. Il y a longtemps maintenant, la jeune femme a proposé une première journée à Paris, improvisation totale, improvisation heureuse. Puis, le mois suivant, nous avons renouvelé l'expérience, la nuit en plus. Elle a attendu la troisième fois, a pris l'habitude d'écrire plusieurs messages par jour avant de soumettre l'idée saugrenue : trois jours, trois jours *entiers* dans une petite maison de famille sur l'île de Ré, entre les embruns iodés et les pins gorgés de sève. La nièce de Guy Valentin a tenu l'agence toute seule le vendredi après-midi et le lundi matin – une formalité pour elle, formée à l'excellence « franckienne ». Pendant ce temps, nous avons fait revivre la cheminée minuscule et l'unique chambre de la propriété insulaire, maison de poupée garnie de coussins, de plaids et d'aquarelles chinées.

Puis il y eut les vacances, casse-tête insoluble entre nos obligations inexpliquées, celles de Louise et les miennes. Un long moment sans nous revoir, une longue pause pour tout mettre en ordre et laisser infuser le potentiel bonheur. Antoine est entré en classe de sixième. Nous sommes retournés dans la maison rhétaise, devant les flammes, sous les tissus. Un matin, Louise a ouvert le carré de fenêtre, fait pénétrer l'air vif et la lointaine musique de l'océan. Elle ne ressemblait à personne d'autre qu'elle-même.

Louise que je commence à aimer sans penser aux fragments de mille autres que j'aurais voulu assembler en une compagne idéale. J'aime maintenant la ligne de son cou, sa peau, ses mains, sa voix et son parfum, tout sans variation possible, tout, point final, et pour la première fois. Tout, parce que les restes du passé sont désormais oubliés, perdus dans une poche crevée.

Sur mon torse, Louise observe l'effet du froid, la chair de poule. Peut-être devine-t-elle mon soulagement, ma sensation d'être comme neuf, disponible. Peut-être un sourire béat se dessine-t-il sur mes lèvres. Quelque chose, un détail, lui aura chuchoté : « Je crois bien que vous êtes ensemble. » Elle vient s'allonger près de moi, me réchauffer, ce matin-là et d'autres encore. Jamais chez elle, jamais chez moi, depuis un an ou presque. Nous laissons le temps aux fantômes de quitter les murs de nos maisons.

6.

Ce que Jacques dira bientôt

Comme par magie, alors que mes dépenses pour la maison commencent enfin à décroître, M. Cholet me propose une visite « tout à fait imprévue ». Cet homme dépourvu de cheveux, mais pas de babil, m'a été recommandé il y a quelque temps par Romy pour choisir les tentures du salon. Depuis, son nom n'a cessé d'apparaître à intervalles réguliers sur le talon de mon chéquier : passementerie, tissus, abat-jour, housse, autres rideaux. Dès notre première rencontre, il s'est présenté comme un futur retraité prêt à tout abandonner face à la concurrence déloyale des « bricoleurs, contrefacteurs de Chine et d'Extrême-Orient ». Son seul plaisir est de passer de maison en maison en baladant son œil expert et gourmand, de distiller ses avis, d'étaler ses échantillons, ses nouveautés, ses conseils. Mon amie ne lui reconnaît qu'un défaut majeur : celui de toujours réussir à vendre quelque chose avant de repartir.

Nous convenons d'un rendez-vous chez les antiquaires en milieu de matinée ce samedi. À mon arrivée, je trouve Mathilde en plein éloge d'un tableau représentant un bouquet de fleurs, « école lyonnaise vers 1830, toile d'origine, le cadre en bois et stuc dorés est d'époque, Restauration ». Elle m'adresse un clin d'œil derrière la mèche de cheveux qui retombe un peu plus désormais sur son front, éclair noir et clandestin à faire se damner un pape Borgia. Elle me dit :

« Ils discutent derrière. Tire la chevillette, et la bobinette cherra. »

M. Cholet et Romy sont installés au bureau. Je perturbe leurs grandes palabres d'un bruissement de porte – une pichenette sur le bois, la clenche qui claque, fer contre fer. Lui a le cou tendu ; ses serres se figent instantanément sur un document relié, chiffres et tableaux, spéculations commerciales.

« Ah, c'est toi. Bonjour, mon Adrien. »

Elle se redresse, pareille à un chat qui déroule ses vertèbres avec méthode, puis fait glisser une attache de tissu élastique de son poignet vers ses cheveux. Elle rayonne, semble ravie de leur labeur, comme si les diagrammes de M. Cholet indiquaient la tendance future de tous les bonheurs.

« Bonjour, Romy. Tu es ravissante, mais ne bouge pas, je viens t'embrasser. Bonjour, monsieur. Je suis ravi de vous revoir à Mortagne. »

Je salue l'homme, qui empoigne ma main un peu trop intensément de ses doigts fins et osseux. Puis, tel un sigisbée, je dépose un baiser sur le rose des joues de Romy, façonnées en rondeur.

Après quelques échanges de politesses, alors que j'attends un étalage imminent de ses catalogues ou que sorte de sa manche une pièce d'étoffe hors du commun, M. Cholet propose de profiter de la douceur matinale pour découvrir le marché et les nouveaux commerçants de bouche de la cité percheronne.

« Nous reviendrons ici après avoir acheté deux ou trois petites pâtisseries, voulez-vous ? On me dit tellement de jolies choses sur le marché de Mortagne, je serais contrarié de le manquer une fois encore.

— Va pour une promenade ! valide Romy, ajoutant : Serais-tu d'accord pour montrer à M. Cholet le salon refait du Clos de la Pierre ? »

Le vieux grigou ralentit le pas devant l'étal de la fleuriste, au coin de la rue Sainte-Croix, humant les pollens comme un bourdon goulu. Puis il regarde par-dessus ses lunettes en demi-lune, les doigts pianotant sur la vitrine de l'agent immobilier. Après s'être éclairci la gorge, il déclare, de manière inattendue :

« Venez, je vous offre un thé ou un café. »

Romy et moi échangeons une œillade par-delà le corps courbé et les rares mèches blanches de notre grand-père commun, qui, une fois attablé, semble ne plus être le même homme. Son intonation a changé, un adulte retrouvant le timbre fluet de sa voix d'enfant :

« Ici, je pourrais être bien. D'abord venir me reposer de temps en temps, et dans quelque temps…

— Que dites-vous, Jacques ? »

Romy, sans doute perturbée par l'aveu imminent, ne le laisse pas continuer. Il poursuit cependant, levant une main trop maigre devant nous.

« Dans quelque temps, m'installer, vivre là… et crever tranquille.

— M. Cholet… »

Il parle comme si nous étions ses amis, d'une voix que ne teinte ni la confession ni le regret. Une vérité simple. Il reprend, plus doucement encore :

« Maintenant, il faudrait me rendre un service. Toi, Romy, songer à nos échanges, à l'avenir. Et prendre la bonne décision. Vous, Adrien, faire jouer votre réseau et peut-être m'aider à trouver une maison proche du centre de Mortagne ou d'un bourg bien vivant. Tous les deux, m'aider à croire que j'ai réussi mon existence. »

Nous quittons la terrasse sans un mot. Même le serveur reste muet au moment de rendre la monnaie sur une coupure énorme sortie du portefeuille du retraité. Je sens des regards sur M. Cholet, les yeux de ceux qui ont tendu l'oreille ou saisi une phrase en remuant leur café.

Le marché. Un incontournable du samedi matin. Les Mortagnais à temps plein y sont noyés sous les cabas à roulettes, les paniers en osier et les tote bags. Le caoutchouc des bottes est aussi lisse que les billets crachés par les distributeurs automatiques ; le prix des tomates flambe un peu dès qu'il s'agit d'une variété ancienne. Mais il y a du monde, il y a une vie. Un incroyable fourmillement, des rires, des joies d'enfant, des mains qui se tendent, des « salut » et des « bonjour », le bruit que fait le plaisir, le bonheur de chacun. Le compte est bon pour tous, même pour ceux qui découvrent les embouteillages, la queue à la boulangerie et à la boucherie dans une ville de cinq mille habitants.

Nous nous faufilons tous les trois. Jacques Cholet est tout alerte, le visage en avant, ses demi-lunes dangereusement avancées à la pointe de son nez. Romy entre chez le pâtissier, nous fait signe de l'attendre.

Ne me parviennent en revanche que des sons désagréables – à mes yeux, des agressions anodines. Un bébé qui pleure, gêné par les odeurs, les fumées d'une rôtissoire. Une vieille dame qui proteste pendant qu'un môme se moque de sa canne tripode. Un couple lève les yeux au ciel en voyant le prix des melons, des bottes de radis roses. D'autres paraissent tristes, nostalgiques de la mercerie changée en brocante-salon de thé-galerie éphémère. Mon amie exhibe maintenant un paquet triangulaire noué de bolduc vert qui doit contenir une bonne dizaine de macarons. Un monsieur sort de la quincaillerie, fier d'avoir acheté un Opinel et une marmite en fonte. Plus loin, le long des murs de l'église, deux jeunes arrosent d'urine la porte de la sacristie tapissée de lichen ; ils s'amusent, croisent les jets. Le vieux commercial marque une pause devant le monument, puis, en contrebas, devant la porte Saint-Denis et l'hôtel du même nom. Enfin, imitant chacun de mes visiteurs la première fois, il s'immobilise sous la majesté centenaire de mon arbre rouge.

Dans le jardin, sur une petite table ronde à la peinture blanche écaillée, je verse le thé dans trois tasses ornées de fleurs bleues, le barbeau des champs. À l'instar de Romy, je trouve ce décor à la fois simple et raffiné, deux qualités suffisantes pour rendre les choses belles. Jacques Cholet s'est levé quelques minutes plus tôt. Au salon, il laisse courir sa main le long des rideaux, l'extrémité de son majeur et de son annulaire sur le galon des fauteuils. Ses habitudes resurgissent. Il parviendrait, là, en une fraction de seconde, à dissiper les réticences, les objections de n'importe quel client. Cette fois-ci comme les précédentes, il saurait créer son ambiance, instiller quelques mots pour que la discussion s'installe, guidée par une main invisible. Une génération disparue, acquise corps et âme aux produits de qualité, capable de nous déposer sur le rebord de son entonnoir d'arguments, de nous laisser glisser tranquillement vers l'issue, la seule possible : le bon de commande. C'est ce qu'il nous explique, le plus sereinement du monde. Une méthode simple, mélange d'écoute, d'empathie. Un secret, unique : connaître ce que l'on vend sur le bout des doigts, savoir tout sur tout. Ses phalanges sans anneau se posent sur l'avant-bras de l'antiquaire, et il ajoute :

« Réfléchissez, Romy. Je me trompe rarement sur les gens, leurs qualités, leurs faiblesses. Cette opportunité est pour vous. Je vous appuierai, vous aiderai de toutes mes dernières forces. »

Je les interroge du regard.

« Vous êtes bien mystérieux, tous les deux. Allez-vous m'expliquer ce qui se trame, entre la retraite de l'un et les projets de l'autre ?

— C'est un peu trop tôt, tranche Romy tranquillement. Je veux travailler ; nous devons étudier encore certains détails. Et tout ne dépend pas de moi, loin de là. Mais ce pourrait être… ce pourrait être une façon de changer sans trop bousculer les choses. Ça devrait donc te plaire ! »

5.

1,21 gigawatt

Coincée entre le miroir de la salle de bains et le mur, une photo de Louise m'observe depuis plusieurs jours, un cliché pris à bout de bras en haut du phare de la Baleine. Ça y est, je suis sans doute amoureux. Pas « tombé amoureux », pas « raide dingue », simplement petit à petit conscient d'être heureux, comblé de la retrouver, un week-end de temps en temps. Un sentiment nouveau est né depuis une poignée de semaines : elle me manque. Je lui raconte des banalités à longueur de messages, des détails qu'elle juge importants et que je libère sans retenue. Elle appelle cela « partager ». Elle est entrée dans ma vie et y a trouvé sa place. Je ne veux plus qu'elle en ressorte.

Il y a quelques mois encore, les choses étaient pour nous deux différentes. Je crois qu'elle a dû faire le ménage, mettre de l'ordre. En cela, j'ai su l'imiter. Auparavant, il n'était donc pas question de nous retrouver chez elle. Et je n'ai jamais insisté pour l'accueillir chez moi. Aujourd'hui, nous sommes prêts. Nos chemins se rapprochent, enfin.

« Enfin » : c'est ce que disent mes amis, les rares à connaître son existence. Margaux n'a pas dit « enfin », mais quelque chose comme : « Je suis heureuse pour toi. »

Hier, une lettre recommandée est arrivée au bureau. Deux pages de la direction des ressources humaines me signifiant un rappel à l'ordre pour faire suite à ma convocation, à la plainte du client retraité. Le syndicat des agents d'assurances m'a rassuré peu de temps auparavant, tout en m'invitant à la méfiance : la tendance actuelle est à la fermeture des petites agences de province, ces endroits rentables pour le patron, mais trop incontrôlables pour la compagnie. Dans nos villes, les clients viennent trouver une femme, un homme, pas une enseigne.

Je suis allongé dans l'herbe près d'Antoine, qui s'est assoupi à l'ombre en regardant une vidéo sur sa tablette. Je me revois déchirant le courrier sous les yeux approbateurs de Franck – « On les emmerde, non ? » prononcé à l'unisson. Le jeune homme a ajouté :

« Ce serait compliqué de quitter la compagnie ?

— Que veux-tu dire ? Je suis endetté sur quinze ans, je te le rappelle.

— On leur fait "à l'envers", comme disent les jeunes. D'abord, on bascule les gros clients actuels en courtage ; ils diront tous oui si le tarif est plus avantageux. Ensuite, vous négociez la fin du mandat exclusif pour devenir courtier à cent pour cent. Ça ne signifie pas quitter totalement la compagnie, mais être libre. »

Ses mots résonnent dans ma tête. Une analyse simpliste, mais un plan possible à réaliser. Pourquoi pas ?

Avec la course du soleil, l'ombre des arbres se porte sur moi, et je frissonne.

Au même instant, la sonnette retentit, brisant le silence et le récital des oiseaux. Antoine se retourne, garde les yeux clos. Je vais ouvrir avant que la personne n'insiste.

« Bonjour. Je représente l'agence Les Belles Percheronnes, nous sommes spécialisés dans les demeures anciennes sur Mortagne et les environs.

— Et vous êtes ?

— Je suis le commercial.

— Comment puis-je vous aider ?

— C'est un peu délicat, mais, croyez-moi, ce que j'ai à vous dire mérite d'être entendu. Je peux entrer ?

— Non. Quel est votre nom, monsieur ? »

À mesure qu'il essaie d'avancer, mes doigts se serrent davantage sur la poignée.

« En deux mots, j'ai des clients en portefeuille qui seraient prêts à des folies pour visiter votre maison. Leur budget est illimité.

— Malheureusement, ma patience ne l'est pas. Bonne journée, monsieur, et soyez gentil de ne pas revenir.

— Vous pourriez le regretter. Ces gens ont de l'argent, et chaque chose a un prix. Dites le vôtre.

— Foutez le camp ! »

Je claque la porte pour marquer le coup, mais pas trop fort, sachant les gonds fatigués et Antoine endormi. Je retourne m'allonger près de lui, hors de la couverture, le visage au soleil, les mains plantées dans l'herbe jusqu'aux racines blanches, celles que l'on n'arrache jamais.

Il n'y a pas de prix, bicoque ou manoir, lopin ou parc. C'est ici que je suis, par choix et grâce à la vie. Que passent les voitures, les trains et les avions ; que passent l'existence folle et les gens qui courent. Des fondations à la plus haute ardoise du toit, de l'écrin de vase de mes quatre poissons rouges à la cime des arbres, je demeure ici. Que viennent les saisons buriner mon visage, ruisseler devant mes fenêtres. Sous mes pieds craque le bois du parquet ; il ne proteste pas ; il chuchote mon nom, et d'autres aussi. Au risque de faire monter mes larmes, le poids du vide pesant dans mon ventre. Ces absentes que je ne peux serrer dans mes bras, celles qui ne peuvent me consoler et à qui je dois tout.

Au creux de la main, je tiens mon téléphone allumé, prêt à envoyer un message à Louise. Je l'écris, l'efface. Recommence, efface de nouveau. Je crains de dire « je t'aime », de faire parler mon cœur sous le coup de l'émotion. Il faut attendre, laisser retomber le soufflé. J'appelle Paul, lui raconte la visite de l'agent immobilier ; nous discutons, il devine que je vais mal, creuse doucement à la recherche de mes maux, comme un enfant creuse le sable beige, chaud.

Bientôt, c'est lui qui sonne à la porte du jardin. Il pose simplement sa main contre ma joue, se baisse pour embrasser Antoine qui accourt. Mon garçon était au garage : depuis quelque temps, il passe des heures à déplacer et ranger des livres dans l'armoire. De la poche de sa veste, l'homme sort un tube de bulles de savon, cadeau pour le môme. Antoine est ravi et ne peut s'empêcher de souffler sur l'emporte-pièce de plastique. De grosses gouttes s'échouent sur les graviers. Paul s'accroupit, reprend le jouet :

« Tu n'as jamais fait de bulles de savon ? Regarde, doucement, avec un filet d'air. »

Une sphère se forme, ronde comme un nez de clown aux reflets mauves.

« Maintenant, essaie. Essaie et fais un vœu. Si ta bulle s'envole plus haut que le toit de la maison, il se réalisera. »

L'enfant s'éloigne, les yeux pétillants d'ambition. Paul poursuit :

« Et toi, Adrien, trouve-nous deux beaux verres et du rosé bien frais. C'est l'heure de vider ton sac. »

Il ne faut que quelques phrases lâchées face à mon ami pour soulever un poids de mes épaules, de mes pensées. Lui a les mots justes, ceux qui réconfortent sans jamais infliger de leçon. Nous marchons dans le jardin, renvoyant le ballon à Antoine, l'observant sur un rebord de porte-fenêtre une fois encore à surfer sur le Web et à visionner ses vidéos de gosses faisant rebondir des billes ou se lançant des défis. Nous marchons le long des roses qui se préparent, des bourgeons de framboise, foulons l'herbe grasse qui donne envie d'être pieds nus, nos épaules à quelques centimètres l'une de l'autre, à se frôler.

Il fait maintenant plus frais ; mon garçon a disparu. Sous les fenêtres du salon s'élève une bulle, fragile et rapide comme les ailes d'une libellule. Ses contours s'irisent d'un ton orange, couleur du soleil en fin de course. Elle dépasse la gouttière, l'inclinaison des ardoises, la dernière pierre de cheminée. Un cri de joie.

Louise chérie. Après tant de week-ends sur la côte, à mi-chemin, j'aimerais que tu viennes quelques jours ici, en Normandie. Le meilleur reste à venir. Je t'embrasse. A.

4.

Les jeux des nuages et de la pluie

Elle travaille depuis les premières lumières du matin. Sur la joue de Romy viennent s'abandonner des particules en apesanteur, deux taches dorées. J'ai suivi leur vol, leur atterrissage sur sa peau. Habituellement, ce sont les agressions du soleil ou les attaques du temps qui laissent leurs marques brunes. Elle est agenouillée à côté de mon miroir, près d'un petit coffre empli d'ustensiles et d'un escabeau de trois marches. Au sol, elle a déposé un drap blanc épais, lui aussi maculé de souvenirs. J'ai déjà observé le résultat de son talent dans l'atelier de son arrière-boutique, mais ce matin elle est à l'œuvre juste sous mes yeux. À l'extrémité de son pinceau danse une feuille d'or. Mon amie bloque son souffle, avance sa main vers le cadre et laisse la magie électrostatique attirer le pétale précieux sur le décor de bois et de plâtre. Puis elle me dit doucement, en refaisant le même geste :

« Regarde, c'est la dernière feuille. Dans un instant, j'aurai terminé ; dans un instant, tu n'auras plus besoin de moi. »

Je reste interdit. Elle me fait signe d'approcher tout contre ses jambes, ses pieds repliés sous ses fesses, me tend le pinceau et glisse sa main par-dessus la mienne. Je suis incapable de l'imiter, je m'apprête à ruiner l'ensemble. « Chut. » Ses lèvres s'appuient sur les miennes, le temps de fermer les yeux, un mouvement de paupières qui soulève une émotion inattendue ; je suis bouleversé, un fragment de seconde. J'ai peut-être rêvé. Elle rompt le silence :

« Voilà. C'est fait. »

Un peu plus tôt, sur le marché, j'ai trouvé deux filets de poisson à faire cuire « pas plus de cinq minutes à la vapeur », selon les conseils d'un homme au tablier foncé et aux mains calleuses, énormes. Il roulait les « r » plus longtemps qu'un Percheron, moins intensément qu'un Basque. Étrange marin. Entre les écailles grises et le papier d'emballage alimentaire, il a glissé deux brins de plante aromatique.

Romy semble heureuse de ma cuisine simple, nous sert de nouveau quelques pommes de terre grenaille à la peau craquante sur laquelle nous ajoutons elle et moi une noisette de crème fraîche et un tour de moulin à sel.

« Je me suis disputée avec Paul, me dit-elle, comme si le sujet était anodin.

— Pas trop grave ?

— Non. De ces disputes qui ne changent rien. »

Jamais je n'ai imaginé Paul haussant le ton, accélérant le rythme de sa diction pour une raison autre que celle de capter l'attention de son auditeur. Il me faut pourtant bien envisager les soirs où ces deux-là, réunis, ont tout à s'avouer. Surtout depuis que Paul joue le chasseur de trésors, le livreur aux confins des frontières normandes, au-delà des limites. Elle reprend :

« Évidemment, tu te souviens de la petite gravure, celle que Mathilde s'entraîne à reproduire, celle qui t'a conduit jusqu'à nous.

— Bien sûr.

— Paul a voulu la vendre à des clients qui s'installent près de Bellême, je crois, un joli manoir où il a carte blanche pour tout meubler. Un prix fou, exorbitant, pour un lot avec deux autres tableaux. De quoi sauver un peu les finances de la boutique, qui sont mal en point avec tous ses voyages parisiens, surtout depuis que les antiquaires poussent comme des champignons dans le Perche.

— Et tu as refusé.

— Cette gravure ne vaut pas le dixième du prix dont il a convenu, et surtout elle est à moi. Je lui ai conseillé de céder la copie de Mathilde : ils n'y verront rien. »

Je prends une longue inspiration tandis qu'elle poursuit :

« Je lui ai dit de me recommander auprès d'eux, de faire en sorte que je puisse leur vendre les tissus, les tentures, la décoration. Je vais faire ça, Adrien, tu l'as compris. Je vais reprendre l'activité de Jacques Cholet, et Paul va m'ouvrir toutes les portes. Il va les ouvrir en grand et me laisser faire ce dont j'ai envie, dehors moi aussi.

— Et votre boutique ? »

Je me ressaisis immédiatement, conscient que ma remarque est déplacée, intrusive, stupide.

« Pardon, je suis heureux pour toi, Romy, véritablement. C'est une idée merveilleuse.

— Merci. Tu le diras à Paul quand il te l'annoncera, d'une façon ou d'une autre. Tu soutiendras mon projet ? »

Ses mains enveloppent les miennes.

« De tout mon cœur. »

Il accélère, l'organe, il cogne très fort à l'instant de choisir mon camp. Mais je suis persuadé que la décision de Romy est la bonne. Elle mérite sans aucun doute d'échapper aux odeurs de cire chauffée, aux livres de comptes et aux mises à jour du site internet. Elle mérite tout, ma Romy, sans borne.

Aujourd'hui, j'ai quarante ans, enfin à peu près. Étrangement, j'aime ce jour, sans jamais avouer le plaisir coupable que me donne le fait qu'il soit célébré, sans jamais hurler que vieillir me fait horreur. Je reste accroché à la date comme à un mât au milieu du naufrage. Franck a choisi les bras d'Isham plutôt que le Perche ce week-end ; il a mille fois raison. Mathilde et Benjamin sont retenus au bar de l'hôtel Saint-Denis, ils nous rejoindront un peu plus tard. L'arrière-saison est douce, les touristes encore nombreux. La soirée s'annonce tout à fait ordinaire en compagnie de mes amis, rue des Tailles. Il y aura certes un petit chant d'anniversaire, rien de répréhensible, après que j'ai insisté pour ne pas trop marquer l'événement. Cela se passera chez les antiquaires, mon second foyer, auprès du feu devant lequel j'ai confié tant de secrets, de doutes et d'états d'âme, qui a vu se frôler les peaux, les envies. Il y a quelques jours, assis le rouge aux joues, j'ai tenu tête à mon ami et honoré ma promesse à Romy : défendre son projet.

Paul s'avance vers moi, le regard plus grave, plus intense que d'habitude, le contour de ses yeux comme souligné d'un trait de bistre. Il est tellement séduisant, pieds nus et pantalon de toile marine, dans sa chemise qui semble ne jamais avoir été portée. Accoutumé, je ne relève même plus son parfum à force de m'en être imprégné, de l'avoir côtoyé, de m'y être frotté. Les mains croisées derrière le dos, il s'approche, puis m'offre un écrin de cuir brun clair très légèrement usé aux angles, griffé sur le dessus. Romy est là, dans l'embrasure de la porte. Paul me souhaite simplement : « Joyeux anniversaire. »

Sur un coussin de tissu grand comme une carte à jouer est posée une montre d'horloger suisse, une occasion presque impeccable malgré les années, modèle Reverso. Je chancelle un peu, me ressaisis. Je dois statuer tout de suite : le prendre dans mes bras, l'enlacer, le serrer plus ou moins fort, le remercier, ses joues rieuses contre les miennes. Lui dire merci d'être présent, de l'avoir toujours été, de m'avoir sauvé saison après saison, de cristalliser notre amitié, notre étrange amour commun, dans un seul objet. Il s'approche encore et me tend son visage, enfin, enfin, décide de faire se rencontrer nos bouches. Les yeux fermés, je ne saurais dire si ce baiser vaut tous ceux de Mathilde. Ma main vient se poser dans ses cheveux, derrière sa nuque ; la seconde suivante, nous nous éloignons.

« Tu es un homme étonnant, Adrien. Ne change jamais, je te l'ai déjà dit. »

La sonnette retentit, une note parfaitement accordée, comme sortie d'un minuscule piano-forte dissimulé quelque part au-dessus des rideaux. Romy, depuis l'entrée, me dit :

« La dernière surprise pour ce soir, promis. »

Louise est là, sur le seuil. Elle essuie nerveusement ses bottines noires sur le paillasson. Ses bras entourent mon cou, et le goût de l'homme s'évanouit au contact de la langue de cette femme. Je ne suis pas étonné, ne cherche même pas à savoir *comment*. Le *pourquoi* est limpide : mes amis ont effectué le travail pour moi. Enfin, celle que j'aime trouve sa place, toute la place. Bientôt, j'irai aussi chez elle rencontrer sa vie. Demain, par ma fenêtre, nous regarderons le hêtre pourpre abandonner ses feuilles à la surface du bassin et, au contact de l'eau, se formeront de petits cercles à peine plus grands que ceux laissés par la pluie.

Mathilde et Benjamin arrivent trempés quelques instants avant que nous n'attaquions avec envie les spécialités rapportées par Louise. Un peu plus tard, je les vois s'éloigner vers la fenêtre, sur laquelle ruisselle une ondée. Je pense : « Elle va tendre l'index, le mouiller de cette buée tiède et en peindre les lèvres de son compagnon » Mais il ne se passe rien. Chacun son instant de tendresse. Ils sont beaux, lui marqué au bras d'un dragon, elle constellée d'étoiles.

Paul vient s'asseoir près de Romy ; affectueusement, il dépose un baiser tout près de son oreille. Je suis assis par terre, la nuque calée entre les genoux de Louise ; elle, installée confortablement dans un fauteuil club, tient un verre de rhum brun à la main. En face, je perçois à mon intention un clin d'œil, vif, souligné de noir.

La scène pourrait paraître étrange, incongrue, presque dérangeante. Je ne ressens rien de tel. Je reste l'ami, l'amant, l'amoureux, le cœur en kaléidoscope, sans m'occuper du cœur des autres, blotti contre Louise, sans vouloir me trouver nulle part ailleurs. Chacun est sans doute ce soir là où il doit être, sans faire aucun effort désagréable, sans se torturer l'esprit, le plus naturellement du monde.

3.

Les grandes personnes

Parfois, les étoiles s'alignent dans le ciel et au fond de chacun d'entre nous ; pour peu que l'on veuille bien y prêter attention, les signaux passent au vert, et l'angoisse de la décision s'évanouit. Il est temps de statuer sur l'avenir de la nièce de Guy Valentin, de lui donner une place véritable dans l'agence compte tenu du travail fourni et de l'ampleur de nos projets. La « nièce de Guy » devient donc Cécile, inscrit en caractères d'imprimerie sur son contrat à durée indéterminée, avec prise d'effet dès l'obtention de son diplôme en alternance – diplôme qui sera décroché quelques jours plus tard avec mention. Elle semble étonnée de m'entendre m'excuser de mes absences, de mes distances, lui dire combien elle est essentielle au bon fonctionnement de notre toute petite entreprise, lui avouer, plein de mystère, notre avenir riche en surprises. Elle signe plusieurs feuillets de sa main de gauchère après avoir choisi elle-même un stylo dans sa trousse d'écolière. Depuis une chute devant l'église Notre-Dame, sur la deuxième marche à l'arête creusée, elle conserve une marque étrange, stigmate des broches qui ont enserré son poignet d'enfant. Tandis que je remarque la cicatrice, elle relève sa manche, fière comme une Valentin.

Le comptable, après avoir repris deux fois ses calculs, a également validé l'embauche d'une personne au poste de commercial. Mais face à mes talents de procrastinateur et à l'argument massue de Franck – « on ne sait jamais » –, la décision a été reportée à plus tard, dans quelques semaines ou quelques mois, quand le projet de nous muer en courtiers aura été couronné de succès.

Si je m'en remets aux caprices des étoiles et aux énigmes du destin, c'est aussi grâce au confort matériel procuré par le plus récent et important dossier en date : un parc d'immeubles tout proche de Versailles, opportunité livrée sur un plateau par Romain, sur les conseils insistants de Paul. Du pain bénit sous la forme d'une liste de propriétaires et de responsables de syndic prêts à nous faire confiance. Lorsque ce dossier aura été mené à bien, la somme des contrats potentiels financera intégralement le salaire de Cécile. Je ne peux cependant m'enlever de la tête que certains bonheurs sont donnés en échange de peines, et inversement.

Le week-end suivant, Antoine me reproche de ne pas lui avoir fait rencontrer Louise. Il reste bougon une matinée entière, à faire des sauts de puce d'une pièce à l'autre sans jamais me rejoindre au jardin, à afficher une moue qui se reflète dans l'écran de télévision, à démonter notre dernier vaisseau spatial morceau par morceau. Son sourire revient en croquant dans la première fournée de mes madeleines dominicales, parfumées à la fleur d'oranger, selon son goût. Pour la seconde, il émet le souhait d'ajouter quelques pépites de cacao et de conserver la plupart des pâtisseries : il veut les offrir à sa mère le soir venu.

Au-dessus de sa bouche, le duvet d'enfant s'est un peu assombri ; il a grandi et sonne désormais aux portes du monde des grandes personnes. Certains sujets deviennent plus importants et plus graves ; je m'en effraie.

À mon retour de Cabourg, je monte ranger sa chambre, fermer les volets. Au passage, je mets en route la musique – les premières notes sont jouées au piano, une voix française, fragile. Et puis j'écoute Marillion, encore ; toutes leurs chansons mènent aux songes. Je m'attarde sur les étagères et les jouets de mon fils, ses constructions exposées, quelques livres ou bandes dessinées, une histoire de Gédéon héritée de Bonne-Maman qu'il trouve sans doute passée de mode, mais qu'il conserve bien en vue pour me faire plaisir. Ses draps repliés à la hâte sentent la lessive et le vent du jardin ; ici, l'enfant s'endort sans que rien n'agite ses nuits. Son oreiller est à peine marqué ; il n'use rien, se pose un jour ou deux, repart. J'ouvre sa commode : elle compte autant de vêtements trop justes qu'à la bonne taille. Je constate que le temps passe, et je referme les tiroirs, j'enferme tout, avant que la mélancolie ne m'étreigne, ne me dévore à nouveau.

La semaine suivante, Romy s'annonce :

Mon Adrien. Il y a un film au cinéma dont c'est la dernière séance ce mardi soir. Voudrais-tu m'y accompagner ? Et peut-être, ensuite, nous préparer quelques linguine al dente ?

Elle m'attend sur le perron de l'établissement, surmonté de lettres noires encadrées de blanc : « L'Étoile ». Le point sur le « i » compte cinq branches ; il s'illumine d'une teinte rouge fluorescente. Romy est le portrait d'elle-même le jour de notre rencontre, sans la moindre variation, même infime. Et chaque fois je suis saisi par la douceur de ses traits, par un élan de tendresse immédiat et incontrôlable.

Comme moi, elle n'aime pas le bruit des dents qui broient le pop-corn, des strapontins qui grincent. Elle préfère arriver à l'heure et choisir le fauteuil central, découpe son ticket en une mince guirlande face aux bandes-annonces. Pendant les publicités qui promeuvent le commerce local, nous vérifions nos téléphones, envoyons un dernier message : Louise s'endort, m'embrasse, attend impatiemment notre prochain week-end ; Paul ne rentrera pas ni ce soir ni demain ; il m'embrasse lui aussi, « bien tendrement ».

Plus tard, je dispose sur un plateau deux grandes assiettes blanches, un moulin à sel et un sachet de fromage italien. En versant un peu de vin dans chacun de nos verres, j'observe Romy, songeuse. Puis, doucement, elle adopte un air décidé. Elle sort de son sac un paquet enveloppé de papier kraft épais, noué en croix par une ficelle de lin.

« Voilà, moi aussi j'ai un cadeau pour toi.

— Romy, je n'ai pas besoin de cadeau.

— Tais-toi, plus un mot. Ouvre. »

La gravure, celle de la première fois, de ma rencontre avec Paul, chérie par Romy, étudiée, aimée par Mathilde. Un visage de femme aux cheveux coiffés à l'antique, un visage infiniment beau, bouleversant. Elle reprend :

« Je voulais te la donner en tête à tête, un moment seulement pour tous les deux. Et puis, moi aussi je me suis imaginé que tu pourrais m'embrasser.

— Romy…

— Mais non, je ne le veux pas. Pas aujourd'hui. Pas une seule fois. Ça ne pourrait pas rester unique, tu comprends ?

— Je comprends très bien.

— Promets-moi qu'un jour toi et moi nous ne serons plus seuls. Faisons le vœu que tout s'arrange, sans jamais trop nous éloigner. Promets-moi qu'un jour, si le destin est assez cruel, nous oublierons tout. À la fois ce qui nous attire et ce qui nous oblige à ne pas nous aimer, à ne pas céder. Promets-moi que, ce jour-là, nous serons ensemble.

— Promis.

— En attendant, je m'envole. Je vais sillonner les routes sur les traces de M. Cholet. Je vais adorer cela, m'en aller, revenir parfois. Tu vois, finalement, c'est moi qui pars. Mon Paul ne le pourra jamais. »

2.

Que la fête commence

Le directeur d'un immense réseau de courtiers vient de sortir de l'agence. Nous avons discuté en tête à tête pendant près d'une heure, puis j'ai demandé à Franck de nous rejoindre. Dans quelques mois, ce dernier sera mon associé. Nous allons ouvrir un cabinet indépendant et, tranquillement, faire basculer nos clients de la structure actuelle, très encadrée, vers la nouvelle. L'expert-comptable est notre allié, dressé avec nous contre vents et marées. Une vaste opération de contrebandiers, ou, pour paraphraser Paul, « de pirates ». J'ai pris la décision définitive et balayé mes plus gros doutes après avoir reçu les directives du siège pour le semestre prochain – les conditions d'attribution des meilleurs tarifs, des budgets commerciaux et des bonus. Plus, plus et plus encore, car toi seul, actionnaire, es le « Très-Haut ». Trop vite, avec ma compagnie d'assurances, nous avons fait chambre commune et rêves à part. L'heure du divorce a sonné, un autre, cette fois-ci sans avocat ni prestation compensatoire.

Avec ce projet fou, depuis des semaines, je me suis accoutumé à la peur qui noue le ventre, aux nuits par tranches, aux heures blanches. C'est le prix, la meilleure solution pour l'avenir, pour Franck aussi. Tout le monde trouve le plan ambitieux, casse-gueule, formidable. Chacun y va de son qualificatif et de ses encouragements. Même Guy Valentin, partenaire et actionnaire symbolique, y voit l'opportunité de conquérir des marchés jusqu'ici fermés : grandes exploitations agricoles, monuments historiques, risques industriels. Il a des idées en pagaille, un réseau toujours à l'écoute. D'un geste, il ramène une mèche argentée sur le dessus de son crâne, parsemé de taches inquiétantes ; ses yeux humides brillent ; un instant, les rides profondes de son visage se comblent. Il dit : « Je suis fier de vous, mes enfants. »

Étape après étape, j'ai tout exposé à Louise. Après lui avoir confié mon cœur, je lui ai également ouvert ma tête, mon pauvre esprit pudique et contradictoire, bousculé par les ambitions et les idéaux. Elle a domestiqué mes doutes, ces fichus doutes qui toujours gangrènent mes décisions, font si souvent de moi un suiveur docile et silencieux. Chacun de ses mots a sonné juste, comme ceux de Paul ou de Romy. Comme aurait résonné la voix de ma Bonne-Maman, de ma mère, d'un parent imaginaire. J'ai su, au moment de les entendre, que nous étions profondément, intimement, unis.

Louise est entrée à la manière d'un chat, d'un Gribouille abandonné qui revient au logis ; le Clos de la Pierre a été apprivoisé, conquis au fil des jours. Ainsi, comment dire un « je t'aime », si banal, à quelqu'un qui continue de construire, de penser que la destinée commune ne s'arrête pas quand trois mots s'achèvent, écrits ou balancés à l'emporte-pièce, pouce contre écran, bouche contre bouche ? Louise, un jour je m'endormirai, vieux et fatigué, paisible. Je regarderai mes doigts veinés de bleu, et nos mains jointes ne porteront pas d'anneau.

À la surface de mon double expresso déambule un nuage de lait ; il résiste, se noie ; personne ne saura qu'une seconde plus tôt il était là. Je me promène dans mon jardin qui sommeille, teinté de couleurs humides. Je fais un vœu lorsque la dernière feuille tombe, échouée un pas avant l'eau figée de givre. Les poissons ne viennent plus jouer ; parfois je crois qu'ils sont cachés, parfois qu'ils sont morts – cela dépend de mon chagrin, de la brume mélancolique, dissipée ou non à coups de caféine.

Les doigts glacés, je formule à nouveau un souhait, mon souhait de bonheur, l'inscris en toutes lettres sur un morceau de tissu blanc trouvé à la cuisine, torchon vite déchiré. Et puis je sors pour nouer ce ruban autour d'une petite branche, celle d'un jeune sophora planté avec maman en mémoire de celle qui nous avait quittés. Autrefois – je m'en souviens à peine –, un arbre semblable trônait devant la fenêtre du salon et masquait presque tout le soleil. La tempête qui avait ravagé les forêts de France juste avant l'an 2000 n'avait pas épargné cet ancêtre de bois, et ma Bonne-Maman en avait été elle-même ébranlée. J'ai choisi une branche fragile née du dernier printemps, une branche vive qui, les années passant, ira s'étendre vers le ciel.

L'alarme de mon téléphone sonne, signale les rappels de la journée à venir. Je déambule dans la rue, où un homme en casque orange finit d'accrocher les guirlandes municipales. Il est suivi par un collègue, conducteur d'une nacelle qui régulièrement l'élève contre les façades, les balcons, les lampadaires. Ce duo et bien d'autres ont dû travailler toute la nuit pour que, bientôt, s'émerveillent les yeux des enfants.

Ce matin-là, je songe aux fêtes de Noël, au cadeau que maman ne recevra pas, à mon sapin nu. Je revois la vendeuse emballer soigneusement deux boucles en or blanc ornées de minuscules brillants ; elles sublimeront le regard de Louise, son sourire aussi. Je relève mon col et me réchauffe un peu de cet espoir léger.

Avant que je ne m'engouffre dans le café du Théâtre, Margaux m'appelle. Sa voix résonne, trop forte dans le haut-parleur ; elle est au volant. Il est à peine 9 heures. Je comprends en deux phrases qu'elle doit suivre son compagnon, venir s'installer à Argentan, une ville de taille moyenne à environ soixante kilomètres de Mortagne. Sa maison de Cabourg sera louée pour ne pas être vendue, occupée l'année prochaine par une quadragénaire divorcée mère de trois bambins, une amie de son « mec ». Margaux habite depuis peu chez lui, le « mec », le père de son nouvel enfant, une petite fille au sourire charmeur, comme celui de sa maman. C'est définitif, une information qui n'exige aucun traitement, si ce n'est celui qui consiste à la consigner. Cette femme va vivre loin du sable et des embruns. Elle va bientôt élever notre fils et sa fille dans une ville où son homme recycle nos déchets, vend du gaz prétendument propre et fait fortune. Antoine sera désormais à moins d'une heure de moi, de chez nous. Ce doit être une bonne nouvelle, et tout le reste, « mes chers amis », je m'en fous.

1.

Drone

Je monte au dernier étage, dans cette partie de la maison où il fait trop chaud l'été et presque aussi froid qu'au jardin l'hiver. J'explore les deux petites pièces et le grand grenier une fois encore, une millième fois sans doute, à la recherche de rien, une pulsion de vide. Aujourd'hui, les lieux restent déserts, plus dépouillés que mon âme, mais prêts à accueillir l'avenir et mille autres boîtes, emballages, souvenirs. Le néant sur les étagères, un simple voile de poussière, lisse et parfait. À peine une dizaine de cartons et quelques affaires appartenant à maman ; rien que la mort.

Au fond, tout au fond de la soupente, apparaît une lucarne, une tabatière, comme dirait le charpentier avec son vocabulaire précis. La vitre est brisée, et les morceaux de verre reposent sur une caisse de voyage au corps de bois et à la peau de tissu. Par terre, derrière elle, le squelette minuscule d'un oiseau étourdi, perdu chez les hommes. Le châssis rouillé de l'ouverture laisse passer de grands filets d'air humide, le froid, la pluie, sans doute bientôt la neige. C'est par ici que doit s'évader mon chat. Au sol, des taches, flaques séchées en auréoles brunes. Il faudra rapidement remplacer cette vitre, dans un premier temps par un morceau de carton. Je mesure, note les dimensions pour aller commander, un jour, le matériel au magasin de bricolage, pour découper demain un rectangle au cutter dans un des calendriers rigides que je distribue chaque année aux clients.

Je grimpe sur la malle et jette un coup d'œil à l'extérieur. Un morceau de verre tranchant a échoué dans la gouttière ; il menace de tomber dans le jardin, de blesser, d'inciser. Je ne suis pas suffisamment haut pour l'atteindre et me faufiler dehors ; mes bras sont trop courts. Je dois aller chercher une petite échelle et passer mon buste par l'ouverture. Je vois le toit, les trois cheminées, au loin les collines, l'étendue verte de la forêt de Réno-Valdieu. D'un coup de manche à balai, j'expédie la vitre brisée sur la pelouse, dix mètres plus bas.

Je veux monter, longer la rive d'ardoises, voir plus, embrasser le monde, recevoir des gifles froides. J'escalade la dernière marche de l'escabeau sur la pointe des pieds, glisse un genou par la tabatière, en équilibre. Le tissu sur ma jambe se déchire contre un fragment rouillé. Un pas, un second. Je prends appui sur la cheminée. Il me semble que les briques sont encore tièdes du feu de la veille.

Au coin de l'âtre, Bonne-Maman m'apprenait à tricoter, à trier de vieilles pièces de monnaie, à jouer aux cartes. Elle me racontait ses soirées de bridge où elle avait perdu quinze francs. C'était doux comme une gelée de framboise étalée sur du pain au goût de brioche.

On ne meurt pas de chagrin.

Face à moi, dans une branche du hêtre pourpre, je crois entendre siffler une mésange égarée. Je m'approche d'un pas. Elle déploie ses ailes, rentre légèrement le bec dans son encolure, puis se redresse, reprend la pose et son chant fragile. Le vent est sur mes épaules, il tournoie, laisse son empreinte sur mon visage.

Au loin, là-bas, je dois pouvoir distinguer Franck, main dans la main avec un garçon rieur sur les quais de la Garonne.

De l'autre côté, à Paris, Paul remonte dans son pick-up et jette son panama sur le siège passager ; il compte l'argent de la vente, retrouve la route vers Mortagne, sa chambre vide au bout du couloir. Ce soir, il embrassera Romy.

Toute proche, Mathilde, allongée sur la table de son tatoueur – qui dessine une nouvelle étoile sur son flanc –, regarde danser les aiguilles comme elle observe le monde, sûre d'elle.

Je peux traverser la moitié de l'univers, ce que je veux voir, vivre, est ici. Juste là, sous mes yeux, se reflétant dans mes nouvelles larmes.

Je saisis mon téléphone pour prendre un cliché. Louise m'embrasse sur la photo de fond d'écran. Derrière nous, la mer Égée.

Je ferme les yeux. Elle apparaît. Une dernière fois, je dépose un baiser sur son front glacé. Je répète « maman, maman », jusqu'à m'épuiser.

Si haut, j'entends le vent hurler à mes oreilles, je sens sa force dans mon dos. Un pas de danse autour des regrets, un seul pas pour en finir.

Et puis le silence, immobile.

On ne meurt pas de chagrin.

Je décide de refermer les portes du passé, de rebrousser chemin. À l'instant de choisir tout ce qui me renvoie à mon fils, à mes amis, à mon amour et à l'avenir, pour la première fois, comme un au revoir à ma mère, je dis son prénom.

Au-delà des évidences

Le parfum des airs *d'authentique* du chapitre 2 fait référence à Marcel Pagnol, aux conversations entre Marcel et Lili. « Les choses entraînent les choses » est extrait d'un dialogue signé Michel Audiard dans *Un singe en hiver*, tout comme les « orchidées hautes comme des arbres », qui a inspiré un dessin de Mathilde. En clin d'œil au couple mythique Gabin-Signoret, « Le chat », titre du chapitre 10. « Un jour comme aujourd'hui », au chapitre 15, pour saluer Pascal Obispo, artiste déterminé, créateur puissant qui force mon admiration. Cher Pascal, buvons un verre, écrivons une chanson. « Brandt rhapsodie » pour la merveille d'album de Benjamin Biolay. « Drone », en hommage à Christophe. La musique de Marillion rythme ma vie depuis plus de trente ans ; elle m'est indispensable – je pèse le mot.

Vous chercherez, trouverez d'autres allusions, pour nous rapprocher.

Remerciements

À vous qui êtes arrivés jusqu'ici, lecteurs, essentiels et curieux.

Partager cette histoire, si elle a pu vous plaire, c'est m'accompagner encore un peu.

Aux femmes qui m'ont bercé et embrassé. Vous dont le parfum enveloppe mon cœur à chaque retour de la mélancolie.

À nos amours enlevées.

Et à ma sœur Charlotte, à son énergie magique.

À Thierry Billard, mon éditeur, qui m'a offert de lire de longs feuillets, proposé de travailler dur, puis de recommencer. Et de recommencer encore. Merci de tes conseils qui ont porté mon écriture, de ces petites notes rouges aussi précieuses que minuscules et qui rendent mes manuscrits lisibles, de cette première aventure tellement unique. Que la vie me permette de te le dire, à l'avenir, cent fois encore.

À Delphine Roché pour la somme de nos échanges, pour la justesse, la délicatesse et la bienveillance que tu as bien voulu déployer à chaque étape et à chaque page. Et parfois pour avoir tout sauvé.

À Élise Roy pour ses précieuses observations.

Aux équipes de Robert Laffont : merci du fond du cœur de votre accueil et de votre confiance.

Merci Maitena pour ta patience, ton soutien sans faille et ton infinie tendresse. Et pour le stylographe que tu m'as offert quelques jours après que je t'avais simplement confié : « J'ai besoin d'écrire. »

En septembre 1980, je me suis assis par hasard à côté d'Hubert. La maîtresse nous a demandé de sortir un crayon à papier pour écrire notre nom et dessiner quelque chose. Je ne connaissais pas cet objet ; je n'avais jamais utilisé de *crayon à papier*. Alors, j'ai pris dans ma trousse un de mes douze crayons de couleur. Hubert a arrêté mon geste, puis m'a prêté ce qu'il fallait, le bon outil à mine HB. À la fin du cours, juste avant la récréation, j'ai voulu le lui rendre. Il m'en a fait cadeau. Comme tant d'autres choses depuis, en plus de son amitié fidèle et sans limite, de son rire qui colore ma vie, de sa présence indispensable à mon bonheur. Merci d'être aujourd'hui mon ami, comme mon frère.

Entre 2012 et 2018, j'avais l'habitude de noircir des cahiers pour faire passer le chagrin, immortaliser un visage, une conversation, des voyages. J'ai repris l'exercice à la fin de l'automne suivant, après une visite au Ribardon, alors que j'avais confié une page ou deux à la lecture d'un nouvel ami. Et depuis, chaque jour, j'ouvre un carnet ou mon Mac pour écrire. Merci à Philippe Séguy, sans qui ce livre serait une succession de notes tièdes au fond de mes tiroirs. Votre présence et vos mots ont changé mon regard et ma vie. Pour vous :

Je me souviens, il y a quelques années déjà, j'ai croisé le chemin de Merlin l'Enchanteur. Il n'avait ni barbe longue ni robe de bure. Il ne portait pas de sandales, et ses longs doigts n'arboraient aucun anneau. Son corps mince mais solide n'avait nul besoin d'un bâton pour prendre appui. Il marchait sur un sentier de feuilles brunes, ses pas ne faisaient aucun bruit. Dans cette forêt, j'en suis certain, ce chemin n'avait auparavant jamais existé. Il était cependant tracé là, assez large pour le passage d'un homme, suffisamment dégagé pour ne pas blesser ce dernier avec une ronce ou la branche perdue d'un arbre mort. Sa route et la mienne formaient ainsi une croix et, au centre, précisément, se trouvait la roche sur laquelle à chaque promenade je me suis reposé. J'allais y poser un pied, refaire mon lacet dont la boucle serpentait sur le sol humide. De la pierre une épée est apparue. Celle dont j'ai rêvé : le pommeau, les quillons, l'arme du roi. J'interrogeai l'homme, désormais face à moi, derrière le monticule.

« Bonjour. Qui es-tu ?

— Je suis Merlin.

— Suis-je l'Élu ?

— Tu te trompes de film.

— Dois-je retirer l'épée ?

— Celle-ci, une autre, à toi de choisir.

— Est-ce si simple ?

— Ce qui est simple, c'est de décider ou non de le faire. La suite est plus délicate. »

J'ai saisi la fusée ciselée du manche, le métal était froid, je m'y attendais. Un premier effort, un deuxième, rien. Merlin me fixait, les yeux clairs, les poings dans les poches. Il avait maintenant une casquette qui lui recouvrait le crâne et s'apprêtait à poser sur son nez une paire de lunettes de soleil aux verres sombres comme la nuit. Je lui ai tendu la paume, il s'est approché, l'a prise. Sa peau était aussi gelée que l'acier. J'ai attendu que dans la mienne elle se réchauffe. Et puis, de l'autre, j'ai brandi mon Excalibur, dégageant tout à fait la lame de sa prison élémentaire. Merlin m'a dit :

« À toi, plus rien d'impossible.

— Avec l'épée ?

— Avec moi, Pomme à l'eau. »

À l'instant, tout a disparu : le sentier, l'homme et ma récompense.

Et plus tard, me demanderez-vous, Merlin ? Oui, cet homme-là, je l'ai souvent revu. Et chaque fois que je lui ai tendu la main, il l'a saisie.

1. Deux ou trois choses pour l'avenir 11
2. Le Clos de la Pierre 23
3. Antiquités 33
4. Les choses entraînent les choses 39
5. Piazza della Signoria 45
6. Sans elle(s) 49
7. Appel d'offres 53
8. Dans ma maison vide 57
9. Cupidon à cheval 65
10. Le chat 77
11. Aria 81
12. Trois fois Noël 95
13. Night in White Satin 107
14. Du côté de chez moi 113
15. Un jour comme aujourd'hui 119
16. Valentin miniature 129
17. Filet perlé 135
18. La grande évasion 145
19. Mathilde la nuit 151
20. Fight Club 157
21. Running man 163
22. Feeling Good 171
23. Rue de Satory 175
24. Les conquérants 185
25. Comme si la Terre penchait 191

Ces vies d'où l'on vient

00. Sursum corda ... 197
25. Des orchidées hautes comme des arbres ... 199
24. Un peu au-dessous du cœur ... 205
23. Parking des anges ... 211
22. Fermé pour cause d'inventaire ... 217
21. Le lauréat ... 225
20. Brandt Rhapsodie ... 231
19. Les promesses ... 239
18. Reflet d'une étoile ... 243
17. Confidence pour confidence ... 247
16. Métal hurlant ... 253
15. Il n'y a qu'elle ... 261
14. Speak to me ... 269
13. Tu te souviens ? ... 275
12. Nos mots d'amour ... 277
11. Coups et blessures ... 285
10. Hors saison ... 291
9. Un prénom, une photo, une ville ... 303
8. Les autres ... 311
7. Skyfall ... 317
6. Ce que Jacques dira bientôt ... 323
5. 1,21 gigawatt ... 329
4. Les jeux des nuages et de la pluie ... 335
3. Les grandes personnes ... 343
2. Que la fête commence ... 349
1. Drone ... 353

Au-delà des évidences ... 357
Remerciements ... 359

Composition et mise en pages
par Facompo Lisieux

L'éditeur de cet ouvrage s'engage dans une démarche de certification FSC® qui contribue à la préservation des forêts pour les générations futures.

Pour en savoir plus :
www.editis.com/engagement-rse/

CET OUVRAGE
A ÉTÉ ACHEVÉ D'IMPRIMER
SUR ROTO-PAGE
PAR L'IMPRIMERIE FLOCH
À MAYENNE EN DÉCEMBRE 2022

N° d'édition : 64730/01 – N° d'impression : 101528
Imprimé en France